U1013953

百年中国记忆
系列丛书

总策划、主编
刘未鸣

副主编
唐柳成　张剑荆　段　敏

为奴隶的母亲

柔石散文小说诗歌选

柔石 著

百年中国记忆·先烈经典文丛

中国文史出版社

图书在版编目（CIP）数据

为奴隶的母亲：柔石散文小说诗歌选 / 柔石著 . -- 北京：中国文史出版社，2020.11

（百年中国记忆 . 先烈经典文丛）

ISBN 978-7-5205-2423-0

Ⅰ . ① 为… Ⅱ . ① 柔… Ⅲ . ① 中国文学—现代文学—作品综合集 Ⅳ . ① I216.2

中国版本图书馆 CIP 数据核字（2020）第 209216 号

责任编辑：秦千里

出版发行：中国文史出版社
社　　址：北京市海淀区西八里庄路 69 号院　邮编：100142
电　　话：010-81136606　81136602　81136603（发行部）
传　　真：010-81136655
印　　装：北京朝阳印刷厂有限责任公司
经　　销：全国新华书店
开　　本：16 开
印　　张：23.25
字　　数：289 千字
版　　次：2021 年 1 月北京第 1 版
印　　次：2021 年 1 月第 1 次印刷
定　　价：68.00 元

文史版图书，版权所有，侵权必究。
文史版图书，印装错误可与发行部联系退换。

编者说明

柔石（1902—1931），现代作家、革命先烈。本名赵平福，浙江省宁海人。家境贫寒，1911 年上小学。1918 年夏考取浙江省立第一师范学校。1921 年 10 月参加晨光文学社。1923 年毕业后在慈溪普迪小学任教。1925 年入北京大学旁听，同年自费出版短篇小说集《疯人》。1927 年在浙江省创办宁海中学，任宁海县教育局长，改革全县教育。1928 年 4 月亭旁起义失败，新学被毁，避走上海，成为鲁迅创办的《语丝》的编辑。同年参与创办朝华社，出版《朝华》周刊。1930 年春参与组织“左联”，任常务委员。5 月，经冯雪峰和黄理文介绍加入中国共产党，任中华全国苏维埃代表大会中央准备委员会秘书。同年 5 月以左联代表资格参加全国苏维埃区域代表大会。1931 年 1 月 17 日，被国民党军警逮捕，不久被秘密杀害。鲁迅撰文《为了忘却的纪念》以纪念。

在二十世纪二三十年代的现代作家中，柔石的风格沉郁而悲怆，他用小说、独幕剧、诗和散文等各种文体，写下了大量作品，对大变迁时代底层百姓苦难生活的描写，对知识分子精神上的追求、迷惘、挣扎和痛苦的剖析，都具有浓烈的个人风格。代表作《为奴隶的母亲》批判了罪恶的“典妻”陋习，曾被译成多国文字，产生很大影响。2002 年，为纪念柔石百年诞辰，中央电视台根据小说《为奴隶的母亲》拍制同名电影，由何琳饰演“母亲”一角。2005 年 11 月，何琳凭该片荣获第 33 届国际艾美奖最佳女主角奖。小说《二月》也是中国现代文学史上的经典之作。该作品以江南小镇为背景，描写了知识分子在现实生活中的苦闷、彷徨及对命运的茫然。1964 年，小说《二月》被拍成电影《早春二月》，导演谢铁骊，主演孙道临、谢芳、上官云珠等。

目　录

散　文

小 说

诗　歌

散　文

别　蕙

只两心知道，谁懂得一声惘惘时的勉强欢笑，正是离情浓郁的心泪！难洒呀，难洒呀，半醒半睡的魂儿，更缠绕着千条万条的丝，揪揪扭扭地斜倦着，追叙了过去，祝愿着未来，重重的一切，沉浮在我俩之间，蕙妹，怎能丢开手，随着今宵去呀！

明镜般月，高悬在墙东，寒寒深影处，似有人来窥窃我俩了。不，还是无情的催促，催促！蕙妹呀，你不要用头眠着我，让我吻个口干罢；你不要用臂挽着我，让我握个手疲罢！谁想在此后，再能受你杯茶饮，再能受你脔肉吃，还能让我在青草色般的蓐茵床儿睡眠呀！向那边去，何昔是重来的日子，路与天一般长，怕只能瞩明月之西去，望白云之东来，寄问一声，——蕙妹好也否？

你说留我到明朝，明朝也是匆匆的；蕙妹呀，去的太速，悔那昔辞的太早；总之，亦在我俩的不得已间，一条没法的运命所注意的路呀！蕙妹，还是丢开手，随着今宵去罢！

一九二三年冬

还乡记

一

我提了旅行的皮包，走上了跳板，在茶房招待了我以后，才知道自己所坐的是一间官舱了。一个老婆子跟随在我后面，——她穿着蓝布的衣服，腋下挟着一个大布包，一看就可知道是从乡下来的。她，好像不知哪里是路，到处畏惧地张望着，站在官舱的门首，似将要跨进右腿来。这时，茶房向她高声地呵斥道：

“喂，走出去，这里是官舱。”

老婆子“唔唔”地急忙退缩着，似吓得要向后跌倒了。我猜测她，是想要借宿在官舱的门口边，可是门口边的地板是异常地光滑红亮，不能容许她底粗糙的蓝布衫去磨擦的。

我，是坐在“官”的舱内了，对那年老的老婆子，觉得有些惭愧。

二

于是我看看官舱内的人们，仿佛他们都像王帝了。

在淡红色的电灯光底下，照着他们多半的脸孔都是如粉团做的一样，有的竟圆到两眼只剩了一条线。他们底肚子，充满了脂肪，走起路来一摇一摆地很像极肥的母鸭。在他们中，没有事做的，便清闲地在剥着瓜子；要做事的，便做身子一倒，卧在床上，拿起鸦片管来吸了的工作。郁郁不乐地似怒视着世界的人也有，—— 一个穿着蓝缎长衫，戴着西瓜小帽的，金戒指的宝石底光芒，在他的手指上闪射着。他不时地呼唤茶房，事情比别人有几倍的多，于是茶房便回声似的在他前面转动，我不知道他到底做什么事。到晚上，在临睡时前，他又怒声地叫喝茶房。

“老爷，还有什么事？”

茶房似心里不耐烦，而表面仍恭顺地问。“打开这只箱子”。

声音从他的鼻孔里漏出来。可是茶房底举动，比声音还快地打开一只箱子。这时我偷眼横看，这位王帝似的客人，慢慢地俯下他底腰，郁郁不乐地从里面取出了一本书。在茶房给他关好了箱子以后，我瞥见这本书的书面，写的是《幼学琼林》。

三

船到码头的一幕，真是世界最混乱的景象。喊叫着，拥挤着，箱子从腿边擦过，扁担敲坏了人底头。挑夫要夺去你的行李，警察要你打开铺盖，给他检查，……总之，简直似在做恶梦一般。

中国，不知什么时候可从这个混乱中救出来。像这样码头上的混乱是全国一致的——广州、天津、上海，长江各埠，……这个混乱，真正代表了中国。现在，就连家乡的小埠，都是脚夫拼了命地涉过水，来抢夺客人的行李挑了。

四

我在清晨的曦光中，乘着四人拼坐的汽车。车在田野中驱驰着。田野是一片的柔绿色，稻苗如绿绒铺成的地毯一般。稍远的青山，在这个金丝似的阳光底反映中，便现出活泼可爱的笑脸来。路旁的电线上是停着燕子，当汽车跑过，它们一阵阵地飞走了。也有后跑的，好像燕子队中也有勇敢与胆怯的分别。蝴蝶从这块田畦飞到那块田畦，闪着五彩的或白色的翅膀。农夫与农妇们，则有的提着篮，有的背着锄，站在路边，等待汽车的驰过。

美丽的早晨，可被颂赞的早晨呀。建设罢！农夫们，愿你们举起你们底锄来；农妇们，愿你们顶起你们底筐来！世界是需要人类去建设的。这样美丽的世界，我们更当给它穿上近代文化织成的锦绣的外衣。——在别离乡村三年了的我，这时的心花真是不可遏抑地想这样喝唱出来。

五

可是绿色的乡村，就是原始的乡村。原始的山，原始的田，原始的清风，原始的树木。

我这时已跳下了汽车，徒步地走在蜿蜒曲折的田塍中了。

两个乡下的小脚的女子，一个约莫十七八岁，穿着绿色的丝绸衫裤，一个约莫二十四五，穿着白丝的衣和黑色的裤，都是同样的绣花的红色的小鞋，发上插着两三朵花。年少的姑娘，她的发辫垂到了腰下，几根红线绕扎着。在这辫子之后，跟随着四五个农人模样的青年男子，他们有的挑着担，有的是空手的，护卫一般地在后面。其中挑担的一个——他全身穿着白洋布的衫裤，白色的洋纱袜，而且虽然挑着篮，因为其中没有什么东西，所以脚上是一双半新的皮底缎鞋。他，稍稍地歪着头，做着得意的脸色，唱着美妙的山歌式的情诗：

郎想妹来妹想郎，
两心相结不能忘；
春风吹落桃花雨，
转眼又见柳上霜。

女子是微笑的袅娜地走着，歌声是幽柔的清脆的跟着，清风吹动她们底丝绸的衣衫，春风也吹动他们底情诗的韵律，飘荡地，悠扬地，在这绿色的旷野间。

这真是带着原始滋味的农业国的恋爱的情调——我想，可是世界是在转变着另一种的颜色了。使我忽然觉得悲哀的，并不是“年少的情人，及时行乐罢”的这一种道学的反对，而是感到了这仍然是原始的乡村，和原始的人物。

六

我走到一处名叫“红庙”的小村落，便休息下来了。

好几家饭店的妇人招呼我，问我要否吃饭。她们站在茅草盖的屋子的门口，手里拿着碗和揩布。我就拣一家比较清净的走了进去。

“先生，你吃灰粥么？”一个饭店里的妇人问我。可是我不知道什么是灰粥。

“吃一碗罢，”我就随口答。

“先生，”她说，“你是吃不惯的。”

“为什么呢？”我奇怪地问，因为我知道卖主是从来不会关心买客的好坏的。

可是她说了：这粥是用了灰澄过的水煮的，没有吃惯的人吃下去，肚子是要发胀的。

“那你们为什么用灰水煮呢？”

“因为‘耐饥’些，走长路的客人是不妨碍的。”她笑了。

这时在我旁边一个挑重担的男子，已经吃完他的灰粥了。

“多少钱？”他粗声问。

“六个铜板一碗，两碗十二个。”妇人答。

那男子，就先付了如数的铜子，另外又数了两枚，交给她，同时说：

“这当做菜钱。”

“菜钱可以不要的，”妇人说，并将钱递还他。

我很奇怪了，——他们为什么这样客气呢？吃饭的菜钱可以不要，恐怕全世界是少有听到的。挑重担的男子和饭店妇人互相推让着，一个说要，一个说不要，我就问她为什么不要的理由。

“这四盆小菜值得什么呢？”她向我说明。“长豇豆，茄子，南瓜，都是从自己的园里拿来的。”一边她收拾着他吃好了的碗筷。“假如在正月，我是预备着鱼和肉的，你先生来，可以吃一点，那也要算钱的。现在天气暖，不好办，吃的人少。”

这样，我坐着几乎发怔。——这真有些像“君子国”里来的人们。在他们，“人心”似乎“更古”了。同时我又问：

“像这样的一个小街坊，为什么有那样多饭店呢？”

“是呀，”妇人一边又命令她底约十岁的小孩子倒茶给我。继续说：“现在是有七家了。三年前还只有三家的。小本经营，比较便当些，我们女人，又没有别的事可做。”

过客又站到在门口，她又向他们招揽着。我因为要赶路，又不愿耽搁了她的时间，也就离开板桌和木桩做的凳子，和她告别走了。

七

在每一座凉亭内，在每一处露廊中，总听见人们互相问米价。老年的人总是叹息，年少的人总是吃惊，——收获的时期相近了，为什么不见米价的低跌呢?

在某一处的墙壁上，写着这两句口号，字是用木炭写的:

“打倒地主，田地均分。”

有一个青年的农夫，指着这几个字向一班人说道:

“这是××党写的呢! 他们要将田地拿来平分过，没有财主也没有穷人。好是好的，但多难呵!”

大家默默的。说话的人也说他们自己底话。我这时在旁边，就听见一个十七八岁的农夫，他是口吃的，嗫嗫说道:

“天、天、天下无难事，只、只、只怕有心人。我们为、为什么没有饭吃，还、还、还不是，财、财主吃、吃的太好。”

许多人笑了起来。这时我心里想:

“革命的浪潮，已经冲到农村了。”

八

这是必然的，你看，家家没饭吃，家家叫受苦，叫他们怎么样活下去呢！

在我到家的两三天内，我访问过了好几家的亲戚。舅母对我诉了一番苦，她叫我为表弟设设法；姨母又对我诉了一番苦，她叫我为表兄设设法；一个婶婶也将她底儿子空坐在家里六个月了的情形告诉我；一个邻舍的伯伯，他已经六十岁了，也叫我代他自己设设法，给他到什么学校去做门房。我回来向母亲说：

“妈妈，亲戚们都当我在外边做了官，发了财了。我哪里有这样多的力量呢！”

“不，”我底母亲说，“他们也知道你的。可是这样的坐在家里怎么办呢？你底表兄昨天是连一顶补过数十个洞的帐子，都拿出去当了四角钱回来，四角钱只够得三天维持，蚊子便夜夜来咬的受不住。所以总想到外边去试试。你有办法么？”

我默默地没有答。以后母亲又说：

“在家里没有饭吃，到外边只要有一口饭吃就好了。她们总是想，外边无论怎样苦，青菜里总还有一点油的，家里呢，连盐都买不起了！”

母亲深长地叹息了一声。我心里想：农村的人们，因为破产，总羡慕到都市去，谁知都市也正在崩溃了，于是便有许多人天天的自杀。我，怎样能给他们有一条出路呢？我摇摇头向母亲说：

“我没有办法，法子总还得他们自己去想。”

母亲也更沉下声音，说道：

“他们自己能想出什么办法子？是有法子好想，早已想过了。现在只除出去做强盗的一条路。”

九

在我到家的第三天的午后，太阳已经转到和地平线成九十度直角的时候，我和几个农夫坐在屋外的一株树下——这个邻舍的伯伯也在内。东风是飘荡地吹来，树叶是簌簌地作响，蜜蜂有时停到人们的鼻上来，蜻蜓也在空中盘桓着。这时各人虽然在生计的艰难中，尝着吃不饱的苦痛，可是各人也都微微地有些醉意，似乎家庭的事情忘却了一半似的，于是都谈起空天来。以后他们问我外边的情形怎么样，我向他们简单地说道：

“外边么？军阀是拼命地打仗，钱每天化了几十万。打死的人是山一般的堆积起来。打伤的人运到了后方，因为天气热，伤兵太多，所以在病院里，身体都腐烂起来，做着‘活死人’。”接着，我又叙述了因为打仗的关系而受到的其余的影响。他们个个发呆了，这位邻舍的伯伯就说：

“这都是‘革命’的缘故，‘革命’这东西真不好。为什么要打仗？ 都说是要革命。所以弄得人死财尽。我想，首先要除掉‘革命’，再举出‘真主’来，天下才会太平。”

于是我问他：要除掉革命用什么方法呢？你能空口喊的他们不打仗么？

他慢慢地说，似乎并不懂得我的意思。

“打仗打仗，我们穷人是愈掉在烂泥中了！前前年好收获，还不是因为打了一次仗，稻穗都弄得抽芽了。那一次，也说是革命呢！现在，我们有什么好处。”

这时另有一个农夫慢慢地，敦厚地说：“是呀，革命革命，还不是革了有二十年了么？我十八岁的那年，父亲就对我说：‘革命来了，天下会太平了。柴也会贱了，米也会贱了。’可是到现在，我今年有三十七岁，但见柴是一年比一年贵，米是一年比一年买不起，命还是年年革，这样，再过二十年，我们的命也要革掉了，还能够活么？”

我对他的话只取了默默的态度。要讲理论呢，却也无从讲起。大家静寂了一息，只见蝉底宏大的响亮的鸣声。以后，我简单的这样问：

“那么你们究竟怎样办呢？你们真的一点法子也没有么？”

第三个农夫答，他同时吸着烟：

“我们是农民，有什么法子呢！我们只希望老天爷风调雨顺，到秋来收获好些，于是米价可以便宜，那就好了。”

我却微笑地又说：

“单是希望秋收好是不够的。前前年的年成是好了，你们自己说，打了一次仗，稻穗就起芽来了。这有什么用呢？”

邻舍的伯伯就高声接着说，胜利似的：

“是呀！所以先要除掉革命才好！”

我却忍不住地这样说道：

“伯伯，用什么方法来除掉革命呢？还不是用革命的方法来除掉革命么？辣椒是要辣椒的虫来蛀，毒蛇是怕克蛇鸠的。你们当然看过戏，要别人底宝剑放下，你自己非拿出宝剑来不可。空口喊除掉革命，是不能成功的。”

我底话似乎有些激昂的，于是他们便更沉默了。我也不愿和他们老年人多说伤感的话，他们多半是相近四十与五十的人了。我就用了别的意思，将话扯到别的方向去。

十

这是另一次。

一天晚上，我坐在姨母底家的屋外，是一处南风最容易吹到的地方。繁星满布在天上，大地是漆黑的，我们坐着，也各人看不清各人底脸孔。在我们底旁边，有一堆驱逐蚊子的火烟，火光和天上的星点相辉照。我们开始是谈当天市上的情形：一只猪，杀了一息就卖完了，人们虽然没有钱，可是总喜欢吃肉。以后又谈某夫妻老是相打的不好，有一个老年人批论说：虽然是“柴米夫妻”，没柴没米便不成为夫妻了，但像这样的天天相骂相打，总不是一条好办法。再以后，不知怎样一下，谈锋会转到 ×× 党。有一个农夫这样说：

“听说 ×× 党是厉害极了。他们什么都不怕，满身都是胆，已经到处起来了。”

就另有一个人接着说：

“将来的天下一定是他们的。实在也非他们来不可！”

于是我便奇怪地问他们为什么缘故这样说。前者就答：

“他们是杀人放火的。人实在太多了，非得他们来杀一趟，使人口稀少了，物价是不能便宜的。至于有许多地方，如衙门之类，是要烧掉才干净，烧掉才痛快的。这是自然的气数，五百年一遭劫，免不掉的。”

我深深地被置在感动中了。——他们底理论，他们的解释。我一时没有接上说话，他们也似讳谈似的，便有人将话扯到别处去了。

“B君，你底话是不错的。书是愈读愈不中用的。多少个有学问的经济学博士，对于国民经济的了解，怕还不如你呢！所以，B君，目前救中国的这重任是要交给于不识字的工农的手里了。”

我受了他底一杯开水，稍稍谈了一些别的就离开他了。

第二天，我也就趁了海船，回到我孤身所久住了的都市的他乡底家里。

一九三〇年九月十七日夜半上海

不　安

去，不能倦了，心灰灰的，身懒懒的，说是一切吗？眼前是一切吗？花似非红色，叶似非绿色，存在中的个个不是庐山真面目，只傲傲倨倨地在假扮。飘荡的清风中，有一缕缕的酸气。

不闻有哈哈的笑声反闻有睡鼾的呓语，怪在人间吗？天寥廓而明明，地广漠而每每，怪在人间吗？老鸦蹲在屋角，默然而不歌，含泪的少女倚在门前，憨然而不语，眼前的世界，怕是梦中的世界吗？理想的人儿招呼我，到山穷水尽的所在。去，不能倦了！

心被请到天宫，慰问上帝的轻愁；心被请到地府，解劝阎王的暴怒；山巅，水底，风尾，云端，游说了宇宙的遍周。但流浃着一身冷汗，只剩两支空空的白手！怀春少女的胸前，倚门娇妇的眼内，叱牛老农的犁边，弥陀老衲的钵上，都挂着我所馈赠的心之照相了。他们呼喊我做一个仅有的伴侣，到一切忘怀的时候。但我去，不能倦了！

父亲远在想，母亲远在念，—— 一个终年在外的儿子，不知消瘦到如何了！但有谁在流泪伤心呢？死了的老祖宗正在拭泪，一个可怜的孙子，已跌下深坑中匍匐而哭，终于不知何时可归来，到所要去的家乡。虎已在前啸了，狼已在后吼了，荆棘在他脚下撩拌住了。终于去，不能，倦了！

一九二三，春，午后百无聊赖之际。

如 是

一切淡薄而无味，只是，如一日在空想，忽然字桌前牡丹的清香摄入我鼻中来，似唤醒我异样的感觉，因写是诗。

从窗口所窥见的天空，被风吹绉云了。
阳光隐约地，人间不知何处在勾留而眠宿呵！
只觉得一无所存在，——
　　飘忽，洸漾，变幻，消沉。
空空然有一个我，也无所归依的，无所留恋的，无所亲昵的，更松散散地难于自主的。
只有如是，惟有如是，——
　　坐，默然地坐，
　　立，兀然地立，
　　走呀，无聊地牵动两脚轻轻地徘徊于泥尘之上。
虽有回忆，也埋葬了回忆于云山万里之外，
虽有希望，也禁锢了希望于烟花咫尺之间，
过去与将来，一块块皆做影子一般看待。
　　所谓现在的
乐土啊，早在脑中消灭了，消灭了！
连自己亲爱的父母，还有一个伊，也云雾一般的迷濛，

　　迷濛在仿仿佛佛的天边！
此外，更一毛不有的空虚了，
霎时间的，
过去，过去了！

一九二三，四，午后。

死神的翅膀好像在头上拍着

全不见有明月所吐露的清辉，星众也呼吸紧张地收敛起它们疲倦的两翅，朝阳沉在东方的大海中，曙光还没有吻着东山眉角的时候，到处都是些寒肃狰狞的恶象的结合。今夜呀，不能毁灭的今夜呀，叫我如何走，叫我如何渡过呀！

记得四周都是景色；山，聚翠的，水，扬波的，花草，娟好的，虫鸟，疼爱的。现在，齐成了魔鬼的俘虏，幽囚在铁门铁壁的地牢中！美的髓液被收吸尽了，代替着的不是骄横暴厉地蹲踞着，就是阴险谄媚地诱引着。不是无妻的恶棍，就是多夫的妓女，一个个骗人们到奴隶的死国。一个怯弱的孩子，没有两鳍和两翼，怎能渡过今夜呀！

阴霾哀声在低叫，黑熊的影子处处在蠢动，荆棘遍地蔓延着，行一步，即教人颠仆了。鹳鸟一声，正如狮子的狂吼，存在在昏蒙黝黯中的人呀，怎能渡过今夜呀！

神女，普济群黎的神女，难在想象中出现了；先知，也叫人无从相信了。使我颤怕之心之安宁，急迫之肺之平静网膜上印着是光明，鼓膜上震着是美声，灵魂时时能在空中长歌而欢舞，怕只有接受那——死神的翅膀好像在头上拍着。美丽而善翱翔的翅膀，可飞离人间而直冲九霄呀。

一九二三，七月夜

偷果子的小孩

吃过了晚饭，顺便我向一家水果店走去，想买几个苹果回来。

在我手里一共拣了四只苹果，照他小签上写着是“每只铜元十枚”，而这水果摊的女主人已经允许我的还价，三十二枚铜子卖给我。我就从皮夹里摸出两毫的一个银币请她找还我。女主人受了钱，即刻命一个孩子向烟纸店换铜子去了；而我这永远做不相像郑脱耳曼[①]的人，也就放一只在嘴里大嚼了。

这时来了两个约七八岁模样的小孩，一样长，一样赤膊，一样穿着破短裤，一样赤脚，更一样脸孔圆圆，乌珠漆黑。他们站在水果摊的小海棠果放着的旁边，眼瞧着烂的半边切了只剩半只的梨子，和我成五步的对照。女主人立刻向他们说：

“要么？一只铜板；梨子两只。”

完全的意思是小海棠果一只铜子卖一只，梨子两只铜子卖一只。因为任凭梨子怎样半个，终比小海棠果要甜的多大的多了。小海棠果是怎样又小又青呵！

两个小孩子中的一个，终于不得已地拿出一个铜板放在摊上，同时就向小海棠果堆中拿了一只去，很像买惯似的。可是他们交易后并不走，他们轻说着别人听不见的话；意思好似——

① 英语 gentleman 的音译，“绅士”的意思。

"这样小的一只海棠果，我们两人怎么分法呢！"

你看，那个手里还没有小海棠果的小孩子，真是多么可怜呀！他眼巴巴地看摊上的半只雪梨，又看看我吃着的大苹果，又看看水果摊女主人的脸孔，——她这时正同另一位姑娘在交易——样子是多么难受呵！一种失望的神情，竟深深地在他的两颗乌珠漆黑的眼睛里荡漾，荡漾！他两人站着不走。这样，我决计等孩子找回钱来的时候，送他们两只大苹果，因我口里的苹果，已经咽不下喉咙了！

突然，——我看得很清楚——那位手里有一只小海棠果的小孩子，却将这只小海棠掷在摊上，同时很快地拿去了一只半个的梨，又向那位做手势，意思似说——

"现在我们可以分吃了！"

他俩走了。但不幸，举动被这位过分凶狠的女主人看见，她并没有看清楚，只恍惚如此。她立刻骂，"偷去什么？"可怜小孩们接着就跑，女主人也丢下交易的姑娘接着就追，小孩子哪里能彀不被追着呢？不一忽，捻着梨子的小孩的手却被捻在女主人的掌内而捉回来了。大概是小孩的母亲的一位妇人也急忙在后面跟来，女主人立刻说，——真是杜撰的灵巧！

"他已吃了一只，又拿了一只就跑呀！"

做母亲的妇人，也不问青红皂白，接着就用粗硬的大手掌向这位我相信他是为小海棠果不能分吃才这样做的可怜的小孩的背上乱敲。小孩当然放声大哭了，除出哭以外，再也没有辩白一句。而那位手里没有捻着小海棠果的小孩，却站在二丈远的那边，看的呆了。我这时不能不代他分辩，向她们说：

"他并没有偷，不过换去一样，我看见的。"

而这位厉害的女主人却郑重告诉我，说：

"先生，他已经在我这里偷过三四回的香蕉了！"

我再也没有话可以代这个小孩申冤了，就眼看看买香蕉的姑娘，似乎请她不要太买多；一边受了找回来的十几枚铜子，冰冷地走了。

一群鼾蚪

茫君为想建筑新校舍，邀我同至某王府看地址和旧屋。

我们向一条深的胡同闯进去，转了一个弯，看见一片长满乱草的空地。旁边有一带小屋，约数十间，大约是以前的厢房，现在是住着寥寥落落的王公子孙。

我们向一家走进去，因为要探问这地的主人和价目。但这家的男主人不在家，一位老婆婆抱着一个不满三周的小孩来招待我们，请我们里边坐一息。房子是很窄的，堆满各色的破旧物。一个约周岁的婴儿，坐在竹椅车中，旁边一个五岁模样的小孩子在逗他玩。这三个小孩子，身裹着破衣服，龌龊不堪，且都赤着脚。但他们的脸孔，一样的额角高突，鼻小眼圆，极像胎生学上绘着的六七个月的胎儿图。这时从里面又来了一个比竹车边的稍大一些的孩子，手里捧着一碗饭，站在我们的前面。而一息，又从里边来了一个和上个孩子差不多大的孩子，也两手捧着饭碗，似奇怪地瞧着我们的生面孔，站在我们的前面。但不到一忽，随着又有一个约十岁模样的孩子出来了，两手里也有一只饭碗，滑稽而如小丑一般地面向我们站着。这三个孩子，并排地站在我们身前，更一样的额角高突，眼圆鼻小，像胎生学上绘着的六七个月的胎儿图。身子裹着破衣服，赤着两脚，臂腿都非常强壮，嘴里嚼着饭，似有韵律的，眼呆睁着我们，茫君禁不住发笑了。他向我问："怎样来了这许多模样仿佛的孩子？"我答："一群鼾蚪。"而茫君竟“哈”的一声笑了。幸得这位老婆婆不懂我们的话，一时又和我们谈着别的。以后，我向老婆婆问：

“这都是你的孙子罢？”

“是呀。”她笑眯眯地答。

我说：“你的孙子很多呢！”

“是呀，已经有八个了。”

接着，她就将这一群蝌蚪的岁数告诉我们：“这个二岁，这个三岁，这个五岁，这个七岁”等，一边指着孩子，一边还加注些所生的月份；在她老年的记忆中，已经不甚清楚的了。茫君私向我说：

“我们变做调查户口的警察了。”

我答“是。”

而这位老婆婆接着大声叫：

“阿大，你再出来，给这两位先生看一看。”

随着，又有一个孩子从里面走出来，更一样的额角高突，眼圆鼻小，可是手里没有饭碗，只捻着一双筷。我问：

“他几岁了？”

老婆婆答：“十三岁了。”

而茫君又要哈哈了。

这时，从里面走出一位妇人来，约三十五六的年纪，也是额突眼小的人，一望可知是他们的母亲。不料这位母亲，还膨胀着肚子，蜘蛛一般的。老婆婆说：

“她不久又要产了。”

于是我微笑的问老婆婆道：

“你说有八个孙子，连肚里也算一个么？”

“不，还有阿二，十二岁的一个，跟他阿爷出去了。”

茫君又向我私说：

“也是一个蝌蚪罢？”

“大概是的。”

我答，而茫君又要笑了。

男主人还没有回来，第八个蝌蚪不想见了。他们围绕着我和茫君，一边捧着饭碗吃饭一边看我们的生脸孔，我们又问他们话，可是他们一句都不答，甚至没有听出来。我很觉得这是一回有趣的事，但无心再看了。老婆婆虽说，男主人一定要带她的阿二回来吃中饭的。我们说：我们也要回去吃中饭了；仍可第二次再来，因为这是有趣的事。

“明天再会罢！”

我们也就别了这一群蝌蚪。

死所的选择

一个穷孩子，睡倒在路边，不幸的他，病了！而且病的是急性的痧症，他全身抽筋，肩膀左一耸，右一耸，两腿也左一伸，右一伸。脸色青的和烤熟的茄子一样，唇黑，眼闭着无光。有时，虽眨眨地向环立在他四周的群众一眼，好似代替他已不能说话的口子求乞一般，但接着蹙一蹙眉头，叫声“啊唷”，又似睡去一样的了。眼泪附在眼睑上不曾滴下，两颊附着两窝泥块，他似要用手去抓，但五指似烧熟的蟹脚一般，还颤抖的厉害。

孩子约十岁模样，不是乞丐的兄弟，就是苦力的儿子。衣服烂破；这时还在地上卷去不少的泥灰。他没有帽，也没有鞋袜，两胫圆而有劲，但这时也失了支撑力了。总之，他像一只垃圾堆里的死老鼠，他除了叫声“啊唷”，和喉中有时“嗡嗡”以外，他竟和死去没有两样了。

围拥着在他的四周，足有几十个群众。公公，婆婆，青年，孩子不等，都是些善男信女，营营地在谈论他，谈论的很厉害。有的还不住地问他，——他父母是谁，住在哪里，今年几岁。好似要在他死后，给他编年谱一般。但他一句没有答，且一句没有听。

一位偻背的老人提议道：

“最好送他到医院里去，这是痧症，极危险的，不能随便吃点什么药就会好，最好送他到医院里去。”

可是一位妇人，却又自己对她自己叹息：

“给他吃点什么药呢？可怜的孩子，这样是就要死去的，唉，给他吃点什么呢？可怜的孩子！”

但又有一位矮胖的男人，好似他自己是惟一的慈善家，他说：

“给他几个铜子，我们合拢来给他几个铜子。病好像厉害，又好像不厉害；总之，给他几个铜子，我们合拢来给他几个铜子。”

可是他还没有摸他的皮夹，又有人说道：

“他还要钱作什么用呢？”

一边又有人驳道：

“有铜子病或会好了！”

而一边却更有人笑问：

“他的腿为什么这样粗大呢？”

一时，一位穿洋服的先生走来，他大概以为人群中总是在变把戏。但当他一伸头颈去看到以后，立刻掉过脸，用手帕掩住鼻，快快走了，一边说：

“传染病，传染病，传染病人的身边会有这许多人围着，中国人真要命！传染病！”他的语气中还有一句“我是一看就走”，没有说出来，接着又回头叫了一句：“警察为什么一个也没有，” 于是昂然地去了，几乎连呼吸都屏息着。谈论的结果是什么也没有。

孩子这时还会抽动着他的手和脚，可是我诅咒道：

“你为什么要死在路边？死到荒山里去罢！”

就　诊

今天喉咙的咳痛更厉害，好似有一只大爬虫正伏在喉咙边吃肉。白喉么？我自己想，一边倒害怕起来。死呢，本不值得什么。但生病，实在有些苦恼了。一回，更想起少时母亲吩咐我的话——有病要在一起就医。何况我的病到今天已四天了。心想是不得已，就带了一大包铜子，雇洋车向一家诊察所去。因为朋友说，诊察所比医院看的仔细，它是私人办的，有招徕的性质。

医生看过了。但这位医生很像一位审判官，他动起他白胖的脸孔中所嵌着的高傲轻视的眼球，对我诊病，恰似裁判犯人一般。不过审问的毫不详细，有如赃证显明，难于辩护和抵赖似的。他的视线，似X光线一般，能透入我肌肉，而且还能卷曲射到我的喉咙里。

这位医生的开药方也很快，不费思考，同公司的经理先生签字一样。这大概以我的病是一种时髦的流行症，但既然如此，他为什么不到印刷公司去印了一千张来，放在桌上，同商店的货价单一样，来一个人，就给他一张呢？那同我这样喉咙痛咳的，只消半分钟就可赚落半元钱的挂号费了；又何必对我好像一只死马呢？

一位助手拿这药方去配药。——是从我手里夺去的，板着脸说：“药配去！”

我胆怯，站在廊下，看看天井里的花草：缸中的荷花已谢了，石榴云，月季正鲜艳；满阶有秩序的草，还有各样小树，总之天井里是有美丽的颜色。一个大约五六岁的小孩，一样白胖的小脸孔中所嵌着的高傲轻视的小眼球，对我仔细地动了几动。但我不知道他小小的心里对我怀着什么，——一个病人，一个要死的病人；大概不错的。我突然觉得难受，好似惭愧，全身的血都奔到脸上来，幸这小孩子转过头，背拌着手，向花间盘桓去了。虽脸热，也只有冷静的空气觉得。

我疑心天要下雨。

“药配好了！先生。”那位助手从一间药房里出来。

“啊，多少钱？”我问。

“一块二毫。”他十分轻便地说出。

我吓住了，简直不知所措。当然因为钱带的太少。但药既不能少价，更不能不买，怎样好呢？一边，我没有露出惊惶的脸色来，仍和平常一样，看了一看两样药：一样是白粉，盛在一个小盒子里，盒子的圆周和铜子的差不多大；上面有钢笔写的二个大字“鼻闻”。一样是盛在400C.C.药瓶里的浅黄色的药水，瓶旁贴着一张有“漱喉用”三个同笔法的字的小纸。一边我数了三百三十六枚铜子给他，数到最后的一二枚，我运气真还好，背脊汗吓透了，而那时这助手的眼睛，却极奇异惊怪地盯住我。

我一路回来，心里极气闷。劳着两条酸腿，在灰色的天空下走，我恨不得将药瓶抛在地上，将药粉撒满空中；使患我这同样的病的人，可不致受这同样的医。

卖笔的少年

我和K君从某大笔庄出来。K君买来了两支“纯羊毫小楷”。笔杆是古铜色的，上端镶着一块骨的头子。每支大洋两角，不折不扣。

离这家笔庄的门口没有几步，有一位少年，身前怀着一只蓝布的袋，袋内有许多种笔出卖。我就向K君说：“待我买他底两支，你看价钱多少？”

“喂，有小楷羊毫么？”

“有，先生。”

他答应的很快，近于慌张。一边就从他的袋内取出两支交给我。我先将这笔的外形一看，古铜色，上有“小楷纯羊毫”五个字，也有一块骨的头子。再将笔毛和K君所买的一比，自想，是两种完全一样的。我就问：

“多少钱一支？”

“先生，老老实实的，小洋一角。”

我吃了一惊。但人是便宜还想便宜的，况且在我也要看看它便宜到何种程度为止。我又向他说：

“我买三支，两角钱好么？”

“先生，我的笔是纯粹的，——算两角半罢。”

而他却眼睛不住地左右顾，好似怕惧什么。K君在旁默然。

“好好，就两角五枚。”我说。

他答："那末，先生，请快一些。"

我却奇怪的对他瞧了瞧，几乎要喊出：

"看你这个样子，你生意不做了么？"

一边心里想，对K君想：

"实在便宜呵，比起你的来。"

K君也奇怪为什么会这样便宜似的；细看我的笔，似要找寻出漏洞来。我一边摸钱。

这时却突然从背后来了两位警察，捉住卖笔的少年的肩膀，喊：

"去，去，又要罚！"

卖笔的少年立刻青了面孔，红起眼圈，哀求地苦告：

"我已经罚过一回了！饶饶罢！"

警察重说：

"所以，又要罚！又要罚六角！"

我和K君都非常地奇怪。心想："他的笔是偷来的么？为什么说又要罚？犯什么？"很以为自己买他的赃了，不应该，也要罚，害怕起来。同时钱已经拿出来了，两角五个铜板，只好递给他。他做着哭脸，完全没有心思地受去，似乎错角子给他，也都可以。一边仍向警察哀求道：

"饶饶罢，我已经罚过一回了！我不卖了！"

K君几乎怒起来，问：

"为什么？"

"这里不能卖。"警察答。

"为什么不能卖呢？"

"因为妨害他们笔庄的营业。"

K君也就微笑起来说：

"警察先生，于你有什么关系啊？他一天有几角好赚？你却忍心要他去罚两次的六角？”

警察因为K君的求情，一边就将他放了，一边说：

“我们是不关的，不过商铺不准他在门口卖。”

K君接着又说：

“笔是他的便宜，人当然向他买了；假如笔庄便宜些，他自然没有生意。你看，这两支笔要四角大洋，这三支笔却不到两角大洋呢！笔完全是一样的，同一种类的笔。”

警察也摇摇头说：

“商铺请我们的上司叫我们这样做，我们也没有办法。”

“强权的商铺！”

K君骂了出来。一边，我们，警察，卖笔的少年；分离地走开了。

狗的自杀问题

我和末君无聊的走过一条街。

一只癞皮狗——看来已经活着多年了。——全身已没有一根光滑的毛，只有正在霉烂的皮和肉，看得使人发痧。它的后两腿已不能走，大概因偷吃的缘故，被人家打断脚骨。当它走起路来，只是前两脚一步一步的爬，后两腿跟着拖去。但走不到一丈路，又停住，喘着，两颗使人讨厌的眼睛，左右乱望，恐惧地，又迟钝地，它好像要求别人给它东西吃。但当别人走近它时，它又怯怯地爬去了拖着后两条腿。

果然，谁也没有东西给它吃。只有强壮的男子要在它的身上踢一脚，小孩子也要用棒向它的头上敲一下，因为它还能呜呜的叫。

末君有些忿忿，代狗不平似的。他先用手挥开孩子，以后说道：

“可恶的畜生，它为什么不自杀呢？贪恋些什么？还要贪恋！生命真值得这样贪恋么？”

过一息，他更起劲的：

“可怜的畜生，已经变做一只人类都讨厌的死物。它不应该在人类面前呜呜的叫，它应该自杀，跳到一条河里去！”

这时我说，——我是有些冷淡的。

“自杀是权利呀，自杀不是义务呀，但有这种权利的，怕还不会使用这种权利呢！否则，你看，谁还愿帖耳伏首的活，地球上只怕剩着几人享福了。”

“哼，人类是有责任，狗有什么责任呢？”未君血气沸腾的，不以我为然。一息，他又说：

“革命，反抗，和恶势力宣战，人类是会造成有幸福的将来。”

“但狗这样的活，也是勇敢的，忍耐的。它也还希望它有幸福的将来，虽则它有幸福的将来，或只仅仅是一块别人所遗落的猪肉骨头而已。它的偷生，我想，倒比我们更有实在性的。”

我微笑地说了，未君却更忿忿地，几乎对我发起怒来。

“你真没有道理，人有向上性，狗有向上性么？”

“怕不见得。”我说，“我不相信，我只觉得人有奴隶性，处处表现他的动物的劣等的样子。依赖，仗势，贪利，胡闹等等，你看，满目都是。”

未君一时默然。以后说：

“人总没有自杀的充分的理由，像这只狗，实在可以去跳河而死了！”

我说：“你不要在狗的前面骄傲，它到这样的地步还活给你看，这真是它应在你的前面骄傲的地方呢！狗无论你们如何打它，踢它，它饿着肚皮，它还是这么说，——我要活，我怎样也要活！这真是它厉害的地方。人有这样的勇气么？”

未君没有再说，但他心里还是对我不舒服的。

上当

可怜的未君，他今天将到过当铺的情形告诉我。他说：“我上了经济制度的当了。”下面是他的话：

三套白洋布小衫，一件爱国布长衫，一顶夏布帐子。天气冷起来，我想今年不再用它了。我用了三张新闻纸包了一大包。我挟在腋下。手臂简直围不拢来。当走过街上的时候，同学们对我注目；可是我也不觉得什么，实在弄惯了。

当铺子的柜台特别高，这是你所知道的；我用双手提上去，很觉费事。我实在不了解为什么柜台要这样高？

一位朝奉先生，他是立在柜台上的特殊阶级的，来受去我的包裹。这人的脸孔团团，眼睛成正三角形，眼珠很小，好像象的眼睛一样，肚子膨胀到极大，正好似怀了十四个月的孕。走起路来肚子是左右转动的。

他乱七八糟地翻了我的帐子和衣服，一边转了两转他三角形眼里的细眼珠，声音沉重而简慢的向我问：

“要当多少？”

“有多少可以当？”我一边答，心里是想，最少五元是一定有的，愈多当愈好。这位朝奉先生，又转了一转他三角形眼里的细眼珠，斜着头向我说：

“值两块钱。”

我不禁大骇！这还是当铺么？诈骗罢了！我的心急，我的脸色一时红一时白，我实在说不出什么话来。

“怎么只值两块钱呢？”以后我决心问他。

而那位朝奉先生，又转了一转他三角形眼里的细眼珠，提起我的小衫的袖子道：“小衫的袖子很小。”再提起我长衫的袖子道：“长衫的袖子已破。”

一边又乱七八糟地翻着找寻我帐子的缺点，——他做这种举动的时候，我可以猜出他的心是注意在柜台那端也正在当衣服的一位中年妇人的脸上。他一边没精打采地对我说：

“帐子既旧，又破了，也不值钱，……”过了半分钟，又说：“算了两块半罢。”

我全身发抖，气极了，恨不能伸出拳头在他的头上痛打一下！我很想一手夺回来，上别家去当。但转想他们是一丘之貉，别家未必不更苦恼我。没有法子，我说：

“我是有东西给你，也是要来赎的，不是向你讨，也不是送给你，向着你诈取！”

他没有说话，他实在没有留心我说话，他留心那位中年妇人，——她也和别一位朝奉先生论衣价，笑眯眯的要多加钱。——他拿了我的包裹，左右转动身子，到里面去转一回，又回来问我说：

“算三块钱。愿，当；不愿，拿回去。”

拿回去，我很愿！但我还是在高柜台下呆立着。

这时他又同和中年妇人论价的那位朝奉说了几句，笑了一下。笑起来，他的眼睛竟成一条线，我实在气极了！半晌，他又没精打采地转向我道：

“你来当过一回罢？”

“简直笑话。”我不觉怒道，“管他做什么？”

他还是没有听见，——可恨的东西！

“好，算了三块半罢，”他最后开恩似的说。

“算了，算了。”我也没有法子了！

未君说到这里，垂下头去。一息，他悲伤的起劲地重复说：

“我上了经济制度的当了！”

一个白色的梦

只是一片的模糊，除了颤动着的冷气以外，再也不见有什么？我的身体似僵卧在坚冰的河底的一块石。

雪纷纷地落着，愈落愈紧的。整千万朵的绒花，回旋飞舞于白茫茫战抖的空际；占据了大地上的平原河岳，压服了枯枝败叶，收拾去鸟迹莺声。

我立在窗前，眼向窗外远望。冷气衔着威风，凛凛地送进窗内来，沁入我肝脾，我又鞠手鞠脚地徘徊，循着房的四壁。一回我想：“究竟有什么意思？假使这是自然的装饰品，点缀这枯槁而寂寞的‘冬’的，哪有少女的心肠。假使这是一种刑罚，来施行肃杀的‘冬之使命’的，凶呀，有暴徒的用意！”

以后，我提起无聊的精神，坐在Piano的旁边，奏那Mendelssohn的，“我欲乘风翼”。红肿的两手，在黑键白键上流动着，好像机器的一般。琴声飘荡在房内，又疏散的溜到窗外，牵着那雪的手，在高低上下而妙舞。

忽然，房外歌声起了：

纷纷白战的雪哟，
知道是那一夜，
世界全是白色的。

爱者破逆那长空的寒威，
手捻黄梅三五朵，
轻步踏雪送来哟。
足印留给凶毒的姑婆；
少妇鞭挞而死了！
人间的寒泪，
凝冻在心头。
爱者哟，洗心浴体了一个你。
埋在雪中，
同伊长逝罢！

歌声和人影同到房内，是披着白斗篷的茜君。一手脱下她的绒手套，一手放在我的肩上说道："你忘记时候的到了么？虽则这么大的雪，苍白了你的面庞，但人们的扰嚷，已如演剧的开始。你怎么还能五线谱上作哀怨，得过且过这日子呢？"

我被刺激一些懵懂的冷心，自由开展唇齿了："你看天上还有一只飞鸟么？我亦怎能自展两翼飞渡那冷气浓密的关山？要消磨这枯枝一样可燃烧的时光，还有什么好的方法呢？"

但她皱一皱她的眉，声音更低哀了："现在你的心虽可乐化了琴和雪的白质，但人们的扰嚷，正如临头的大雨，哭声冲到我们的窗外来，我们也要被这洪水的泛滥所吞卷，现在，时候已经到了！"

我没有回答。她扭了一扭她的身，唇也接触到我的颜面："你是过于聪明了，怂恿你狭小的探求，这不是时代所归汇而寄托的话。人们的扰嚷将如大火一般燃烧了，现在时候已经到了！"

我低头注视着自己的胸膛内隐隐在跳动的心弦。心想那"失爱于姑婆的少妇，怎么可见怜于雪夜的游客"的悲剧。一时抬起眼，淡淡的光儿正接着她摇摇欲滴的泪珠。她说：“莫再犹豫了。”于是我们就走了。

实在，自己是不知到哪里去。不过，她挽着我的臂，轻轻地拉动就罢了。两足也飘飘地落在雪的表面上，回头一看，自己没有过去的一脚的印子。

越过了山，穿过了森林。

雪是愈下愈大，一团团如绣球花；更大，一层层如棉絮般压下了。

我自觉这时我是一个火线上的兵士，且正在枪林弹雨中剧战。我回头看一看她，她也微笑地看一看我，一边，她指着前面说道：“你看见么？在那辽阔的河的彼岸，山脚的林边，有一块红的么？兀立在白色的中央，这是我们所要到的房子的屋顶。——快些走罢。”

六月的赐惠者

炎炎的太阳，高悬在世界的当空。红的光如火箭般射到地面，地面着火了，反射出油一般在沸煎的火焰来。蒸腾，窒塞，酷烈，奇闷，简直要使人们底细胞与纤维，由颤抖而炸裂了。

一位赐惠的孩子，给人们以清凉的礼物。他，光着头，赤着脚，半裸着身体；汗浴着他一身——流在他底额上，流在他底胸上，流在他底两股间。他却手里提着一只篮，和太阳订过条约一样，在每天的日中，来到街之头，衖之尾，急急地跑，口里急急地叫“卖呀冰呵！”“卖呀冰呵！”声音在沸煎的空气中震动，听去似叫“卖冰花”。卖冰花的孩子，六月的赐惠者，带着他底脚影与声音，同赛马般飞逝。

十三四岁的孩子，载着黧黑的头，裹着黧黑的皮的人。两眼似冰所从采取的寒渊，永远闪着凛冽的寒气逼到人们身上，在此溽暑，也一同如他底冰花般卖给人们。他底胸膛紧胀着，他底呼吸迫促着，但他底声音叫着：“卖呀冰呵！” “卖呀冰呵！”声音如闷雷一般在人们耳边响着。但声音是尖锐而无力的，能叫醒几人的昼梦？

可怜的孩子，六月的送寒者！手里提竹篮，篮内放冰块；冰块却又融为水，滴滴地漏出篮外来，随着他奔跑的足影，沿街沿衖滴过去。冰水流落在干热的地面上，地面给它化为汽，阳光吸收去了，带到炎炎的太空；于是孩子底足迹没了，孩子的叫声也消逝了。

三夏的严威底反抗者，火锅上的蚂蚁，带着人类底理想，意义。跑着，叫着，卖他底清凉给人们——六十岁的老婆婆；十二岁的小妹妹，都来买他底冰花。她们底身上穿着绸，她们底身上穿着纱，她们底皮肤是白的，因为她们藏她们的皮肤在北窗中的南风下。可是她们汗涔涔地来买他底冰块，两枚铜子，三枚铜子，铜子在卖冰者底手心上，他微笑地从盖着厚粗布的篮中取出冰，一块，两块；水晶般的冰，白玉般的冰，就送给老婆婆，小妹妹。终于他又急急地跑，又急急叫着："卖呀冰呵！""卖呀冰呵！"他也毫不介意老婆婆底肥胖的身，小妹妹底美丽的脸；她们底影子，早已为热力从他脑中榨取去了，他底脑子枯干了。

他也卖冰块给他的兄弟们，坐在马路旁常绿树下纳凉的人，一块，两块。可是他们却常用他们底粗肢暴手，执住孩子底冰篮，要他加添。冰容易化为水，孩子不能多在路边站，孩子加给他们冰，一块，两块。于是他又急急地跑，急急地叫着："卖呀冰呵！""卖呀冰呵！"地上有他底冰水，地上也有他底汗珠，可是有时他被人们缠的久，地上更有他底泪珠了；冰水，汗珠，泪珠，随着他，落在街之头，落在衖之尾！

可是他却也有不能急急地跑，不会急急地叫的时候。冰篮不知与冰丢到何处去了，从他软弱的手内溜落了。他底热的额变冷了，他底黑的唇变白了，他底寒潭似的眼儿无力放光了。他去，慢慢地沿着路边走，酒醉一般。或倒在衖口，人们聚拢来，也有树下纳凉的工人，也有北窗中高卧的老婆婆，但他手内没有冰，他们失望地退回去了。"孩子，你底冰呢？"也有小妹妹这样问的。可是孩子摇摇头，对她苦笑地，喉间格格似说他底生命也将与他底冰一同化为蒸汽升天了。

一个伟大的印象

这是最后的斗争，
团结起来到明天，
International，
就一定要实现！

悠扬的雄壮的《国际歌》，在四壁的红色的包围中，当着马克思与列宁的像前，由我们唱过了。我们，四十八人，密密地静肃地站着，我们底姿势是同样地镇定而庄严，直垂着两手，微伛着头；我们底感情是同样地遥阔，愉快而兴奋，恰似惟歌声是一朵五彩的美丽的云，用了"共产主义"的大红色的帆篷，装载着我们到了自由、平等的无贫富，无阶级的乐园。

我们，四十八人，同聚在一间客厅似的房内，围绕着排列成一个颇大的"工"字形的桌边，桌上是铺着红布，布上是放着新鲜的艳丽的红花。我们底会议就在这样的一间浓厚的重叠的如火如血的空气中开始了。

"同志们！苏维埃的旗帜已经在全国到处飘扬起来了！"我们底主席向我们和平地温声地作这样的郑重的开会词。

我们底关系都似兄弟，我们的组织有如家庭；我们依照被规定的

"秘密的生活条例"而发言，讲话，走路，以及一切的起居的行动。一位姊姊似的女同志，她的美丽的姿势和甜蜜的感情，管理着我们所需要的用品底购买和接洽，并在每晚睡觉之前，向我们作"晚安"。

"谁要仁丹么？"在会议底长时间之后，她常常向我们这样的微笑地问。

为了减少椅凳底搬动的声音，我们是和兵士一样站着吃饭的。有一次，一个同志因等着饭来，这样说笑了：

"吃饭也和革命一样的；筷子是枪，米是子弹，用这个，我们吃了那些鱼肉，快些罢，革命，吃饭，可以使我们底饥肠不致再辘辘地延长！"

晚饭以后，没有会议的时候，或不在会议的一部分人，就是自由谈天，——互相找着同志，报告他自己底革命的经过的情形，或要求着别人报告他所属的团体底目前的革命形势，用着一种胜利的温和的声音，互相叙述着，讨论着。

"这位同志是代表哪里的？"

这句话是时常普遍的被听到。

从各苏维埃区域及红军里来的同志，他们是非常急切地要知道"关于上海的目前的革命的形势"。

"上海的工人，市民，小商人，对于革命怎么样？不迫切么？不了解么？"

"除了工人，一般市民，小商人，大约因为阶级的关系，对于各种革命的组织与行动，只是同情，还不很直接地起来参加。"我回答。

"上海的工作是紧要的呀！"他们感叹"农村的革命日益扩大、日益紧张的时候，上海的工人，市民，非猛烈地起来不可！"

上海的报纸是不容易输送到他们底手里的。有一次，现在的第四军，因为在山上二十几天得不到报纸，心里是非常地焦急，以后探听得某一城的某处，有几份报纸，于是就在当夜，开了一团兵，走了六十几里的长路，攻进城，取得了这几份报纸回来。——这是一个事实。

在会议室的一角，放着一张黄色的书桌，里面的抽斗内，贮满了各种左倾的杂志并共产主义的书报。有一位同志管理着借阅与收还的事，可是一到早晨（晚上是收回的）所有的书籍总从这个忙碌者底手里转递给人们，他们，除出三五个完全不识字的农民代表外，就都在个个人底手里捧着一本书，或一份报了。他们专心地似又艰难地阅读着，有时，互相地疑问着，简直似考试前的小学校里的小学生那样。

可是不识字的农民同志，也有时走向阅读者底身边，问问书里所说的是什么。

“这是什么书呢？”

“《萌芽月刊》。”我向走近我身边的农民同志回答。

“我们底书么？”

“是的，关于无产阶级底文化方面的。编辑和译著的人，都是思想清楚的战士与作家。”我并将这一期的目录告诉他。

“是我们底杂志啊！”他向我微笑地亲昵地又说了一句。

在各人底手里，都有一本由我们底女同志交给他的记事的拍纸簿和一枝铅笔。这样，就有一部分人，老是在那里习练了，涂写了。在开会的时候，他们记录着，不在开会的时候，他们绘画着；“我们底主席”，“我们底东江同志”，“女同志，你真是美丽的呀”！我竟从一个红军代表的手里看见这样标题着的三张非常精细的人像，类似旧历过年时在街坊上卖的“花纸”上所画的。我想，这是所谓“民众的艺术”罢？但画家所要研究的，也可根据这一个，——我们实在需要民众的画家。

他们也时常捻着簿子向我问字："衝锋的衝字是怎么写的？"写好一个"彳"，叫我填上去；"牺牲的牺字可以这样写么？"又有一次，一个同志将"牺"这样的一个字问我，可是我很羞惭，不能立刻给他一个爽快的答复，因为我从来没有看见过这样写的一个"牺"字。

我也从他们所问我的字行旁，看见他们底纸上，满记录着标语似的口号似底警句："向城市冲锋"，"猛烈地扩大红军与少年先锋队的组织"等等。

有一位辽东的同志，身体高大，脸孔非常慈祥和蔼的人，他在和我作第一次的谈话时，——我们是同睡在一间寝室的地板上的——他就告诉我他对于革命底最初的认识和行动：他说他之所以革命，并不是为了"无产阶级"四字，他是大地主的孩子，钱是很多的。而他却想推翻"做官阶级"——这四字是他用的；他说他自己是"平民阶级"——底专制，就从家里拿了一支枪，空身逃出到土匪队里去，因为土匪是"做官阶级"的唯一的敌人。可是第一次受伤了，子弹从上臂底后部进，由背上出，——同时他脱了衣服，露出他底第一次的两处伤痕给我看。他是受过几次的伤的（以后我知道他底精神也受过颇深的伤痕），第二次是在面底后部，耳朵底下面，银圆那么大的云的一块。——同时，他觉到土匪是没有出息的，非进一步，作推翻封建社会的行动不可，于是加入了无产阶级的革命团体。

"五六年来，我是没有家，"他说着，两眼是慈和而有光的，"到处飘流；也在石板船内，指挥作过战。"

他底话，在这晚，是被纠察员的命令："十一点钟了，熄灯，不准再讲话！"声音随之而而停止了！

过后一天，他忽然给我一个纸条，上写着：

"爱是有的么？"

我很奇怪，可是在那时，我是不能和他谈爱的问题的。我也就只好用纸条，给他一个回字，问他为什么发这个疑问。

于是我就陆续地收到他底好几次的纸条了。我在这里总括他底意思：他有一个爱人，爱人也深深地爱他的，而现在，为环境的条件所限制，结婚是万不可能。我最后给他这样写着的纸条：

“爱也是阶级的，爱的方式也是阶级的……是呀……”

可是他摇摇头，给我这样的回答：

“不，我现在要问你的是怎么可以消灭我底脑里底爱底印痕。加重地努力于革命底工作，是最好的方法么？”

这样，我知道，这位同志是一个感受着冲突底苦恼的布尔塞维克。

关于恋爱，——苏维埃区域里的农民底态度，和红军军队里的兵士底意识，也都值得注意的。

据从苏维埃区域里来的同志底报告：在当初农民是大半都反对自由恋爱，和离婚自由的。有一件例足以记述：一个年青的党员和一个农民底妻发生恋爱，而这个农民底妻就向这个农民提出离婚；这个农民就向大众愤愤地怨诉道：

“革命革命，革他一个卵！我们底老婆，都要革掉了！”

于是群众也大愤，竟商议要杀死这个年青党员。事情被党的指导者知道，只得调开这个年青党员到别处去工作了。这当然不是根本的办法。

可是在妇女的一面，却正相反；她们都要求自由，要求解放，热烈地向丈夫提出离婚，苏维埃政府的民事案，竟以离婚的裁判为第忙了。假如政府不准，她还会在群众大会的时候，登台向群众演说，作根本的她底自身底解放自由的斗争。

现在苏维埃政府是努力地作向农民解释底宣传，允许离婚的绝对自由的。有许多地方，妇女解放是渐渐做得通了。

在军队里，有同样有趣的事实。就是兵士们也多反对在军队里有恋爱的现象的发现。这一半还因为女性的兵士太少，一半因为女同志多喜欢和官长接近的缘故。虽然，在红军里，“经济的平等”是被规定为一条原则（另一条原则是“纪律的平等”），但责任的地位有高低，而妇女的虚荣心也是还存在的。所以某一军的军长，曾有过以军事上的观点，不准女同志加入军队的禁令。

在这次的代表会议里，有我们底十六岁的年青的勇敢的少年列席。他有敦厚而稍近野蛮的强的脸，皮色红黑，两眼圆而有精采，当发言的时候，常向旁或向上投视，一边表示他在思想着所发的言，一边正像他要用着他底两眼底锐利的火箭，射中革命底敌人的要塞似的。他底发言，是简朴的，稍带讷讷的，有时将口子撑的很圆，——他是湖南人——正似他底舌是变做了一只有火焰的球在滚着一样。他底身体非常结实而强壮，阔的肩，足以背负中国的革命底重任，两条粗而有力的腿，是支持得住由革命所酬报他底劳苦和光荣的。他是少年先锋队的队长，那想吞噬他的狼似的敌人，是有十数个死在他底瞄准里的。他受过两年的小学教育，可是会做情诗了。

妹妹呀，你快来罢！
我从春天望到夏，
又从夏天望到秋，
望到眼睛都花了！

他有一次将这四句诗念给我听，当时我对他说：

“你还是革命罢，不要做情诗。”

可是他笑着向我答：

“我是不会做情诗的，情诗是你们底队伍里的人做的。这四句诗也好像从一本什么诗集里读来的。你不知道么，在你们里面有做诗的革命的人？”

我稍稍微笑着摇头，同时我牵了他底两手，紧紧地握着，而且，假如当时的环境能够允许，我一定向他拥抱而高喊起来：

“亲爱的弟弟，我们期待着你做一个中国的列宁！”

关于这个勇敢的小同志，我们底主席向我们说着这样的话：

“假如他能够在上海受训练二年，一定能做一个非常好的 CY。不过我们不能留他住在上海，那边也需要像他这样的同志的。像他这样的少年，是到处都被需要的。”

有一次，他从我们底一位漂亮的同志底西装的外衣袋里，掏出一块紫绸的色光灿烂的小手帕来，他看的惊骇了。

“这做什么用的？”他问。

“没有什么用，装饰装饰。”我们底漂亮的同志答。

“可以给小妹妹罩在头上的呀！”他很快乐地说，同时将这稀薄的手帕网在脸上，窥望着各处。

“送给你罢，你带回去送爱人去罢。”我们底漂亮的同志笑嘻嘻地说。

“呀？”他底大的鼻子竟横开的非常阔了。这样，他就仔细地将它折好塞在他底小衫的衣袋里。

“打倒军阀！”

“打倒帝国主义！”

“猛烈地扩大红军！”

“组织地方暴动！”

“中国革命成功万岁！”

“世界革命成功万岁！”

威武的，扬跃的，有力的口号，在会议底胜利的闭幕式里，由一人的呼喊，各人的举手而终结了。我们慢慢地摇动着，心是紧张的，情感是兴奋的，态度是坚毅而微笑的，在我们底每一个人底背后，恍惚地有着几千百万的群众底影子，他们都在高声地庆祝着，欢呼着，手舞足蹈地欢乐着。我们底背后有着几千百万的群众底影子，他们在云霞之中欢乐着，飘动地同着我们走，拥护着我们底十大政纲，我们这次会议的五大决议案与二十二件小决议案，努力地实行着这些决议案的使命，努力地促进革命底迅速的成功。我们背后有着几千百万的群众的影子。我们分散了，负着这些工农革命底重大使命而分散了，向全国底各处深入，向全国底工农深入；我们底铁的拳头，都执着猛烈的火把。中国，红起来罢！中国，红起来罢！全世界底火焰，也将由我们底点着而要焚烧起来了！世界革命成功万岁！我们都以火，以血，以死等待着。我们分散了，在我们底耳边，仿佛响彻着胜利的喇叭声，凯旋的铜鼓底咚咚声。仿佛，在大风中招展的红旗，是竖在我们底喜马拉雅山的顶上。

一九三〇年六月十六日

一个褴褛的老医仙

你真太苦了！背着囊，囊中盛百草的古根，采之于悬崖，采之于海底，费了你精壮的少年时节，正可行乐的青春的光阴，眼被药气熏赤了，腰被药椎捣偻了。而今，你还在街头走，你还在巷尾叫，

“百病好医！”

但你腹中已三天没见白米，你的声音也低了。

你真太苦了！你没有谋生的本领，你却有救人的方法，你不能先医自己的饿腹，你却说能医世上的奇病怪毒，除了你欺骗你的良心外，谁能信任你？有谁来信任你？

你真太苦了！你看，那高楼大厦中的文人，他先穿上那堂皇的衣冠，走着那和钟摆一样的脚步。他说：

“世界糟到这个地步了，非我的力量不可。”

于是人们就和逐臭的苍蝇般来了。

再看，那金鞍肥马上的兵士，他先吃圆他的脸孔，养壮他的身躯，背上了枪，系上了弹，扳出谁敢凌他的威风。他说：

“世界糟到这个地步了，非我的力量不可。”

于是人们又和得粪的狗一般听命了。

你真太苦了！你穿着褴褛的衣衫，你饿着腹，形容憔悴，你的呼声低弱，你踏遍街头，你叫遍巷尾，谁能信任你，有谁来信任你？

或者，你用滑稽的手段，你用夸张的口吻，你向人迷笑，你向人吹嘘，万一有老太太，少奶奶，她们能求你一问，但你又低着头过去了。

你真太苦了！你不懂谋生的方法，你却有救人的心志，不先医你自己，却先去医人世，何〔你〕真太苦了！

你还天天不息地走，轻轻地叫，或者，你的精神不死了！

一九二六，五，九　国耻日

个人主义与流氓本相

精确的 Individualism 底意义，当然是重视着社会里底个体底独立与自由；流氓呢，不过是无业者的一批汉子，互相勾结着来谋各自底丰衣足食罢了。但，在中国，竟有许多青年，平静时则晃着他个人主义的行动的红顶子，一到有变故，就摇身而现出流氓的本相了。以自我为一切的标准，确定了这两者底运命；以私利为存活的方法，就联接着这两者底行动了。所以商人可以变流氓，文人亦可变流氓，前者因为谋不到利，后者因为发不了财；而此外，更有多少的青年，当别人给他一个不利的教训时，就突着眼，喝着声，几乎摩拳擦掌，恨不得我为皇帝而置汝等于刑台，现出这一种态度来了。呜呼，青年，徘徊于社会的改进圈外者，请注意一些社会底来源，尊重一些生命之不易罢！我为皇帝虽好，其如万民受苦何？况现今，皇帝之梦，万难实现于中国；社会的思想，已涂到地球底山坳，顾念他人，实在是一件要紧的事呀！

一九三〇，二，将付房租之夜

果筵散后

朋友们已经散了，果筵也只剩着皮壳。虽则从香蕉碧色的蒂上，柑子朱红的皮里，隐约可以窥见过去底影子，——笑的脸，高声的谈话，和一二句不自觉的溜出口边的歌声。总之，朋友们已经散了。

过去是值得留恋的么？我不这样相信！过去是不值得留恋的么？我又不愿这样说了。那在我底过去里，留给我些什么呀？——春雨下的同伞的女伴；十月的芙蓉前，爱者唱起歌声来了；还有同几个朋友的狂歌与豪饮。唉！但留给我些什么呢？我还留恋起它们么？

现在，我不活泼了？我对十七八岁的少友底滔滔如流水的传情，我只微笑地静默了。他们底话是说的何等可爱呀，我只静心倾耳听着罢了。自己已不能叩开生命底真正的幸福之门，回身于年少，自己又将有何种冀求呵！但这不是我悲哀，我已经没有悲哀了。

月亮从东而西，朋友们则从西而东：澄清而幽渺的明月呀，你将何所营？你将终古而不息？筑室在南山之南，尽力地犁锄了乱草之后，朋友们，自有我们底茅房，自有我们底芦屋，造物是不会欺负我们的，只要你们底忠诚不灭，我底努力不歇，将永有我们自己底一片土，又何用我今夜之悲哀？

虽则朋友们已经散了。

《旧时代之死》自序

在本书内所叙述的，是一位落在时代的熔炉中的青年，八天内所受的“熔解生活”的全部经过。

回忆向前溯，说几句几年以前的事罢。那时正是段棋瑞在天安门前大屠杀北京学生的时候，我滞留在上海。那时心内的一腔愤懑，真恨的无处可发泄。加之同住在上海的几位朋友，多半失着业，叫着苦；虽则我们有时也喝两三杯酒，或打三四圈牌，可是在喝酒打牌的时候，朋友们却常引颈地长叹一声，从下意识中流露出一种人生的苦闷的痕迹来！欢乐时的悲哀是人生真正的悲哀，何况我们都是青年，不该有悲哀来冲洗的时代！

因此，我就收拾青年们所失落着的生命的遗恨，结构成这部小说。动手写起来，半个月，成就了上半部，后来杭州有点教书的事情叫我去做，就在杭州的公余之暇完成了下半部。

那年秋后，我因病的关系，带着这部稿子一同回到家乡。病愈后，个人的债愈积，却忙于求生活。虽伴我身边，长留着这部稿子，但总不得闲空来重修理他底面目。及到去年初夏，家乡留不得重回到上海来，闲住着，才耆出自己的青春放在一字字的改修与抄录中，正是溽暑焦人的时候。

上面已经说过，这部小说我是意识地野心地掇拾青年苦闷与呼号，凑合青年的贫穷与忿恨，我想表现着“时代病”的传染与紧张。

可是自己的才力不够，又是我长篇小说的第一部，技巧上定有许多的罅漏。因此，我所想说的，读者或感觉到不要；我所着重而卖力的，或使读者失望地呼喊，说所化去的书价是冤枉的了。不过我却忠诚地向站在新时代台前奋斗，或隐在旧时代幕后挣扎的朋友们，供献我这部书。

一九二九年八月十六日于上海闸北，柔石

《希望》自序

收在这里的二十几篇小说，多半是在一九二八夏到一九二九秋这中间写的。

从前（五六年前）我曾自己出钱印过一本薄薄的小说集，可是装订完毕之后，自己就愿意它立刻灭亡，因为发现出内容之幼稚与丑陋。那本书，以后是送给我底开着一家小店的哥哥，拆了包货物用了。

现在我又将出这本书，可是我底心又在微颤，会否这本书底命运，同上一本一样，丢入和粗纸同样的地位里。

可是这是无可如何的事，我只希望以后自己能有更好的作品，供献给买我书的读者。

生命是在递变的，人与社会应当也走着在无限的前进的途程中，我底“希望”是如此。

一九二九年冬于上海　著者

丰子恺君底飘然的态度

最近在一本杂志上读到两篇丰子恺君底随笔。他在这两篇随笔上底意思，都叫青年学生们放下课本去观赏梅花，似乎不去观赏，连做人的意义都要失去了一样。他彻底地赞美了当作国花的梅花，似乎非常地用了他底思想与美丽之笔。可是我看了，几乎疑心他是古人，还以为林逋姜白石能够用白话来做文章了。

本来丰子恺君是“最欢喜在吴昌硕的梅花图前低徊吟味”，则赞美我们底数千年来文化所钟的国花，原也是丰君的自由；他“又欢喜坐在黄包车中低声背诵暗香疏影的词”，（当然，这时黄包车夫底喘气与流汗他是看不见的），我们自然也不能将他从车中拉下来；正如他之欢喜吃素， 我们不能硬用牛肉来塞在他底口里一样。可是他用著作的形式，来发表他底教学生的议论，却令人有点骇异。我虽知道“我们的地位是中产阶级”的学生诸君，不尽是个个人在放下课本之后，就在做有意义的社会的革命工作，他们有的连课本都没有拿起就在和舞女拥抱了。但我以为，在这个“中产阶级已在崩溃的途上”的时代，他们比较的应该走进社会一些，向社会底核心钻研一些，也就好一些。在访问了河浜上的以船为家的他们底苦况以后，或去看看马路上的美国的带白帽的水兵，用棍棒似的短 stick，没头没脑地敲着拉不快的老黄包车夫底头皮，我以为定比去看梅花要多一点感想，多一点益处，至少，当回来再拿起课本的时候，比较的总要认真些，着实些，也有志气些，不致如丰君做那两篇文章时的态度的那么飘然了。（当然，丰君是在观赏了梅花以后做的。）

还有最后几句话，是对丰君底那两篇文章底最后一段说的。丰君自赞了他底自画的《护生画集》，我却在他底集里看出他底荒谬与浅薄。有一幅，他画着一个人提着火腿，旁边有一只猪跟着说话："我的腿。"听说丰君除吃素以外是吃鸡蛋的，那么丰君为什么不画一个人在吃鸡蛋，旁边有一只鸡在说话"我底蛋"呢？这个例，就足够证明丰君底思想与行为底互骗与矛盾，并他底一切议论的价值了。

我希望于大众文艺的

我曾看见修筑马路的小工，卧在马路旁的小棚中看《性史》，也曾看见站岗的警察，靠在电柱边的路灯下读《忠义二侠传》；此外，当然更有许多工农大众，在寻求着他们所需要的读物。因此我想，假如中国的文艺界能有一种好的期刊，会代替非科学的性的什么，或充满封建思想的忠义的什么等，那对于大众的供献实在是非常之大。我希望这责任，大众文艺能负担起来。

小　说

希　望

李静文吃过了晚饭，觉得非常无聊，阴闷的秋天一般的，走了两圈天井又回到书桌前坐着。点着一支卷烟，袅袅的青烟是引他思想的：爱情，幸福，美丽，家庭，他回念了一周，于是又站起，轻轻地自说了一句："还是到密司脱刘夫妇那里去坐一趟罢，"就走着出去了。

密司脱刘底妻有美丽的眼睛和头发，这是他时常记着的；眼睛不在笑的时候也迷媚的，头发却细卷地披在头后，他常对刘说："要是我底妻有你底妻底这两样，无论她不识字，脚小，尽够抵得过了！"

这时他站在他们底门外，他所谓幸福的家庭底门外。门是开着的，他却没有一直走进去，只拣了阴暗的檐下，侦探似的暗看门内刘与他妻底行动。两人正在吃饭，"真是一对鸳鸯呀，" 他摇首。可是一个却更显出快乐，一个却更显出妩美，刘用五香烧肉拈在他妻底碗上，他妻却用这个拈到刘底口中，两人推让着，作客一般地。一时，刘妻又奔到厨间，不知拿来了什么，放在刘底面前；又不知讲了什么，刘"哈"的一声大笑了；——他几乎也跟着失声大笑了——饭喷上了菜和桌，刘妻拿出帕，稍稍愠怒地说："三岁的小孩子一般，不好转过头去的么？"刘应声轻笑说："我要嚼糊喟在你口子里，看你怎样？"简直看影戏一般，使他忍不住了，就在门外，用掌拍，拍，拍的拍了三声。

“哪个？门外，吓死人。”

刘妻吃惊地探头向外。李静文却气馁地走进去，一面说：

“还不是白眼看看人的我么？”

“李先生，你怎么啦，不走进来。”

“白鸽样一对，我要赏鉴你们底幸福。”

“笑话，笑话，幸亏我们没有秘密呢！”

他却不待他们“请”，就坐在一把摇椅上，一边说：

“除接吻外，都表现着了。”

可是他们没有说，匆匆吃完饭。女用人在旁收拾。

这时刘递烟卷给他，刘妻就擦洋火给他点上火。他一边在点火的时候，一边眼睛看着她底眼，还横上看了她底头发。刘吸了一口烟，就向他问：

“你底夫人怎样！消息——”

“一点也没有，一点也没有。”

他喷着青烟，摇摇头。

刘妻笑了一笑，接着说：

“应当有一点了，李先生，你不肯告诉我们么？”

“为什么不肯告诉你们？孩子生出来是不会同他母亲一样黄头发，缠过脚的。”

“冤枉，”刘说，“你总说她黄头发，我看来是非常黑的。”

“就是黄头发也没有什么，外国女人底头发岂不是比中国女人底美丽么？”刘妻不自足地接着说。

屋内稍稍静一息，烟气缕缕地轻擦着各人底鼻管。李静文忽然叹息说：

“算了算了，黄也算了，白也算了。”

刘却暗笑地兴奋地说：

“不会算了的，静文，人底运命说不定，转变是非常快的。”同时他向他妻瞟了一眼。“你底父亲真的到现在还没有给你一封信么？”

“真的，三个月了。三个月前底来信，他明说不久妻要生产了。”又吸了一口烟，“可是到现在还没有消息。”

“你自己计算计算月数怎样呢？”

“十四个月了，十四个月了，去年七月离家……”

刘却没有等他说完，接着说：

“一定有了意外了。”

“什么呢？”

“难产也说不定。”

“难产？”他兴奋起来，“怎样难产？莫非我妻死了么？”

“说不定。”刘冷冷的。

“就是难产，父亲也应该有信来。”

“难产了，当然没有信；空使你哭一场，什么用？”稍停一忽，“否则怎么会没有信？就是生下一个女儿，也是你底第一个女儿，你父亲断不会忘记告诉你消息的。只有，只有难产了，你夫人不幸牺牲了，那你再等一个月，消息还是不会自动传来的。”

“是呀，”他底眼睛睁的大大的，从摇椅上站起来，又坐下。“莫非真的有什么不测么？”

“事情有些可疑了，生理学上断没有十四个月还不生孩子的。”刘补充理由说。

李静文微蹙着眉，静默一息，凄凉地说：

“假如真的难产了，这怎么办？”

刘又向他妻瞟一眼，——她只是笑着坐着，没有说一句话。——冷淡地讥笑般说：

“假如真的难产了，那只好另求别爱罢。”

这样，李静文却又跳起来，好似无聊到这时是完全没有了。提高声音说：

“我虽不希望她死，可是她却真的死了，那我未来的爱的幸福，还有偿补的机会罢！爱情底滋味怎么样，我一些没有尝到过，恋爱的滋味，新婚的滋味，我真梦似的将自己底青春送过了。一个完全不识字的她，上字会掉头读作下字的，不，简直掉头也读不出来！使我何等苦痛呢？即如现在，生了孩子也不晓得，不生孩子也不晓得，刘，你看，只要她能够写一个‘生’字，或生字上再写一个‘已’字，幸福就增加不少了！我读读只有‘已生’两个字的一张信纸，也必不如现在这么无聊，这么寂寞。所以她由难产而死了我是不希望的；万一她由难产而死了，刘，你想，那我……”

他没有说完，刘底妻却咯咯地笑个不住了。这时她问：

“依你怎样呢？李先生，你们男人底心理？”

“依我，”李怡然地说。同时他向壁上瞟了一眼，好像在这壁上他看出他理想的妻底美丽的影子。他就照着这影子，描摹出来地说道：“至少认得几个字，会写流畅的信的。也不要缠过足，穿上一双高跟皮鞋。”

“头发黄不要紧么？”刘妻笑着问。

“给她烫一烫；总之，头发黄是有个数的，我不知道怎样恶运星，恰恰碰着鬼打脸。”

刘妻又问道：“还要怎样呢？李先生。”

“自然和我住在一道。我底收入是可以供给一个爱妻过活的，只要她不浪费，不买钻石戒指，不买金链条，其余，做件绸的粉红色的衣服，都可以；那穿起来，我们同到影戏院去看看影戏，也使得别人眩眼，我也分沾着光辉的。”

“但是看了影戏回来，她却对你发起脾气来，你怎么样？”同时她向她默笑的丈夫看一眼，“我是常常和他看了影戏回来要闹的。”

“刘？闹？你们要闹？”他惊骇地问刘，“我假如有像你这样的夫人，是会跪下去求她笑起来的。”

这样，三人统统大笑了。

“那么，”刘说，“你祷告罢，祷告你底夫人已经难产死去了。”

“这也不忍。不过她真的死了，我也不悲伤的，她太给我不满意了。”

“你们男人底心理，我现在懂得了。”刘妻转过头说。

“你不要说这样话，”他起劲地，“假如我底妻是和你姊妹，那我一定会和她同死的！——同生同死！”

刘妻微笑了：“奴婢一般地侍奉她么？”

“上帝一般的侍奉她。”李静文应声说。

“那做你底夫人真有幸福。”

“不过描写在天国中！刘，你以为是么？虽则人间也存在着的；有时跑马路，洋车上，汽车上，见到不少的天仙似的姑娘，——活泼，妩媚，动人，妖艳，轻盈的微笑，迷魂的眼色，可是谁底妻呢？谁底幸福与谁底极乐园？我，我，一个结过旧式的女子的婚底人，妻又是小脚而不识字的，简直不能同她在街上玩，真悲伤，一想到这里，……刘，你为什么不响呢？你笑什么？”

李静文竟唠唠叨叨地说了。这时，刘答：

“此后你不悲伤了，希望来了。”

“还有什么希望。”他仰睡在摇椅上，摇着，叹息的。刘说：

“因为你不满意的人上帝带她回去了，在这次的难产，一定的。”

他继续着摇，同时向刘底妻看一眼，叫道：

“梦，梦。”

“你写封信去间接的打听一下罢，假如真的起变故，可以积极进行以后底。”

同时刘妻说：

“假如真的起变故，你一滴泪也不流么？”

“流泪是假的。”

“那你为什么和她生着孩子呢？”

三人底目光互相关照了一下。

“谁知道，问造化去罢。”

刘妻又笑说：

“所以做你底夫人真冤枉！”

“同时我也冤枉了，你们女人总是帮着女人说话的。”

“因此，”刘笑说，“男人还是帮着男人，我劝你赶紧祷告罢。祷告你旧的夫人难产死了，希望在你新的来，走近你，偎近你，洗雪你底冤枉。”

“完了完了，不说空话了，”同时他向门外望了一望，似有他新的美丽姑娘进来一般，但门外底阴影仍留住他底眼光，“我要回去了，写封信，切实去问个明白。”

他站起来，虽则刘和刘底妻再二要他再坐一息，再谈一息，而他终于开步走了。

路相隔是近的，可是他思想却奔跑的很远很远。他一回愁着，一回又笑了；一回追想起旧式婚姻的憎恨，一回又演现出新的夫人底美艳了；生活的单调，幸福的失落，他轻轻叹息说：“希望，希望，转机就在这一着了。”同时他跨进寓里他自己底房门，向桌上一看，红色的长方的信，箭一般射入他眼内，他急忙拿起一看，不错的！是家书，他父亲底亲笔！他急忙拿剪裁了封口，一边心里想愿——在这封信内所封藏着的：

“汝妻不幸，一产病故！”

唉，没有人知道他那时底心境和急促！他抽出信纸来，目光如电闪似地读：

“吾儿静文：三月前汝妻安然养下一子，肥白可爱……”

“唉！”他极乐地叹息了，又极悲地笑起了。他不愿读下去了，捻着这封信，卧倒在床上，自语的，空虚而失望。

“算了算了，恋爱，幸福，美丽，梦想，一切完了！”

怪母亲

六十年的风吹，六十年的雨打，她底头发白了，她底脸孔皱了。

她——我们这位老母亲，辛勤艰苦了六十年，谁说不应该给她做一次热闹的寿日。四个儿子孝敬她，在半月以前。

现在，这究竟为什么呢？她病了，唉，她自己寻出病了。一天不吃饭，两天不吃饭，第三天稀稀地吃半碗粥。懒懒地睡在床上，濡濡地流出泪来，她要慢慢地饿死她自己了。

四个儿子急忙地，四个媳妇惊愕地，可是各人低着头，垂着手，走进房内，又走出房外。医生来了，一个，两个，三个，都是按着脉搏，问过症候，异口同声这么说："没有病，没有病。"

可是老母亲一天一天地更瘦了—— 一天一天地少吃东西，一天一天地悲伤起来。

大儿子流泪的站在她床前，简直对断气的人一般说：

"妈妈，你为什么呢？我对你有错处吗？我妻对你有错处么？你打我几下罢！你骂她一顿罢！妈妈，你为什么要饿着不吃饭，病倒你自己呢？"

老母亲摇摇头，低声说：

"儿呀，不是；你俩是我满意的一对。可是我自己不愿活了，活到无可如何处，儿呀，我只有希望死了！"

"那么，"儿说，"你不吃东西，叫我们怎样安心呢？"

“是，我已吃过多年了。”

大儿子没有别的话，仍悲哀地走出房门，忙着去请医生。

可是老母亲底病一天一天地厉害了，已经不能起床了。

第二个儿子哭泣地站在她床前，求她底宽恕，说道：

“妈妈，你这样，我们底罪孽深重了！你养了我们四兄弟，我们都被养大了。现在，你要饿死你自己，不是我和妻等对你不好，你会这样么？但你送我到监狱去罢！送我妻回娘家去罢！你仍吃饭，减轻我们底罪孽！”

老母亲无力地摇摇头，眼也无光地眨一眨，表示不以为然，说：

“不是，不是，儿呀，我有你俩，我是可以瞑目了！病是我自己找到的，我不愿吃东西！我只有等待死了！”

“那么，”儿说，“你为什么不愿吃东西呢？告诉我们这理由罢。”

“是，但我不能告诉的，因为我老了！”

第二个儿子没有别的话，揩着眼泪走出门，仍忙着去请医生。

可是老母亲的病已经气息奄奄了。

第三个儿子跪在她床前，几乎咽不成声地说：

“妈妈，告诉我们这理由罢！使我们忏悔罢！连弟弟也结了婚，正是你老该享福的时候。你劳苦了六十年，不该再享受四十年的快乐么？你百岁归天，我们是愿意的，现在，你要饿死你自己，叫我们怎么忍受呢？妈妈，告诉我们这理由，使我们忏悔罢！”

老母亲微微地摇一摇头，极轻地说：

“不是，儿呀，我是要找你们底爸爸去的。”

于是第三个儿子荷荷大哭了。

“儿呀，你为什么哭呢？”

“我也想到死了几十年的爸爸了。”

“你为什么想他呢？”

儿哀咽着说：

“爸爸活了几十年，是毫无办法地离我们去了！留一个妈妈给我们，又苦得几十年，现在偏要这样，所以我哭了！”

老母亲伸出她枯枝似的手，摸一摸她三儿底头发，苦笑说：

“你无用哭，我还不会就死的。”

第三个儿子呆着没有别的话；一时，又走出门，忙着去请医生，可是医生个个推辞说：

“没有病；就病也不能医了。这是你们底奇怪母亲，我们底药无用的。”

四个儿子没有办法，大家团坐着愁起来，好像筹备殇事一样。于是第四个儿子慢慢走到她床前，许久许久，向他垂死的老母叫：

“妈妈！”

“什么？”她似乎这样问。

“也带我去见爸爸罢！”

“为什么？”她稍稍吃惊的样子。

“我活了十九岁，还没有见过爸爸呢！”

“可是你已有妻了！”她声音极低微地说。

“妻能使妈妈回复健康么？我不要妻了。”

“你错误，不要说这呆话罢。”她摇头不清楚地说。

“那妈妈究竟为什么？妈妈要自己饿死去找爸爸呢？”

“没有办法。”她微微叹息了一声。

第四个儿子发呆了，一时，又叫：

“妈妈！”

“什么？”她又似这样问。

“没有一点办法了么？假如爸爸知道，他也愿你这样饿死去找他么？”

老母亲沉思了一下，轻轻说：

“方法是有的。”

“有方法？”

第四个儿子大惊了。简直似跳地跑出房外，一齐叫了他底三个哥哥来。在他三个哥哥底后面还跟着他底三位嫂嫂和他妻，个个手脚失措一般。

“妈妈，快说罢，你要我们怎样才肯吃饭呢？”

“你们肯做么？”她苦笑地轻轻地问。

“无论怎样都肯做，卖了身子都愿意！”个个勇敢地答。

老母亲又沉想了一息，眼向他们八人望了一圈，他们围绕在她前面。她说：

“还让我这样死去罢！让我死去去找你们底爸爸罢！”

一边，她两眶涸池似的眼，充上泪了。

儿媳们一齐哀泣起来。

第四个儿子逼近她母亲问道：

“妈妈没有对我说还有方法么？”

“实在有的，儿呀。”

“那么，妈妈说罢！”

“让我死在你们四人底手里好些。”

“不能说的吗？妈妈，你忘记我们是你底儿子了！你竟一点也不爱我们，使我们底终身，带着你临死未说出来的镣链么？”

老母亲闭着眼又沉思了一忽，说：

“那先给我喝一口水罢。”

四位媳妇急忙用炉边的参汤，提在她底口边。

“你们记着罢，”老母亲说了，“孤独是人生最悲哀的！你年少时，我虽早死了你们底爸爸，可是仍留你们，我扶养，我教导，我是不感到寂寞的。以后，你们一个娶妻了，又一个娶妻了；到四儿结婚的时候，我虽表面快乐——去年底非常的快乐，而我心，谁知道难受到怎样呢？娶进了一位媳妇，就夺去了我底一个亲吻；我想到你们都有了妻以后的自己底孤独，寂寞将使我如何度日呀！而你们终究都成对了，一对一对在我眼前；你们也无用讳言，有了妻以后的人底笑声，对母亲是假的，对妻是真的。因此，我勉强的做过了六十岁的生辰，光耀过自己底脸孔，我决计自求永诀了！此后的活是累赘的，剩余的，也无聊的，你们知道。”

四个儿子与四位媳妇默然了。个个低下头，屏着呼吸，没有声响。老母亲接着说：

“现在，你们想救我么？方法就在这里了。”

各人底眼都关照着各人自己底妻或夫，似要看他或她说出什么话。十九岁的第四个儿子正要喊出，“那让我妻回娘家去罢！”而老母亲却先开口了：

“呆子们，听罢，你们快给我去找一个丈夫来，我要转嫁了！

“你们既如此爱你们底妈妈，那照我这一条方法救我罢，我要转嫁了。”稍稍停一忽，“假如你们认为不可，那就让我去找你们已死的父亲去罢！没有别的话了，——”

六十年的风吹，六十年的雨打；她底头发白了，她底脸孔皱了！

为奴隶的母亲

她底丈夫是一个皮贩，就是收集乡间各猎户底兽皮和牛皮，贩到大埠上出卖的人。但有时也兼做点农作，芒种的时节，便帮人家插秧，他能将每行插得非常直，假如有五人同在一个水田内，他们一定叫他站在第一个做标准。然而境况总是不佳，债是年年积起来了。他大约就因为境况的不佳，烟也吸了，酒也喝了，钱也赌起来了。这样，竟使他变做一个非常凶狠而暴躁的男子，但也就更贫穷下去，连小小的移借，别人也不敢答应了。

在穷底结果的病以后，全身便就成枯黄色，脸孔黄的和小铜鼓一样，连眼白也黄了。别人说他是黄胆病，孩子们也就叫他“黄胖”了。有一天，他向他底妻说：

“再也没有办法了，这样下去，连小锅子也都卖去了。我想，还是从你底身上设法罢。你跟着我挨饿，有什么办法呢？”

“我底身上？……”

他底妻坐在灶后，怀里抱着她底刚满三周的小男孩——孩子还在啜着奶，她讷讷地低声地问。

“你，是呀，”她底丈夫病后的无力的声音，“我已经将你出典了……”

“什么呀？”他底妻几乎昏去似的。

屋内是稍稍静寂了一息。他气喘着说：

“三天前，王狼来坐讨了半天的债回去以后，我也跟着他去，走到了九亩潭边，我很不想要做人了。但是坐在那株爬上去一纵身就可落在潭里的树下，想来想去，总没有力气跳了。猫头鹰在耳朵边不住地啭，我底心被它叫寒起来，我只得回转身，但在路上，遇见了沈家婆，她问我，晚也晚了，在外做什么。我就告诉她，请她代我借一笔款，或向什么人家的小姐借些衣服或首饰去暂时当一当，免得王狼底狼一般的绿眼睛天天在家里闪烁。可是沈家婆向我笑道：

“‘你还将妻养在家里做什么呢，你自己黄也黄到这个地步了？’

“我低着头站在她面前没有答，她又说：

“‘儿子呢，你只有一个了，舍不得。但妻——’

“我当时想：‘莫非叫我卖去妻了么？’

“而她继续道：

“‘但妻——虽然是结发的，穷了，也没有法。还养在家里做什么呢？’

“这样，她就直说出：‘有一个秀才，因为没有儿子，年纪已五十岁了，想买一个妾；又因他底大妻不允许，只准他典一个，典三年或五年，叫我物色相当的女人：年纪约三十岁左右，养过两三个儿子的，人要沉默老实，又肯做事，还要对他底大妻肯低眉下首。这次是秀才娘子向我说的，假如条件合，肯出八十元或一百元的身价。我代她寻了好几天，总没有相当的女人。’她说：现在碰到我，想起了你来，样样都对的。当时问我底意见怎样，我一边掉了几滴泪，一边却被她催的答应她了。”

说到这里，他垂下头，声音很低弱，停止了。他底妻简直痴似的，话一句没有。又静寂了一息，他继续说：

“昨天，沈家婆到过秀才底家里，她说秀才很高兴，秀才娘子也喜欢，钱是一百元，年数呢，假如三年养不出儿子，是五年。沈家婆并将日子也拣定了——本月十八，五天后。今天，她写典契去了。”

这时，他底妻简直连腑脏都颤抖，吞吐着问：

“你为什么早不对我说？”

“昨天在你底面前旋了三个圈子，可是对你说不出。不过我仔细想，除出将你底身子设法外，再也没有办法了。”

“决定了么？”妇人战着牙齿问。

“只待典契写好。”

“倒霉的事情呀，我！——一点也没有别的方法了么？春宝底爸呀！”

春宝是她怀里的孩子底名字。

“倒霉，我也想到过，可是穷了，我们又不肯死，有什么办法？今年，我怕连插秧也不能插了。”

“你也想到过春宝么？春宝还只有五岁，没有娘，他怎么好呢？”

“我领他便了。本来是断了奶的孩子。”

他似乎渐渐发怒了。也就走出门外去了。她，却呜呜咽咽地哭起来。

这时，在她过去的回忆里，却想起恰恰一年前的事：那时她生下了一个女儿，她简直如死去一般地卧在床上。死还是整个的，她却肢体分作四碎与五裂。刚落地的女婴，在地上的干草堆上叫：“呱呀，呱呀”声音很重的，手脚揪缩。脐带绕在她底身上，胎盘落在一边，她很想挣扎起来给她洗好，可是她底头昂起来，身子凝滞在床上。这样，她看见她底丈夫，这个凶狠的男子，飞红着脸，提了一桶沸水到女婴的旁边。她简直用了她一生底最后的力向他喊：“慢！慢……”但这个病前极凶狠的男子，没有一分钟商量的余地，也不答半句话，就将“呱呀，呱呀，”声音很重地在叫着的女儿，刚出世的新生命，用他底粗暴的两手捧起来，如屠户捧将杀的小羊一般，扑通，投下在沸水里了！除出沸水的溅声和皮肉吸收沸水的嘶声以外，女孩一声也不喊——她疑问地想，为什么也不重重地哭一声呢？竟这样不响地愿意冤枉死去么？啊！——她转念，那是因为她自己当时昏过去的缘故，她当时剜去了心一般地昏去了。

想到这里，似乎泪竟干涸了。“唉！苦命呀！”她低低地叹息了一声。这时春宝拔去了奶头，向他底母亲的脸上看，一边叫：

“妈妈！妈妈！”

在她将离别底前一晚，她拣了房子底最黑暗处坐着。一盏油灯点在灶前，萤火那么的光亮。她，手里抱着春宝，将她底头贴在他底头发上。她底思想似乎浮漂在极远，可是她自己捉摸不定远在那里。于是慢慢地跑回来，跑到眼前，跑到她底孩子底身上。她向她底孩子低声叫：

“春宝，宝宝！”

“妈妈，”孩子含着奶头答。

“妈妈明天要去了……”

“唔，”孩子似不十分懂得，本能地将头钻进他母亲底胸膛。

“妈妈不回来了，三年内不能回来了！”

她擦一擦眼睛，孩子放松口子问：

“妈妈那里去呢？庙里么？”

“不是，三十里路外，一家姓李的。”

“我也去。”

“宝宝去不得的。”

“呃！”孩子反抗地，又吸着并不多的奶。

“你跟爸爸在家里，爸爸会照料宝宝的：同宝宝睡，也带宝宝玩，你听爸爸底话好了。过三年……”

她没有说完，孩子要哭似地说：

“爸爸要打我的！”

“爸爸不再打你了，”同时用她底左手抚摸着孩子底右额，在这上，有他父亲在杀死他刚生下的妹妹后第三天，用锄柄敲他，肿起而又平复了的伤痕。

她似要还想对孩子说话，她底丈夫踏进门了。他走到她底面前，一只手放在袋里，掏取着什么，一边说：

“钱已经拿来七十元了。还有三十元要等你到了后十天付。”

停了一息说：“也答应轿子来接。”

又停了一息：“也答应轿夫一早吃好早饭来。”

这样，他离开了她，又向门外走出去了。

这一晚，她和她底丈夫都没有吃晚饭。

第二天，春雨竟滴滴淅淅地落着。

轿是一早就到了。可是这妇人，她却一夜不曾睡。她先将春宝底几件破衣服都修补好；春将完了，夏将到了，可是她，连孩子冬天用的破烂棉袄都拿出来，移交给他底父亲——实在，他已经在床上睡去了。以后，她坐在他底旁边，想对他说几句话，可是长夜是迟延着过去，她底话一句也说不出，而且，她大着胆向他叫了几声，发了几个听不清楚的音，声音在他底耳外，她也就睡下不说了。

等她朦朦胧胧地刚离开思索将要睡去，春宝又醒了。他就推叫他底母亲，要起来。以后当她给他穿衣服的时候，向他说：

“宝宝好好地在家里，不要哭，免得你爸爸打你。以后妈妈常买糖果来，买给宝宝吃，宝宝不要哭。”

而小孩子竟不知道悲哀是什么一回事，张大口子“唉，唉，”地唱起来了。她在他底唇边吻了一吻，又说：

“不要唱，你爸爸被你唱醒了。”

轿夫坐在门首的板凳上，抽着旱烟，说着他们自己要听的话。一息，邻村的沈家婆也赶到了。一个老妇人，熟悉世故的媒婆，一进门，就拍拍她身上的雨点，向他们说：

“下雨了，下雨了，这是你们家里此后会有滋长的预兆。”

老妇人忙碌似地在屋内旋了几个圈，对孩子底父亲说了几句话，意思是讨酬报。因为这件契约之能订的如此顺利而合算，实在是她底力量。

“说实在话，春宝底爸呀，再加五十元，那老头子可以买一房妾了。”她说。

于是又转向催促她——妇人却抱着春宝，这时坐着不动。老妇人声音很高地：

“轿夫要赶到他们家里吃中饭的，你快些预备走呀！”

可是妇人向她瞧了一瞧，似乎说：

“我实在不愿离开呢！让我饿死在这里罢！”

声音是在她底喉下，可是媒婆懂得了，走近到她前面，迷迷地向她笑说：

“你真是一个不懂事的丫头，黄胖还有什么东西给你呢？那边真是一份有吃有剩的人家，两百多亩田，经济是宽裕，房子是自己底，也雇着长工养着牛。大娘底性子是极好的，对人非常客气，每次看见人总给人一些吃的东西。那老头子——实在并不老，脸是很白白的，也没有留胡子，因为读了书，背有些偻偻的，斯文的模样。可是也不必多说，你一走下轿就看见的，我是一个从不说谎的媒婆。”

妇人拭一拭泪，极轻地：

“春宝……我怎么能抛开他呢！”

“不用想到春宝了，”老妇人一手放在她底肩上，脸凑近她和春宝。“有五岁了，古人说：‘三周四岁离娘身，’可以离开你了。只要你底肚子争气些，到那边，也养下一二个来，万事都好了。”

轿夫也在门首催起身了，他们噜苏着说：

“又不是新娘子，啼啼哭哭的。”

这样，老妇人将春宝从她底怀里拉去，一边说：

“春宝让我带去罢。”

小小的孩子也哭了，手脚乱舞的，可是老妇人终于给他拉到小门外去。当妇人走进轿门的时候，向他们说：

“带进屋里来罢，外边有雨呢。”

她底丈夫用手支着头坐着，一动没有动，而且也没有话。

两村的相隔有三十里路，可是轿夫的第二次将轿子放下肩，就到了。春天的细雨，从轿子底布篷里飘进，吹湿了她底衣衫。一个脸孔肥肥的，两眼很有心计的约摸五十四五岁的老妇人来迎她，她想：这当然是大娘了。可是只向她满面羞涩地看一看，并没有叫。她很亲昵似地将她牵上阶沿，一个长长的瘦瘦的而面孔圆细的男子就从房里走出来。他向新来的少妇，仔细地瞧了瞧，堆出满脸的笑容来，向她问：

“这么早就到了么？可是打湿你底衣裳了。”

而那位老妇人，却简直没有顾到他底说话，也向她问：

“还有什么在轿里么？”

“没有什么了，”少妇答。

几位邻舍的妇人站在大门外，探头张望的，可是她们走进屋里面了。

她自己也不知道这究竟为什么，她底心老是挂念着她底旧的家，掉不下她的春宝。这是真实而明显的，她应庆祝这将开始的三年的生活——这个家庭，和她所典给他的丈夫，都比曾经过去的要好，秀才确是一个温良和善的人，讲话是那么地低声，连大娘，实在也是一个出乎意料之外的妇人，她底态度之殷勤，和滔滔的一席话：说她和她丈夫底过去的生活之经过，从美满而漂亮的结婚生活起，一直到现在，中间的三十年。她曾做过一次的产，十五六年以前了，养下一个男孩子，据她说，是一个极美丽又极聪明的婴儿，可是不到十个月，竟患了天花死去了。这样，以后就没有再养过第二个。在她底意思中，似乎——似乎——早就叫她底丈夫娶一房妾。可是他，不知是爱她呢，还是没有相当的人——这一层她并没有说清楚；于是，就一直到现在。这样，竟说得这个具着朴素的心地的她，一时酸，一时苦，一时甜上心头，一时又咸的压下去了。最后，这个老妇人并将她底希望也向她说出来了。她底脸是娇红的，可是老妇人说：

“你是养过三四个孩子的女人了，当然，你是知道什么的，你一定知道的还比我多。”

这样，她说着走开了。

当晚，秀才也将家里底种种情形告诉她，实际，不过是向她夸耀或求媚罢了。她坐在一张橱子的旁边，这样的红的木橱，是她旧的家所没有的，她眼睛白晃晃地瞧着它。秀才也就坐到橱子底面前来，问她：

“你叫什么名字呢？”

她没有答，也并不笑，站起来，走到床底前面，秀才也跟到床底旁边，更笑地问她：

“怕羞么？哈，你想你底丈夫么？哈，哈，现在我是你底丈夫了。”声音是轻轻的，又用手去牵着她底袖子。“不要愁罢！你也想你底孩子的，是不是？不过——”

他没有说完，却又哈的笑了一声，他自己脱去他外面的长衫了。

她可以听见房外的大娘底声音在高声地骂着什么人，她一时听不出在骂谁，骂烧饭的女仆，又好像骂她自己，可是因为她底怨恨，仿佛又是为她而发的。秀才在床上叫道：

“睡罢，她常是这么噜噜苏苏的。她以前很爱那个长工，因为长工要和烧饭的黄妈多说话，她却常要骂黄妈的。”

日子是一天天地过去了。旧的家，渐渐地在她底脑子里疏远了，而眼前，却一步步地亲近她使她熟悉。虽则，春宝底哭声有时竟在她底耳朵边响，梦中，她也几次地遇到过他了。可是梦是一个比一个缥缈，眼前的事务是一天比一天繁多。她知道这个老妇人是猜忌多心的，外表虽则对她还算大方，可是她底嫉妒的心是和侦探一样，监视着秀才对她的一举一动。有时，秀才从外面回来，先遇见了她而同她说话，老妇人就疑心有什么特别的东西买给她了，非在当晚，将秀才叫到她自己底房内去，狠狠地训斥一番不可。“你给狐狸迷着了么？”“你应该称一称你自己底老骨头是多么重！”像这样的话，她耳闻到不止一次了。这样以后，她望见秀才从外面回来而旁边没有她坐着的时候，就非得急忙避开不可。即使她在旁边，有时也该让开一些，但这种动作，她要做的非常自然，而且不能让旁人看出，否则，她又要向她发怒，说是她有意要在旁人的前面暴露她大娘底丑恶。而且以后，竟将家里的许多杂务都堆积在她底身上，同一个女仆那么样。她还算是聪明的，有时老妇人底换下来的衣服放着，她也给她拿去洗了，虽然她说：

“我底衣服怎么要你洗呢？就是你自己底衣服，也可叫黄妈洗的。”可是接着说：

“妹妹呀，你最好到猪栏里去看一看，那两只猪为什么这样喁喁叫的，或者因为没有吃饱罢，黄妈总是不肯给它们吃饱的。”

八个月了，那年冬天，她底胃却起了变化：老是不想吃饭，想吃新鲜的面，番薯等。但番薯或面吃了两餐，又不想吃，又想吃馄饨，多吃又要呕。而且还想吃南瓜和梅子——这是六月里的东西，真稀奇，向那里去找呢？秀才是知道在这个变化中所带来的预告了。他整日地笑微微，能找到的东西，总忙着给她找来。他亲身给她到街上去买橘子，又托便人买了金柑来。他在廊沿下走来走去，口里念念有词的，不知说什么。他看她和黄妈磨过年的粉，但还没有磨了三升，就向她叫："歇一歇罢，长工也好磨的，年糕是人人要吃的。"

有时在夜里，人家谈着话，他却独自拿了一盏灯，在灯下，读起《诗经》来了：

关关雎鸠，
在河之洲，
窈窕淑女，
君子好逑——

这时长工向他问：

"先生，你又不去考举人，还读它做什么呢？"

他却摸一摸没有胡子的口边，怡悦地说道：

"是呀，你也知道人生底快乐么？所谓：'洞房花烛夜，金榜挂名时。'你也知道这两句话底意思么？这是人生底最快乐的两件事呀！可是我对于这两件事都过去了，我却还有比这两件更快乐的事呢。"

这样，除出他底两个妻以外，其余的人们都大笑了。

这些事，在老妇人眼睛里是看得非常气恼了。她起初闻到她底受孕也欢喜，以后看见秀才的这样奉承她，她却怨恨她自己肚子底不会还债了。有一次，次年三月了，这妇人因为身体感觉不舒服，头有些痛，睡了三天。秀才呢，也愿她歇息歇息，更不时地问她要什么，而老妇人却着实地发怒了。她说她装娇，噜噜苏苏地也说了三天。她先是恶意地讥嘲她：说是一到秀才底家里就高贵起来了，什么腰酸呀，头痛呀，姨太太的架子也都摆出来了；以前在她自己底家里，她不相信她有这样的娇养，恐怕竟和街头的母狗一样，肚子里有着一肚皮的小狗，临产了，还要到处地奔求着食物。现在呢，因为“老东西”——这是秀才的妻叫秀才的名字——趋奉了她，就装着娇滴滴的样子了。

“儿子，”她有一次在厨房里对黄妈说，“谁没有养过呀？我也曾怀过十个月的孕，不相信有这么的难受。而且，此刻的儿子，还在‘阎罗王的簿里’，谁保的定生出来不是一只癞虾蟆呢？也等到真的‘鸟儿’从洞里钻出来看见了，才可在我底面前显威风，摆架子，此刻，不过是一块血的猫头鹰，就这么的装腔，也显得太早一点！”

当晚这妇人没有吃晚饭，这时她已经睡了，听了这一番婉转的冷嘲与热骂，她呜呜咽咽地低声哭泣了。秀才也带衣服坐在床上，听到浑身透着冷汗，发起抖来。他很想扣好衣服，重新走起来，去打她一顿，抓住她底头发狠狠地打她一顿，泄泄他一肚皮的气。但不知怎样，似乎没有力量，连指也颤动，臂也酸软了，一边轻轻地叹息着说：

“唉，一向实在太对她好了。结婚了三十年，没有打过她一掌，简直连指甲都没有弹到她底皮肤上过，所以今日，竟和娘娘一般地难惹了。”

同时，他爬过到床底那端，她底身边，向她耳语说：

“不要哭罢，不要哭罢，随她吠去好了！她是阉过的母鸡，看见别人的孵卵是难受的。假如你这一次真能养出一个男孩子来，我当送你两样宝贝——我有一只青玉的戒指，一只白玉的……”

他没有说完，可是他忍不住听下门外的他底大妻底喋喋的讥笑的声音，他急忙地脱去衣服，将头钻进被窝里去，凑向她底胸膛，一边说：

“我有白玉的……”

肚子一天天地膨胀的如斗那么大，老妇人终究也将产婆雇定了，而且在别人的面前，竟拿起花布来做婴儿用的衣服。

酷热的暑天到了尽头，旧历的六月，他们在希望的眼中过去了。秋开始，凉风也拂拂地在乡镇上吹送。于是有一天，这全家的人们都到了希望底最高潮，屋里底空气完全地骚动起来。秀才底心更是异常地紧张，他在井上不断地徘徊，手里捧着一本历书，好似要读它背诵那么地念去——“戊辰”，“甲戌”，“壬寅之年”，老是反复地轻轻地说着。有时他底焦急的眼光向一间关了窗的房子望去——在这间房子内是有产母底低声呻吟的声音。有时他向天上望一望被云笼罩着的太阳，于是又走向房门口，向站在房门内的黄妈问：

“此刻如何？”

黄妈不住地点着头不做声响，一息，答：

“快下来了，快下来了。”

于是他又捧了那本历书，在廊下徘徊起来。

这样的情形，一直继续到黄昏底青烟在地面起来，灯火一盏盏的如春天的野花般在屋内开起，婴儿才落地了，是一个男的。婴儿底声音是很重地在屋内叫，秀才却坐在屋角里，几乎快乐到流出眼泪来了。全家的人都没有心思吃晚饭，在平淡的晚餐席上，秀才底大妻向用人们说道：

“暂时瞒一瞒罢，给小猫头避避晦气，假如别人问起，也答养一个女的好了。”

他们都微笑地点点头。

一个月以后，婴儿底白嫩的小脸孔，已在秋天的阳光里照耀了。这个少妇给他哺着奶，邻舍的妇人围着他们瞧，有的称赞婴儿底鼻子好，有的称赞婴儿底口子好，有的称赞婴儿底两耳好；更有的称赞婴儿底母亲，也比以前好，白而且壮了。老妇人却正和老祖母那么地吩咐着，保护着，这时开始说：

“够了，不要弄他哭了。”

关于孩子底名字，秀才是煞费苦心地想着，但总想不出一个相当的字来。据老妇人底意见，还是从“长命富贵”或“福禄寿喜”里拣一个字，最好还是“寿”字或与“寿”同意义的字，如“其颐”，“彭祖”等。但秀才不同意，以为太通俗，人云亦云的名字。于是翻开了《易经》，《书经》，向这里面找，但找了半月，一月，还没有恰贴的字。在他底意思：以为在这个名字内，一边要祝福孩子，一边要包含他底老而得子底蕴义，所以竟不容易找。这一天，他一边抱着三个月的婴儿，一边又向书里找名字，戴着一副眼镜，将书递到灯底旁边去。婴儿底母亲呆呆地坐在房内底一边，不知思想着什么，却忽然开口说道：

“我想，还是叫他‘秋宝’罢。”屋内的人们底几对眼睛都转向她，注意地静听着：“他不是生在秋天吗？秋天的宝贝——还是叫他‘秋宝’罢。”

秀才立刻接着说道：

“是呀，我真极费心思了。我年过半百，实在到了人生的秋期；孩子也正养在秋天；‘秋’是万物成熟的季节，秋宝，实在是一个很好的名字呀！而且《书经》里没有么？‘乃亦有秋’，我真乃亦有‘秋’了！”

接着，又称赞了一通婴儿底母亲：说是呆读书实在无用，聪明是天生的。这些话，说的这妇人连坐着都觉得侷促不安，垂下头，苦笑地又含泪地想：

“我不过因春宝想到罢了。”

秋宝是天天成长的非常可爱地离不开他底母亲了。他有出奇的大的眼睛，对陌生人是不倦地注视地瞧着，但对他底母亲，却远远地一眼就知道了。他整天地抓住了他底母亲，虽则秀才是比她还爱他，但不喜欢父亲；秀才底大妻呢，表面也爱他，似爱她自己亲生的儿子一样，但在婴儿底大眼睛里，却看她似陌生人，也用奇怪的不倦的视法。可是他的执住他底母亲愈紧，而他底母亲的离开这家的日子也愈近了。春天底口子咬住了冬天底尾巴；而夏天底脚又常是紧随着在春天底身后的；这样，谁都将孩子底母亲底三年快到的问题横放在心头上。

秀才呢，因为爱子的关系，首先向他底大妻提出来了：他愿意再拿出一百元钱，将她永远买下来。可是他底大妻底回答是：

"你要买她，那先给我药死罢！"

秀才听到这句话，气的只向鼻孔放出气，许久没有说；以后，他反而做着笑脸地：

"你想想孩子没有娘……"

老妇人也尖利地冷笑地说：

"我不好算是他底娘么？"

在孩子底母亲的心呢，却正矛盾着这两种的冲突了：一边，她底脑里老是有"三年"这两个字，三年是容易过去的，于是她底生活便变做在秀才底家里底用人似的了。而且想像中的春宝，也同眼前的秋宝一样活泼可爱，她既舍不得秋宝，怎么就能舍得掉春宝呢？可是另一边，她实在愿意永远在这新的家里住下去，她想，春宝的爸爸不是一个长寿的人，他底病一定是在三五年之内要将他带走到不可知的异国里去的。于是，她便要求她底第二个丈夫，将春宝也领过来，这样，春宝也在她底眼前。

有时，她倦坐在房外的沿廊下，初夏的阳光，异常地能令人昏朦地起幻想，秋宝睡在她底怀里，含着她底乳，可是她觉得仿佛春宝同时也站在她底旁边，她伸出手去也想将春宝抱近来，她还要对他们兄弟两人说几句话，可是身边是空空的。

在身边的较远的门口，却站着这位脸孔慈善而眼睛凶毒的老妇人，目光注视着她。这样，她也恍恍惚惚地敏悟：“还是早些脱离罢，她简直探子一样地监视着我了。”可是忽然怀内的孩子一叫，她却又什么也没有的只剩着眼前的事实来支配她了。

以后，秀才又将计划修改了一些：他想叫沈家婆来，叫她向秋宝底母亲底前夫去说，他愿否再拿进三十元——最多是五十元，将妻续典三年给秀才。秀才对他底大妻说：

“要是秋宝到五岁，是可以离开娘了。”

他底大妻正是手里捻着念佛珠，一边在念着“南无阿弥陀佛”，一边答：

“她家里也还有前儿在，你也应放她和她底结发夫妇团聚一下罢。”

秀才低着头，断断续续地仍然这样说：

“你想想秋宝两岁就没有娘……”

可是老妇人放下念佛珠说：

“我会养的，我会管理他的，你怕我谋害了他么？”

秀才一听到末一句话，就拔步走开了。老妇人仍在后面说：

“这个儿子是帮我生的，秋宝是我底；绝种虽然是绝了你家底种，可是我却仍然吃着你家底餐饭。你真被迷了，老昏了，一点也不会想了。你还有几年好活，却要拼命拉她在身边？双连牌位，我是不愿意坐的！”

老妇人似乎还有许多刻毒的锐利的话，可是秀才走远开听不见了。

在夏天，婴儿底头上生了一个疮，有时身体稍稍发些热，于是这位老妇人就到处地问菩萨，求佛药，给婴儿敷在疮上，或灌下肚里，婴儿底母亲觉得并不十分要紧，反而使这样小小的生命哭成一身的汗珠，她不愿意，或将吃了几口的药暗地里拿去倒掉了。于是这位老妇人就高声叹息，向秀才说：

“你看，她竟一点也不介意他底病，还说孩子是并不怎样瘦下去。爱在心里的是深的；专疼表面是假的。”

这样，妇人只有暗自挥泪，秀才也不说什么话了。

秋宝一周纪念的时候，这家热闹地排了一天的酒筵，客人也到了三四十，有的送衣服，有的送面，有的送银制的狮狂，给婴儿挂在胸前的，有的送镀金的寿星老头儿，给孩子钉在帽上的，许多礼物，都在客人底袖子里带来了。他们祝福着婴儿的飞黄腾达，赞颂着婴儿的长寿永生；主人底脸孔，竟是荣光照耀着，有如落日的云霞反映着在他底颊上似的。

可是在这天，正当他们筵席将举行的黄昏时，来了一个客，从朦胧的暮光中向他们底天井走进，人们都注意他：一个憔悴异常的乡人，衣服补衲的，头发很长，在他底腋下，挟着一个纸包。主人骇异地迎上前去，问他是那里人，他口吃似地答了，主人一时糊涂的，但立刻明白了，就是那个皮贩。主人更轻轻地说：

“你为什么也送东西来呢？你真不必的呀！”

来客胆怯地向四周看看，一边答说：

“要，要的……我来祝祝这个宝贝长寿千……”

他似没有说完，一边将腋下的纸包打开来了，手指颤动地打开了两三重的纸，于是拿出四只铜制镀银的字，一方寸那么大，是“寿比南山”四字。

秀才底大娘走来了，向他仔细一看，似乎不大高兴。秀才却将他招待到席上，客人们互相私语着。

两点钟的酒与肉，将人们弄得胡乱与狂热了：他们高声猜着拳，用大碗盛着酒互相比赛，闹得似乎房子都被震动了。只有那个皮贩，他虽然也喝了两杯酒，可是仍然坐着不动，客人们也不招呼他。等到兴尽了，于是各人草草地吃了一碗饭，互祝着好话，从两两三三的灯笼光影中，走散了。

而皮贩，却吃到最后，用人来收拾羹碗了，他才离开了桌，走到廊下的黑暗处。在那里，他遇见了他底被典的妻。

“你也来做什么呢？”妇人问，语气是非常凄惨的。

“我那里又愿意来，因为没有法子。”

“那么你为什么来的这样晚？”

“我那里来买礼物的钱呀？！奔跑了一上午，哀求了一上午，又到城里买礼物，走得乏了，饿了，也迟了。”

妇人接着问：

“春宝呢？”

男子沉吟了一息答：

“所以，我是为春宝来的。……”

“为春宝来的？”妇人惊异地回音似地问。

男人慢慢地说：

“从夏天来，春宝是瘦的异样了。到秋天，竟病起来了。我又哪里有钱给他请医生吃药，所以现在，病是更厉害了！再不想法救救他，眼见得要死了！”静寂了一刻，继续说：“现在，我是向你来借钱的……”

这时妇人底胸膛内，简直似有四五只猫在抓她，咬她，咀嚼着她底心脏一样。她恨不得哭出来，但在人们个个向秋宝祝颂的日子，她又怎么好跟在人们底声音后面叫哭呢？她吞下她底眼泪，向她底丈夫说：

“我又那里有钱呢？我在这里，每月只给我两角钱的零用，我自己又那里要用什么，悉数补在孩子底身上了。现在，怎么好呢？

他们一时没有话，以后，妇人又问：

“此刻有什么人照顾着春宝呢？”

“托了一个邻舍。今晚，我仍旧想回家，我就要走了。”

他一边说着，一边揩着泪。女的同时硬咽着说：

“你等一下罢，我向他去借借看。”

她就走开了。

三天以后的一天晚上，秀才忽然问这妇人道：

“我给你的那只青玉戒指呢？”

“在那天夜里，给了他了。给了他拿去当了。”

“没有借你五块钱么？”秀才愤怒地。

妇人低着头停了一息答：

“五块钱怎么够呢！”

秀才接着叹息说：

“总是前夫和前儿好，无论我对你怎么样！本来我很想再留你两年的，现在，你还是到明春就走罢！”

女人简直连泪也没有地呆着了。

几天后，他还向她那么地说：

“那只戒指是宝贝，我给你是要你传给秋宝的，谁知你一下就拿去当了！幸得她不知道，要是知道了。有三个月好闹了！”

妇人是一天天地黄瘦了。没有精彩的光芒在她底眼睛里起来，而讥笑与冷骂的声音又充塞在她底耳内了。她是时常记念着她底春宝的病的，探听着有没有从她底本乡来的朋友，也探听着有没有向她底本乡去的便客，她很想得到一个关于“春宝的身体已复原”的消息，可是消息总没有；她也想借两元钱或买些糖果去，方便的客人又没有，她不时地抱着秋宝在门首过去一些的大路边，眼睛望着来和去的路。这种情形却很使秀才底大妻不舒服了，她时常对秀才说：

“她那里愿意在这里呢，她是极想早些飞回去的。”

有几夜，她抱着秋宝在睡梦中突然喊起来，秋宝也被吓醒，哭起来了。秀才就追逼地问：

“你为什么？你为什么？”

可是女人拍着秋宝，口子哼哼的没有答：秀才继续说：

“梦着你底前儿死了么，那么地喊？连我都被你叫醒了。”

女人急忙地一边答：

“不，不，……好像我底前面有一圹坟呢！”

秀才没有再讲话，而悲哀的幻象更在女人底前面展现开来，她要走向这坟去。

冬末了，催离别的小鸟，已经到她底窗前不住地叫了。先是孩子断了奶，又叫道士们来给孩子度了一个关，于是孩子和他亲生的母亲的别离——永远的别离的命运就被决定了。

这一天，黄妈先悄悄地向秀才底大妻说：

“叫一顶轿子送她去么？”

秀才底大妻还是手里捻着念佛珠说：

“走走好罢，到那边轿钱是那边付的，她又那里有钱呢，听说她底亲夫连饭也没得吃，她不必摆阔了。路也不算远，我也是曾经走过三四十里路的人，她底脚比我大，半天可以到了。”

这天早晨当她给秋宝穿衣服的时候，她底泪如溪水那么地流下，孩子向她叫：“婶婶，婶婶，”——因为老妇人要他叫她自己是“妈妈”，只准叫她是“婶婶”——她向他咽咽地答应。她很想对他说几句话，意思是：

“别了，我底亲爱的儿子呀！你底妈妈待你是好的，你将来也好好地待还她罢，永远不要再记念我了！”

可是她无论怎样也说不出。她也知道一周半的孩子是不会了解的。

秀才悄悄地走向她，从她背后的腋下伸进手来，在他底手内是十枚双毫角子，一边轻轻说：

“拿去罢，这两块钱。”

妇人扣好孩子底钮扣，就将角子塞在怀内的衣袋里。

老妇人又进来了，注意着秀才走出去的背后，又向妇人说：

“秋宝给我抱去罢，免得你走时他哭。”

妇人不做声响，可是秋宝总不愿意，用手不住地拍在老妇人底脸上。于是老妇人生气地又说：

“那么你同他去吃早饭去罢，吃了早饭交给我。”

黄妈拼命地劝她多吃饭，一边说：

“半月来你就这样了，你真比来的时候还瘦了。你没有去照照镜子。今天，吃一碗下去罢，你还要走三十里路呢。”

她只不关紧要地说了一句：

“你对我真好！”

但是太阳是升的非常高了，一个很好的天气，秋宝还是不肯离开他底母亲，老妇人便狠狠地将他从她底怀里夺去，秋宝用小小的脚踢在老妇人底肚子上，用小小的拳头搔住她底头发，高声呼喊她。妇人在后面说：

“让我吃了中饭去罢。”

老妇人却转过头，汹汹地答：

“赶快打起你底包袱去罢，早晚总有一次的！”

孩子底哭声便在她底耳内渐渐远去了。

打包裹的时候，耳内是听着孩子底哭声。黄妈在旁边，一边劝慰着她，一边却看她打进什么去。终于，她挟着一只旧的包裹走了。

她离开他底大门时，听见她底秋宝的哭声；可是慢慢地远远地走了三里路了，还听见她底秋宝的哭声。

暖和的太阳所照耀的路，在她底面前竟和天一样无穷止地长。当她走到一条河边的时候，她很想停止她底那么无力的脚步，向明澈可以照见她自己底身子的水底跳下去了。但在水边坐了一会之后，她还得依前去的方向，移动她自己底影子。

太阳已经过午了，一个村里的一个年老的乡人告诉她，路还有十五里，于是她向那个老人说：

“伯伯，请你代我就近叫一顶轿子罢，我是走不回去了！”

“你是有病的么？”老人问。

“是的。”

她那时坐在村口的凉亭里面。

“你从那里来？”

妇人静默了一时答：

“我是向那里去的；早晨我以为自己会走的。”

老人怜悯地也没有多说话，就给她找了两位轿夫，一顶没篷的轿。因为那是下秧的时节。

下午三四时的样子，一条狭窄而污秽的乡村小街上，抬过了一顶没篷的轿子，轿里躺着一个脸色枯萎如同一张干瘪的黄菜叶那么的中年妇人，两眼朦胧地颓唐地闭着。嘴里的呼吸只有微弱地吐出。街上的人们个个睁着惊异的目光，怜悯地凝视着过去。一群孩子们，争噪地跟在轿后，好像一件奇异的事情落到这沉寂的小村镇里来了。

春宝也是跟在轿后的孩子们中底一个，他还在似赶猪那么地哗着轿走，可是当轿子一转一个弯，却是向他底家里去的路，他却伸直了两手而奇怪了，等到轿子到了他家里的门口，他简直呆似地远远地站在前面的，背靠在一株柱子上，面向着轿，其余的孩子们胆怯地围在轿的两边。妇人走出来了，她昏迷的眼睛还认不清站在前面，穿着褴褛的衣服，头发蓬乱的，身子和三年前一样的短小，那个八岁的孩子是她底春宝。突然，她哭出来地高叫了：

“春宝呀！”

一群孩子们，个个无意地吃了一惊，而春宝简直吓的躲进屋里他父亲那里去了。

妇人在灰暗的屋里坐了许久许久，她和她底丈夫都没有一句话。夜色降落了，他下垂的头昂起来，向她说：

“烧饭吃罢！”

妇人就不得已地站起来，向屋角上旋转了一周，一点也没有气力地对她丈夫说：

“米缸内是空空的……”

男人冷笑了一声，答说：

“你真在大人家底家里生活过了！米，盛在那只香烟盒子内。”

当天晚上，男子向他底儿子说：

“春宝，跟你底娘去睡！”

而春宝却靠在灶边哭起来了。他底母亲走近他，一边叫：

“春宝，春宝！”

可是当她底手去抚摸他底时候，他又躲闪开了。男子加上说：

“会生疏得那么快，一顿打呢！”

她眼睁睁地睡在一张龌龊的狭板床上，春宝陌生似地睡在她底身边。在她底已经麻木的脑内，仿佛秋宝肥白可爱地在她身边挣动着，她伸出两手想去抱，可是身边是春宝。这时，春宝睡着了，转了一个身，他底母亲紧紧地将他抱住，而孩子却从微弱的鼾声中，脸伏在她底胸膛上，两手抚摩着她底两乳。

沉静而寒冷的死一般的长夜，似无限地拖延着，拖延着……

人鬼和他底妻的故事

一

谁都有“过去”的，他却没有“过去”。他不知道自己活了多少年了，他的父亲在什么时候离开他而永不再见的，并且，他昨天做些什么事，也仅在昨天做的时候知道，今天已经不知道了。“将来”呢，也一样，他也没有“将来”。虽则时间会自然而然地绕到他身边来的，可是“明日”这一个观念，在他竟似乎非常辽远，简直和我们想到“来世”一样，一样的缥缈，一样的空虚，一样的靠不住。但他却仿佛有一个“现在”，这个“现在”是恍恍惚惚的，若有若无的，在他眼前整齐的板滞的布置着，同时又紧急地在他背后催促着，他终究也因为肚子要饿了，又要酒喝，又要烟抽，不能不认真一些将这个“现在”捉住。但他所捉住的却还是“现在”的一个假面，真正的“现在”的脸孔，他还是永远捉不住的。

他有时仰头望望天，天老是灰色的非常大的一块，重沉沉地压在他底头顶之上，地，这是从来不会移动过的冷硬的僵物，高高低低地排列在他底脚下。白昼是白色的，到夜便变成黑色了；他也不问谁使这日与夜一白一黑的。他也好像从没有见过一次红艳的太阳，清秀的月亮，或繁多的星光，——不是没有见，是他没有留心去看过，所以一切便冷淡淡的无关地在他眼前跑过去了。下雨在他是一回恨事，一下雨，雨打湿他底衣服，他就开口骂了。但下过三天以后，他又会忘记了晴天是怎样一回事，好像雨是天天要下的，在他一生，也并不稀奇。

此外对于人，他也有一个小小的疑团，——就是所谓“人”者，他只看见他们底死，一个一个放下棺，又一个一个抬去葬了，这都是他天天亲手做着的工作，但他并没有看见人稀少下去。有时走到市场或戏场，反有无数的人，而且都是从来没有见过面的，在他底身边挨来挨去，有时竟挨得他满身是汗。于是他就想，“为什么？我好像葬过多少人在坟山上了，现在竟一齐会爬起来么？”一时他又清楚地转念，“死的是另一批，这一批要待明年才死呢！”这所谓明年，在他还是没有意义的。

二

他是N镇里的泥水匠，但他是从不会筑墙和盖瓦，就是掘黄泥与挑石子，他也做得笨极了。他只有一件事做得最出色——就是将死人放入棺中，放得极灵巧，极妥贴，不白费一分钟的工夫。有时，尸是患毒病死的，或死得又不凑巧，偏在炎热的夏天，所以不到三天，人就不敢近它了。而他却毫不怕臭，反似亲爱的朋友一般，将它底僵硬的手放在他自己底肩上，头——永远睡去的人底——斜偎在他底臂膀上，他一手给它枕着，一手轻轻地托住它底腰或臀部，恰似小女孩抱洋囡囡一样，于是慢慢地仔细地，惟恐触着它底身体就要醒回来似的，放入棺里，使这安眠的人，非常舒适地安眠着。这样，他底生活却很优渥地维持着了，大概有十数年。

他有一副古铜色的脸；眼是八字式，眼睑非常浮肿，所以目光倒是时常瞧住地面，不轻易抬起头来向人家看一看；除了三四位同伴以外，也并不和人打招呼；人见他也怕。有时他经过街巷，低下头，吸着烟，神气倒非常像一位哲学家，沉思着生死问题。讲话很简单，发了三四字音以后，假如你不懂，他就不对你说了。

他底人所共知的名字是“人鬼”，从小同伴们骂他“三分像人，七分像鬼”，于是缀成一个了。他还有母亲，是一位讨厌的多嘴的欺骗人的老妇人，她有时向他底同伴们说：“不要叫错，他不是人鬼，是仁贵，仁义礼智的仁，荣华富贵的贵。”可是谁听她呢？“仁贵人鬼，横直不是一样，况且名字也要同人底身样相恰合的。”有时不过冷笑的这样答她两句罢了。

三

但人鬼却来了一个运命上的宣传，在这空气从不起波浪的 N 镇内，好像红色的反光照到他底脸上来了。说他有一天日中，同伴们回去以后，命他独自守望着某园地的墙基，而他却在园地底一角，掘到了整批的银子。还说他当时将银子裹在破衣服内，衣服是从身上脱下来的，上身赤膊，经过园地主人底门，向主人似说他肚子痛而听不清楚的话，他就不守望，急忙回家去了。

这半月来，人鬼底行径动作，是很有几分可以启人疑惑的！第一，他身上向来穿着的那套发光的蓝布衫裤脱掉了，换上了新的青夹袄裤。第二，以前他不过每次吸一钟鸦片，现在却一连会吸到三钟，而且俨然卧在鸦片店向大众吸。第三，他本来到酒摊喝酒，将钱放在桌上，话一句不说，任凭店主给他，他几口吞了就走；而现在却像煞有介事地坐起来，发命令了，“酒，最好的，一斤，两斤，三斤！”

总之，不能不因他底变异，令人加上几分相信的色彩了。

有时傍晚，他走过小巷，妇人们迎面问他：

“人鬼，你到底掘到多少银子？”

而人鬼却只是“某某”的答。意思似乎是有，又似乎没有，皱一皱他底黑脸。妇人或者再追问一句：

“告诉我不要紧，究竟有多少？”

而他还是“某某”的走过去了。

妇人们也疑心他没有钱。“为什么一句不肯吐露呢？呆子不会这样聪明罢？”一位妇人这样说的时候，另一位妇人却那样说道：“当然是他那位毒老太婆吩咐他不要说的。”于是疑窦便无从再启，纷传人鬼掘到银子，后来又在银子上加上“整批的”形容词，再由银子转到金子，互相说：“还有金子杂在银子底里面呢！”

四

人鬼底母亲却利用这个甜上别人底心头的谣言了。她请了这X镇有名的一位媒婆来，向她说：

“仁贵已经有了三十多岁了，他还没有妻呢。人家说他是呆子，其实他底聪明是藏在肚子里的。这从他底赚钱可以知道，他每月真有不少的收入呵！现在再不能缓了。我想你也有好的人么？姑娘大概是没有人肯配我们的，最好是年轻的寡妇。”

“但人鬼要变作一镇的财主了，谁不愿嫁给他呀！”媒婆如此回答。

事情也实在顺利，不到一月，这个姻缘就成功了。——一位二十二岁的寡妇，静默的中等女人，来做人鬼底妻了。

她也有几分乐意，以为从此可以不必再愁衣食；过去的垃圾堆里的死老鼠一般被弃着的运命，总可告一段落了。少小的时候呢，她底运命也不能说怎么坏，父亲是县署里的书记，会兼做诉状的，倒可以每月收入几十元钱。母亲是绵羊一般柔顺的人，爱她更似爱她自己的舌头一样。她母亲总将兴化桂圆的汤给她父亲喝，而将肉给她吃的。可是十二岁的一年，父亲疟病死了，母亲接着也胃病死了！一文遗产也没有，她不得不给一份农家做养媳去。养媳，这真是包藏着难以言语形容的人生最苦痛的名词，她就在这名词中度过了七年的地狱生活。一到十九岁，她结婚，丈夫比她小四岁，完全是一个孩子气的小农夫。但到了二十一岁，还算爱她的小丈夫，又不幸夭折了。于是她日夜被她底婆婆手打，脚踢，口骂，说他是被她弄死的。她饿着肚子拭她底眼泪，又挨过了一年。到这时总算又落在人鬼底身上了。——运命对她是全和黄沙在风中一样，任意吹卷的。

当第二次结婚的一夜，她也疑心："既有了钱，为什么对亲戚邻里一桌酒也不办呢？"只有两枚铜子的一对小烛，点在灶司爷的前面，实在比她第一次的结婚还不如了！虽则女人底第二次结婚，已不是结婚，好像破皮鞋修补似的，算不得什么。而她这时总感到清冷冷，哪里有像转换她底生机的样子呢？后来，人鬼底母亲递给她一件青花布衫的时候，她心里倒也就微笑地将它穿上了。接着，她恭听这位新的婆婆切实地教训了一顿——

"现在你是我底媳妇了，你却要好好地做人。仁贵呢，实在是一个老实的又听话的，人家说他呆子是欺侮他的话，他底肚子里是有计划的。而且我费了足百的钱讨了你，全是为生孩子传后，仁贵哪有不知道的事呢？你要顺从他，你将来自然有福！"

她将话仔细思量了。

第三夜，她舂好了米，走到房里——房内全是破的：破壁，破桌，破地板，——人鬼已经睡在一张破床上面了。她立在桌边，脸背着黝黯的灯光，沉思了一息："运命"，"金钱"，"丈夫"。她想过这三件事，这三件事底金色与黑脸，和女人的紧结的关系。她不知道，显示在她底前途的，究竟是哪一种。她也不能决定，即眼前所施展着的，已是怎样！她感到非常的酸心，在酸心里生了一种推究的理论——假如真有金钱，那丈夫随他怎样呆总还是丈夫，假如没有金钱，那非看看他呆的程度怎样不可了。于是她向这位"死尸底朋友"，三天还没有对她讲过一句话的丈夫走近，走近他底床边，怯怯地。但她一见他底脸，心就吓得碎了！这是人么？这是她底丈夫么？开着他底眼，露着他底牙齿，狰狞的，凶狠的，鼾声又如猪一样，简直是恶鬼睡在床上。她满身发抖了，这样地过了一息，一边流过了眼泪，终于因为命运之类的三个谜非要她猜破不可，便不得不鼓起一点勇气，用她女性的手去推一推恶鬼底脸孔。可是恶鬼立刻醒了，一看，她是勉强微笑的，他却大声高叫起来，直伸着身子。

"妈！妈！妈！这个！这个！弄我……"

她简直惊退不及，伏在床上哭了。隔壁这位毒老太婆却从壁缝中送过声音来，恶狠而冷嘲的：

"媳妇呀，你也慢慢的。他从来没近过女人，你不可太糟蹋他。我也知道你已经守了一年的寡，不过你也该有方法！"

毒老太婆还在噜苏；因为她自己哭得太厉害，倒没有听清楚。但她却又非使她听见不可一样，狠声说：

"哭什么，夜里的哭声是造孽的！你自己不好，哭哪一个？"

五

一个月过去了。

人鬼总是每夜九点十点钟回来，带着一身的酒糟气，横冲直撞地踏进门，一句话也没有，老树被风吹倒一般跌在那张破床上，四肢伸得挺直，立刻死一般睡去了。睡后就有一种吓死人的呓语；归纳起意思来，总是“死尸”，“臭”，“鬼”，“少给了钱”这一类话。她只好蜷伏在床沿边，不敢触动他底身体，惟恐他又叫喊起来。她清清楚楚地在想，——想到七八岁时，身穿花布衫，横卧在她母亲怀里的滋味。忽而又想，银子一定是没有的，就有也已经用完了，再不会落到她底手中了。她想她运命的苦汁，她还是不吃这苦汁好！于是眼泪又涌出来了。但她是不能哭的，一哭，便又会触发老妇人的恶骂。她用破布来揩了她自己底酸泪，有时竟辗转到半夜，决计截断她底思想，好似这样的思想比身受还要苦痛，她倒愿意明天去身受，不愿夜半的回忆了。于是才模模糊糊地疲倦地睡去。

睡了几时，人鬼却或者也会醒来的，用脚向她底胸，腹，腿上乱踢。这是什么一回事呢？人鬼自己不知道，她也怕使人鬼知道，她假寐着一动也不动。于是人鬼含含糊糊地说了几句话，又睡去了。

天一亮，她仍旧很早的起来，开始她破抹桌布一般的生活。她有时做着特别苦楚的事情，这都是她底婆婆挖空脑子想出来的。可是她必须奉她底婆婆和一位老太太一样，否则，骂又开始了。她对她自己，真是一个奴隶，一只怕人的小老鼠。

六

不到一年，这位刻毒的婆婆竟死掉了。可是人鬼毫没两样，仍过他白昼是白色，到夜便成黑色了的生活。在白色里他喝着一斤二斤的黄酒，吸着一钟二钟的鸦片；到黑色里，仍如死尸一般睡去。妻，——他有时想，有什么意思呵，不过代替着做妈罢了。因为以前母亲给他做的事，现在是全由妻给他做了：补衣服，烧饭，倒脚水。而且以前母亲常嚷他要钱，现在妻也常嚷他要钱。这有什么两样呢！

但真正的苦痛，还来层层剥削她身上底肌肉！婆婆一死，虽然同时也死掉了难受的毒骂和凶狠的脸容，然而她仍不过一天一回，用粗黑的米放下锅子里烧粥。她自己是连皮连根的嚼番薯；时节已到十月，北风刮得很厉害了，她还只有一件粗单衣在身上。她战抖地坐在坟洞似的窗下，望着窗外暗惨的天色，想着她苦汁的运命，有时竟使她起一种古怪的念头："如果妈妈还没有死，我现在总不至于这样苦罢。"但又转念："妈妈死了，我也可以死的！"死实在是一件好东西，可以做运命的流落到底的抗拒——这是人生怎样不幸的现象呵！

她的左邻是一家三口，男的是养着一妻一子，三十多岁的名叫天赐的，也是泥水匠，然而是泥水匠队里的出色的人。他底本领可是大了，能在墙上写很大的招牌字，还会画出各样的花草，人物，故事来，叫人看得非常欢喜。他有时走过人鬼底门口，知道她坐在里面流泪，就想："这样下去，她不是饿死，就要冻死的。"于是进去问问她，同时给她一些钱。后来终于是想出了一个方法来，根本的救济她衣食。他和她约定，由他每天给她两角钱，这钱却不是他自己出底，是由他从人鬼底收入上抽来的。就是每当丧家将钱付给人鬼的时候，他先去向主人拿了两角来，算作养家费。人鬼是谁也知道他一向不会养家的，所以都愿意。当初，人鬼也向主人嚷，主人一说明，就向天赐嚷，被天赐骂了几顿之后，也就没有方法了。

这个方法确是对。她非常黄瘦的脸孔，过了一月，便渐渐丰满起来，圆秀的眼也闪动着人生的精彩，从无笑影的口边也有时上了几条笑痕了。她井井有条地做过家里的事以后，又由天赐的介绍，到别人家里去做帮工——当然她的能力是很有限。生活渐渐得到稳定，她底模样也好看起来，但在这绕着她底周围全是恶眼相向的社会里，却起了一个谣言，说："人鬼的妻已经变做天赐的妻了。"天赐也因为自己底妻的醋意，不能常走进她底门口，生活虽然还代她维持着，可是交给她钱的时候，已换了一种意义，以前的自然的快乐的态度，变做勉强的难以为情的样子了。

七

一天傍晚，天赐底妻竟和天赐闹起来："别人底妻要饿死，同你有什么关系？你也知道你底妻将来也要饿死，你如此去对别人趋奉殷勤么！"天赐也不愿向她理论，就走出门，到酒店去喝了两斤酒——他从来没有喝过这样多的酒，可是今晚却很快地喝了，连酒店主人都奇怪。他陶然地醉着走出，一边又不自觉的向人鬼底家里去。人鬼不在家；他底妻刚吃了饭在洗碗。她放下碗，拿凳子来请他坐时，天赐却仔细地看了她，接着凄凉地说道：

"我为了你底苦，倒自己受了一身的苦了！你也知道外边的谣言和我底女人的吵闹么？"

她立刻低下头，变了脸色，一时说不出话来，眼里也充满了眼泪。天赐却乘着酒力，上前一步，捏住她底手——她也并不收缩——说道：

"一个人底苦，本来只有一个人自己知道，我们底苦，却我和你两人共同知道的！好罢，随他们怎样，我还是用先前的心对付你，你不要怕。好的事情我们两人做去，恶的事情我们两人担当就是了。你不要哭！你不要哭！”

他说完这几句话，便又走出去了，向街巷，向田畈，走了大半夜。

她也呆着悲伤地想：

“莫非这许多人们，除一个天赐之外，竟没有一个对我好意的么？”

八

这样又过去了半年，人鬼底妻底肚子终于膨大起来了。社会上的讥笑声便也严重地一同到她底身上。

人鬼，谁也决定他是一个呆子，不知道一切的。可是又有例外，这又使一班讥笑的人们觉得未免有些奇怪了。

人们宣传着有一天午后，人鬼在南山的树下，捉住一只母羊，将母羊的后两腿分开，弄得母羊大叫。于是同伴们跑去看见了，笑了，也骂了。人鬼没精打采地坐在草地上，慢慢底系他的裤。一位小丑似的同伴问他道：

“人鬼，你也知道这事么？那你妻底肚皮，正是你自己弄大的？”

可是人鬼不知道回答。那位小丑又说道：

“你究竟知道不知道做父亲呀？抛了白胖的妻来干羊做什么呢？”

人鬼还是没有回答。那小丑又说：

“你也该有一分人性，照顾你年轻的妻子，不使她被别人拿去才好呀！”

人鬼仍然无话地走了。他们大笑一场，好像非常之舒适。

后几天，一个傍晚，邻家不见了一只母鸡，孩子看见，说是被人鬼捉去了。于是邻妇恶狠狠地跑到人鬼底家里，问人鬼为什么去偷鸡。这时人鬼卧在棉被里，用冒火的眼看看邻妇，没有说话。他底妻接着和婉地说道：

“他回家不到一刻，你底鸡失了也不到一刻。他一到家就睡在床上，怎么会拿了你底鸡呢？”

邻妇忿忿地走上前，高声向他问：

“人鬼，你究竟有没有偷了我底鸡？孩子是亲眼看见你捉的。”

而人鬼竟慢慢地从被窝里拿出一只大母鸡来，一面说：

“某，某，它底屁股热狠呢。”

邻妇一看，呆的半句话也没有。他底妻是满脸绯红了。

“天呀！你要把它弄死了！”邻妇半晌才说了一句，又向她一看。拿着鸡飞跑回去了。

但这种奇怪的事实，始终不能减去社会对她的非议的加重。结果，人鬼底妻养出孩子来了，而且孩子在周围的冷笑声中渐渐地长大起来了。

孩子是可爱的，人鬼底同伴底议论也是有理由的。他们说小孩底清秀的眉目，方正的小鼻和口子，圆而高的额，百合似的身与臂腿，种种，都不像人鬼底种子。孩子本身也实在生得奇异，他从不愿人鬼去抱他，虽则人鬼也从不愿去抱他。以后，他一见人鬼就要哭，有时见他母亲向人鬼说话也要哭，好像是一个可怕的仇人。有时人鬼在他底床上睡，他也哭个不休，必得母亲摇他一回，拍他一回，他才得渐渐地睡去。竟似冥冥中有一个魔鬼，搬弄得人鬼用粗大的手去打他，骂他：“某，某，你这野种！”那他底妻说：“你有一副好嘴脸，使孩子见你如同夜叉一样！”闹了一顿才罢。但这不幸的孩子，在上帝清楚的眼中，竟和其余的孩子们一样地长大起来了。现在已经有了五岁。

九

造物的布置一切真是奇怪。理想永远没一次成功的，似必使你完全失败，才合它底意志。人鬼底妻有了这样的一个孩子，岂不是同有了一个理想一样么？她困苦寂寞的眼前，由孩子得以安慰；她渺茫而枯干的前途，也由孩子得以窥见快乐的微光。希望从他底身上将她一切破碎的苦味的忍受来掩过去，慢慢地再从他底身上认取得一些人生真正的意义来了。每当孩子睡在她底身边，她就看看孩子，幻想起来。她想他再过五年，比现在可以长了一半，给他到平民学校去念两年书，再送到铺子里去学生意。阿宝——孩子底名——一定是听话的孩子，于是就慢慢的可以赚起钱来了。或者机会好，钱可以赚的很多，因为阿宝将来也一定是能干的人，同天赐一样的。于是再给阿宝娶了妻，妻又生子。她一直线的想去，将这线从眼前延长到无限的天边，她竟想不出以后到底是怎样了。于是她底脸上不自觉地浮上笑纹，她底舌头上也甜出甘汁来了。

一天傍晚，人鬼踏进门，就粗声叫：

"某，某，打酒！"

一边拿了脚桶洗脚。这时孩子在灶后玩弄柴枝，见人鬼这样，呆着看他。他底母亲在灶前烧饭，也没有回答他。人鬼就暴声向孩子骂起来：

"某，贼眼！"

她知道事情有些不好，就向孩子说：

"阿宝，你拿了爸爸底鞋来，再到外边去玩。"

孩子似乎很委屈地走出门外。

一刻钟后，人鬼自己去打了两斤酒来，放在灶边一张小桌子上就喝。她也一面叫，一边将饭盛在碗里了。

“阿宝，好吃饭了。”

但这小孩坐在桌边一条板凳上，不知什么缘故，却不吃饭，——往常他是吃得很快的，而现在却只两眼望着人鬼底脸，看他恶狠狠的一口口地喝酒。他母亲几次在他身边催：“阿宝，快些吃饭！”又逗他，“阿宝，比比谁吃得快，阿宝快还是妈妈快。”但无论怎样，总不能引起阿宝底吃饭心来。他似乎要从人鬼底脸上看出东西来，他必得将这个东西看的十分明了才罢。但人鬼底脸上有的什么呢？罩上魔鬼的假面具罢？唉！可怜的孩子，又哪能知道这些呢！只好似恶星照着他底头上，使他底乌黑的两颗小眼珠钉住人鬼底脸纹看。忽然，他“阿哟！”一声，就将小手里捧着的饭碗，落在地上去了，碗碎了，饭撒满一地。他母亲立刻睁大眼睛问：

“阿宝！你怎样了？”

可是阿宝却只“妈妈！妈妈！”向他母亲苦苦的叫了两声。她刚刚弯下腰去拾饭，人鬼已经不及提防地伸出粗手来，对准小孩底脸孔就是一掌，小孩随着从板凳跌下，滚在地上，大哭起来了。

他母亲简直全身发抖起来的说不出话去抱起小孩，一时拍着小孩底背，又擦着小孩底头上，急迫地震着牙齿说：

“阿宝，阿宝，哪里痛呵？”

而阿宝还是“妈妈！妈妈！”苦声的叫。她饭也不吃了，立刻离开桌，到她底房内去。将阿宝紧紧地搂在胸前，摇着他，一手在他背上轻轻地拍。小孩还呜咽着，闭了两眼，呼吸也微弱了，不时还惊跳地叫“妈妈！痛呵！”

人鬼仍旧独自在那里喝酒，吃饭，一碗吃了又一碗，半点钟后，她见人鬼已经死猪一般睡在床上了。她忍不住了，向他问：

“你为什么这样狠心打小孩？你究竟为什么？阿宝犯你什么呢？你从哪里得了一股恶气却来向小孩底头上出？你究竟为什么呀？”

人鬼突然凶狠地咿唔的说：

“某，谁都说是野种！某，我要杀了他！”

她真是万箭穿心！似乎再没有什么可怕可伤心的话，在这“野种”二字以上了。她立刻向人鬼骂，虽然她是一个非常懦弱的女人：

“你可以早些去死了！恶鬼呀！不必再和我们做冤家！”

但人鬼又是若无其事一般地睡去了。

十

小孩在被打这一夜就发热，第二天就病重了。以后竟一天厉害一天，虽经他母亲极力地调护。终于只好向天赐借了两元钱，请了一位郎中来，虽然在药方上写了些防风，荆芥之类，然而毫无效验，她请了两回以后，也就无力再请了。后来又因为孩子常在发热中惊呼，并且向她说：“一个头上有角的人要拉我去，妈妈，你用刀将它赶了罢！”的话，她又去测了一个字。测字先生说是小孩的魂被一位夜游神管着，必得请道士念一番才好。她又由天赐底接济去请道士来。但道士念过咒后，于小孩还是徒然。于是她除了自己也天天不吃饭不睡觉地守着，有时默祷着菩萨显灵保佑以外，再没有什么方法了。

这样两个月，看来小孩是不再长久了。她也瘦得和小孩一样。

一天下午，天气阴暗的可怕。小孩在床上突然喊着跳了起来，她慌忙去安慰他，拍他，但样子完全两样了。这小孩已经不知道他母亲说什么话，甚至也不认识他底母亲了。他只是全身发抽，两眼紧闭着，口里呜呜作咽，好像有一种非常的苦痛在通过他底全身。

她知道这变像是生命就将终结的符号。她眼泪如暴雨般滚下，一时跑到门外，门外是冷清清地没有一个人，又跑回房内推他叫着儿子，可是儿子是不会答应了。她不知道怎样好，如热锅上的蚂蚁一般，想跑去叫天赐，问他有无方法可使孩子再活几时。可是天赐和人鬼一同做工去了，她又不知道他们是在什么地方。她只是在孩子耳边叫，小孩一时也微微地开一开眼，向他母亲掷一线恩惠的光，两唇轻轻地一动，似乎叫着“妈妈”，但声音是永远没有了。

她放声大哭，两手捶着床，从此，她底理想，希望，是完全地被她底儿子携去了。

邻近有几个女人闻声跑过来，一个更差了一位少年去叫人鬼。这时天将暗了，也该是人鬼回家的时候。

一息，人鬼果然回来了；在他后面，懊丧地跟着天赐。人鬼走到小孩底尸边，伸出他前次打他的手向脸上一摸，笨蠢的发声道：

“某，死了！”

接着是若无其事一般，拿脚桶洗脚。——他对于死实在看得惯了，他不知每年要见过多少的死尸，像这样渺小的一个，又值得什么呢。

天赐也走到小孩的尸边，在他额上吻一吻，额上已冰一般冷了。他想，没有方法。又看一看正在窗边痛哭的她，同时流了几滴泪，叹了一声，仍然懊伤地出去了。

人鬼洗好脚，走到灶边一看，喊：

“某，吃饭！”

她简直哭的死去，一听这话，却苏醒的大骂了：

“鬼！孩子是你打死的！你知道不？就是禽兽也有几分慈心，你是没有半分慈心的恶鬼！你为什么不早去死了让我们活，一定要我们都死了让你活呢？恶鬼！……”

人鬼终究还是毫无是事的。知道饭是没有吃了，就摸一摸身边，还有几个角子，他一边叫：

“某，回来去抛。”

一边又走出门外去了。

房内只剩着伤痛的母亲和休息的小孩。一种可怕的沉寂荡着屋内，死底气味也绕得她很紧很紧。天已暗了，远处有枭声。她也无力再哭了，坐在尸边回想，——从小父母是溺爱的，一旦父母死了，自己底人生就变了一种没有颜色的天地。人鬼是她底冤家，但赖天赐底救济与帮忙，本可稍慰她没有光彩的前途，而现在，小孩被打，竟死了！——她想，所谓人间，全是包围她的仇敌之垒，她似人类没有一个是肯援救她的救兵，除了天赐。但天赐也竟因她而受重伤了！她决定，她在这人类互相残杀的战场中，是自己欺骗了自己二十八年！现在一切前途的隐光完全吹灭了，她可以和孩子同去，仍做他亲爱的母亲去养扩他，领导他。除出自杀，没有别的梦再可以使她昏沉地做下去了。

这样，她一手放在孩子底尸上，几乎晕倒地立了起来。

十一

天很暗了，人鬼酒气醺醺地回家来。推进门，屋里是漆黑的，而且一丝声音也没有。他“某，某，”的叫了两声，没有人答应。于是自己向桌上摸着一盏灯，又摸了一盒洋火，一擦，光就有了。但随即在他身前一晃，他只好放直喉咙喊了：

“某！某！某！吊死！吊死！吊死！”

邻里又闻声跑过来，天赐是第一个。他一眼望见她挂在床前，便不顾什么，立刻将她解下。但很奇特，小孩的死尸竟裹在她底怀中。她底气已经没有了。她还梳过头，穿着再嫁时人鬼底娘给她的那件青花布衫。用麻绳吊死的，颈上有半寸深的青痕，口边有血。

邻里差不多男男女女有十多人，挤满了门口和门外。屋内也有四五位年纪大些的在旋转，都说，似乎叹息而悲哀地：

“没有办法了！死了！”

人问人鬼，有没有出丧的钱呢，人鬼说方才还有两角，现在是喝酒吃饭用完了。他们倒反而笑起来。于是商量捐助；而人鬼似乎以为不必，到明天背她们母子向石坑一抛，就可以完事，不费一个钱的。邻居都反对，说是石坑只可抛下婴孩，似她母子是使不得，必须做一圹坟，安慰她困苦了一世。人鬼是没有话说，天赐却忍不住了，开口说：

“同呆子有什么商量呢！当然要做一圹坟，你们不必费心，一切丧费我出。就在明天罢！”

十二

第二天，一具松板的油漆的棺材，里面睡着一位母亲和孩子，孩子卧在母亲底身边，上面盖着一条青被，似非常甜蜜地睡去了。棺材被另两个年轻泥水匠抬着——一个就是前次在南山嘲弄人鬼的小丑，此刻是十分沉默了。——人鬼和天赐都低头跟在棺后面，天赐手里捻着冥纸与纸炮，人鬼背着锄。在棺前，还有一人敲着铜锣，肩着接引幡，锣约一分钟敲一下，幡飘在空中。七人一队，两个死的，五个活的，很快地向着乱草蓬勃的山上移动了。

路旁有人冷笑说：“她倒有福，两个丈夫送葬。”但是悲哀她的人似乎也很多。

晚上，人鬼从葬地回来，走进门，觉得房子有些两样了，似被大水冲过一样。他有些不自在；他是从来没有不自在过的，所以不多久，终于觉着“死了”，“葬了”，“完了”！仍和往常一样，拿脚桶洗脚。

以后，他还是喝酒，抽烟，放死人在棺内，过他白昼是白色，到夜便成黑色了的生活。不过连“某”字也很少了。走进酒店，仍将钱放在桌上，店主人打酒给他，他仰着头喝了就走。饿了，走进饭店去，也一声不响的将钱放在桌上，饭店主人也以最劣等的饭和菜盛给他，他也似有味无味地吃完了。以后，他除出给人家将死尸放下棺，帮人家抬去葬，于是自己喝酒抽烟以外，和人们的接触也很少了。有时，他也到他妻子的墓边坐一回，仿佛悲痛他先前对待她的错误似的，但又似乎还是什么也没有。不过些微有个观念，“死了”，“葬了”，“完了”！

天赐经过这一次变故以后，心也受了极大的打击，态度也不似先前之和善，令人乐于亲近了。除出认真的照常工作以外，对于别人底消息一概不闻不问。他想到：“人只有作恶的可以获福，做好人是永远不会获福的。”但他也并不推究那理由。以他的聪明，不去推究这个理由是可惜的。

此外，一班观众，和喜欢讲消息发议论的人，倒更精彩，更起劲，更有滋味一般，谈着“人鬼和他底要底故事”。很久很久以后，还是一谈到人鬼和他底妻，就大家哗然地说：“这真是一件动听的故事呀。”

会　合

阿翠是凤翔里著名的私娼。在她的房内，有一位身体肥胖的男子，年约四十岁，穿着绸的马褂与缎的长袍，昂然挺着他的胸腹，坐在一把安乐椅上吸着雪茄烟。烟气一口口的从他的口里喷出来，一圈圈的上升，成一种青色的云雾的样子。一边他心里这么计算：

“我又兼了多个差使，正薪虽然不过每月多了一百三十元，然而额外的进款，至少八九倍正薪总有的，哈，哈，哈。”

一边他又在房内大声的叫：

“阿翠，阿翠！”

随即，一位十八九岁的美貌的姑娘跳进来，她袅着身子，叫一声老爷。

“你在哪儿？”他问着，吸了一口烟，骄傲的样子，“我想将麻布巷那座房子买来怎样？”

她跳到他的膝上，撒娇地说：

“买它来，王老爷，买它来。”

他一边就眼眯细的将香烟塞在她的口内，好像不许她再说似的。一边用手摸到她的腿上。

突然，门口出现了一位二十六七岁的青年，一身漂亮的西装，立着。王老爷一眼看见便发呆了，两人一动也不动，各用眼睛钉一般彼此钉视着。王老爷的心动荡的想：

“这人就是李——，做什么？……莫非来报仇吗？……”

阿翠赶紧跳到青年的前面，叫道：

“李少爷，进来，这位就是王老爷，现在政府里做大官，都是自己人呢。”

同时又转过脸向王老爷说：

“王老爷，李少爷是革命家，从前是党员，现在是委员，也是大官呢。”

王老爷马上立起来，同他打一个招呼，说：“李先生，你怎会到这里呢？”

“怎会到这里？我正要问你，你还能捉我去吗？哼！”那青年又惊诧，又愤怒，恶声地反问。

王老爷和气起来，近于谦卑地说：“是，是，是，李同志，请坐，请坐。这里又香又暖，我们坐坐谈谈罢。过去究竟是怎么一回事呢？”

抱着一肚子旧仇新恨的李少爷，愤愤地在一只沙发上坐了下来。王老爷献一支香烟给他，阿翠马上忙着划火柴，给他点着。王老爷自己也换了一支香烟，两人对坐着吸起来。阿翠左右为人难，站了一忽儿，便溜了出去了。房间内陷入一种沉默而带着严肃的状态。

李少爷低着头，皱着眉，他回想起一年前，他被军阀捉去，现在眼前的人，便是当时军阀手下的走狗，要枪毙他的人。李少爷抬起眼来向他狠狠地注视了一眼，看见他现在是满脸笑容了，但是当时呀，当他在法庭上审问他时呀，他的相貌是那么的凶，他的声气是那么的恶！他一点也不容情，一定要判决枪毙他，他站在堂下在绝望中是多么的苦。……

李少爷想到这里，一股愤恨不平之气从他的心底涌起来，他把剩下的半截香烟狠狠地掷到痰盂里去。

王老爷眼瞪瞪地看着他，似乎窥见了他的心事。“哈，哈，李同志，你有什么心事呀？”他狡猾地问。

李少爷并不作答，愤愤地又拿了一支香烟，猛吸起来。房间里依然是一种严肃的沉默。王老爷用他的阅历丰富的眼睛，不绝地看看李少爷的脸色，看看窗外的天色，他好像在思量着要解决什么难事似的。

忽然，王老爷放声高唤了起来：“哈哈，李同志，你知不知道我们这一次国民革命成功的道理吗？”

李少爷心里有点诧异，但他仍不睬他。

“原来就是中庸之道呀！”王老爷深深吐了一口青烟，一字一顿的解说他的道理，好像是开导一个顽皮的孩子似的：“是的，就这两个字呀！你以前的态度是太过激了，谁都说你是共产党，我们指摘你的地方也在赤化。现在，你好了，你当然是我们党的忠实同志。我以前是帝国主义；现在，也好了，我当然也是我们党的忠实同志。所以革命成功的意义就在这一点……，”他又吐了一口烟：“你们以前是个太新的青年，现在是倒退一步；我们以前是太旧的老年，现在赶上一步；我们都成了信奉总理遗嘱的党员。这就是所谓中庸之道呀。我们中国人的精神，国民性，就在中庸二字。所谓不偏不倚，不太过，不太多。你以前太过，我以前不及。现在好了，我们同努力于三民主义，已经中庸了。照此做去，孔子的道理，孙中山先生的方法，何患国不强？何患家不富？何患洋人不服？何患倭奴不死？哈，哈，哈，李同志，你以为何如？”

青年听得莫名其妙，但仍闷声不响，他又向青年横一横眼说：

“譬如这种地方，是我们以前常来玩玩的；现在李同志也来玩玩，很好的，这就证明我的中庸的理论之确实。”他顿了顿，吁了一口气说：“人生几何，寻些快乐是应当的。”

这时青年的脸上略微露一点微笑，但马上仍旧回复到严肃的神色，仍一句话也不说。他又问：

“李同志有什么高见？”

“没有什么。”青年懒懒地答。

“我们还是寻点快乐罢。我们以后是同党的同志了。李同志，我们打四圈牌何如？”

“……。”青年并不回答可否，但是王老爷马上便高声叫起来：

“阿翠，阿翠！”

当阿翠应声进来的时候，王老爷便吩咐她道：

“我和李先生要打牌，你再去唤一个妹妹来。”

二分钟后，阿翠便把桌子放好。泼喇一声，一百三十六只牙牌倒在桌上。那又香又暖的房间里，接着便劈拍，劈拍地响起来，其间还常常杂着得意，欢笑，懊恼，怨艾的语声，但这种语声只从三人发出的，那李少爷是除了作劈拍的牌声而外，一言也不发的，他总是没有别人那么高兴，也可以说是一点也不高兴的。直到他和了一副三番，那时，他对面的王老爷恰做着第三次的头家。他才哈哈大笑，兴高采烈了起来，似乎他从前的一切仇恨统都在这一副三番的牌中报复了，同时，他还得到了桌子下面阿翠的一条火热的腿搁到他的膝上来，更添加了他不少的兴致。

没有人听完她底哀诉

尖利的北风。巍峨古旧的城下。一位五十多岁的老婆子，坐在地上，哭她生命末路的悲哀：

“天呀！命呀！我底苦痛呀！”

哭声有了半小时。

几个孩子听得悲伤。向城门边跑去。他们都是住在城脚的茅舍中的穷孩子。在这北风中，也还穿着单裤，破夹衣；没有鞋子。

可是他们都同情地围在她底面前。钉住眼睛看她涌流出来的大泪。食指放在口里，不发笑声。

老婆子继续哭道：

“天呀！命呀！我底苦痛呀！”

三四个贵胄式的妇人走进城来。也听得她哭声悲哀，驻足问她道：

“老婆子，什么事？”

老婆子也就诉说：

“太太呀！可怜可怜我罢！我有一个六十岁的白发的丈夫，我还有三个儿子……。”

于是贵妇人们互相一笑。

有的说：“还说可怜可怜她呢！我只有一个儿子，她倒有三个。”

有的说：“她还不满意，她底丈夫已经陪她到六十岁了。我底丈夫陪我到五十岁就死去。”

一边说着，一边走远了。

眼前仍留着几个孩了，呆呆地。老婆子又哭。

“天呀！命呀！我底苦痛呀！”

哭声又过去半小时。

一班学生走出城。他们也听得她哭声的凄怆，驻足问她什么事。

老婆子继续诉说道：

“少爷呀！可怜可怜我罢！我底大儿子，前年二十二岁。兵爷打仗，将我底儿子拉去搬炮弹。可怜从此就没有回来了！一年，两年，我底眼睛望花了。可怜从此就没有回来！……”

悲哀噎住了她底喉咙。没有等她说完，学生们气愤愤地昂头走散。

有的叫，“我们应当反对战争！”

有的叫，“我们应当提倡非战论！”

有的叫，“战争的罪恶呀！落到老婆子底身上了！”

可是她底眼前，仍是几个孩子。老婆子又哭：

“天呀！命呀！我底苦痛呀！”

哭声又连续半小时。

几个农人从田野中进城。他们也听得她哭声的酸悲。放下锄问她什么事。

老婆子带泪继续哭诉道：

“兄弟呀！可怜可怜我罢！我底第二个儿子，去年十三岁。到山上去砍柴。不知怎样一失脚，跌下岩壁来。别人抬他回家。血流太多了。到家也就死了！……”

老婆子呜咽地说不成声。

农人们听的不满意，有的说：

“不小心，不小心。山上我们一年要去整百次，那里会跌落岩壁？”

有的说："这是一个十三岁的第二个儿子，不要紧，还有大儿子在哩。"

一边互相拿起锄，又走远了。

她底眼前仍剩着几个痴孩子。老婆子更悲伤地哭了：

"天呀！命呀！我底苦痛呀！"

哭声又经过半小时。

一群工人走出城。也听得她哭声的悲伤，走近去问她为什么这样哭。

老婆子硬咽地说不清楚的继续说：

"伯叔呀！可怜可怜我罢！我底第三个儿子，六岁的一个。三个月前，我和我丈夫到田野上拔瓜藤。留他在家里玩。等我们回来，他却不见了。门口有一堆血。我们踏血迹寻去，却是深山。唉！被狼吞去了！……"

工人互相一惊。嘈杂的叹着：

"山里还有狼呀！"

"狼竟会到村庄来吃人么？"

"不过这是一个小儿子，她总还该有两个大儿子在的。"

一边也匆忙地走去了。只回过一两次的头来，但不想续知她底哭诉了。

黄昏开始落下来。

在老婆子的眼前，仍是几个不懂事的孩子。她仰头向着密布天空的阴云，失望地放声大哭：

"天呀！命呀！我底苦痛呀！"

城门往来的人儿稀少了。

哭声又消逝半小时。

两三个商人从乡间收账回来。钱袋在他们底肩膀上琅琅地响。他们也听得她哭声的凄楚。脚步停到她底前面，问：

“老婆子，什么事？”

孩子们也抬头看着商人底脸孔。

她似有一线光明的诉说道：

“唉！老板！可怜可怜我，舍我几个钱罢！我底六十岁的老丈夫，自从第三个儿子死后就病了！到现在有三个月，将死了！……”

商人们互相说：

“夜了，夜了，我们要回去了。否则可以给她两角钱。虽则事情是常常如此的。”

一边又匆匆地没去他们底影子。

老婆子一时昏去了。一时又慢慢地向看呆了的孩子们说：

“小弟弟们！可怜罢！我因为乡下没处讨钱，远远跑到城内来。想讨几个钱买一服药回去。……唉！虽则我底丈夫，此刻或者已经死了！可是小弟弟们，你们也有钱么？”

老婆子酸苦的说不成别的话。

而这几位听呆的孩子：有的抖抖他底衣袋，表示袋内只有一把蚕豆。有的翻转裤腰，表示身上只有一个肚脐。个个摇摇头，不声响。

老婆子却突然发狂似的问：

“你们也有毒药么？你们也有刀么？我不想回家去了！”

孩子们一听到问有刀，惊怕了。逃散了。

黑夜如棉被一般盖在她底身上。朔风一阵阵地在扫清她身上底尘埃和她胸中底苦痛。

她气息奄奄地睡在城脚下，她心底未曾全灭的光，为她家中的白发丈夫似乎还得望着明日。

摧　残

一个寒风凛冽的冬天晚上，是这位可怜的妇人产下她第一个儿子后的第三夜。青白的脸色对着青白的灯光，她坐在一堆破棉絮内，无力地对一位中年男子——她底丈夫说道：

“照我底意思做去罢，这样决定好了。”

宽松的两眼向她怀内底小动物一看，——婴儿露出一头黄发在被外。妇人继续说：

“现在，你抱他去罢。时候怕也不早了，天又冷，路又长，早些去罢。”

可是婴儿仍留在妇人底怀中，她上身向前偻一些，要抱紧一些似的。男子低头丧气地说道：

“不能到明天么？明天，明天，等风发发小些的时候。”

“趁今夜罢！”妇人又吻了一吻婴儿说。

“再商量……我想。”

“没有办法了；米一粒也没有了，柴一束也没有了，没有办法了！”妇人痴痴地摇摇头。

男子简直不自知觉地抱去婴儿，眼圈红红地跨出门外。妇人在他后面啜泣地说道：

“走走快些，抱抱紧些，莫忘记了拉铃。”

男子没有答话，就乘着门外的冷风跑走了。

他一口气跑了七八里路，就在一座山岭上坐着。朔风更暴猛地，鼓着两面的树林，简直使他喘不出气。婴儿是没头没脚裹着的，有如一只袋，他这时却解开袋口，似要再看看里面底将失去的宝物，可是这一看竟使他伤破胆了！婴儿底小眼已紧闭，气没有了，他闷死了！

“唉！”他大喊了一声，几从坐着的石头上滚下去，可是一点方法也没有。

“抱回家去？怎样对妻说？”他想，他决定：送到育婴院以后的孩子是和死相差无几的。他还是就葬这个小尸在这山上罢！

他痴痴坐着，死婴在他底膝上。他一点勇气也没有，只泪不住地流。一时，他竟号哭起来。山岭上管山的人家奇怪地走出来了，他就向他们借了锄。他们同声的说，安慰他：“穷人原不配有儿子，不要伤心！何况你年青，将来也不患没有儿子。”说完，他们也就进去了。一位年老的婆婆，还烧了一撮纸钱在门口。

他不能立刻就回家，为的要使他妻不疑心，他可以将这发生瞒过。他坐着，他坐着，夜过的非常慢；风声，水声，树木的动摇声，他都听得非常清楚，他镇静着他自己抵御一切可怕的夜声底侵袭。

他慢慢地推进他家底门。妇人仍在床上坐着一动没有动。她哭过了，眼之四周红肿地。这时他懒懒地走近问：

“你为什么不睡呢？”

“等你回来。”

妇人轻声地答。他站在她前面，几乎失声哭起来，可是他用他全力制止住。于是妇人问：

“你已送去了么？”

“送去了。”

“送到育婴院了么？”

“送到了。”

声音同回音似的，妇人眨一眨眼，又问：

“你拉过铃么？”

“拉过了。”

“你听到先生们出来抱去的么？”

“听到的。”

“你也听到这时娃娃哭么？”

“哭的，可是你不要多问了！”

男子不耐烦地，妇人却苦笑一笑，说：

“这样，我放心了！”

“你可以放心。”

“那么，我还是明天去呢，后天去？”

“哪里去？”

男子稍稍奇异的。

“到育婴院做乳母去。”

“到育婴院做乳母去？”

“是呀，我早这样对你说的，忘记了么？”

男子却几乎要昏去一样：

“你仍旧要看护你自己底儿子么？”

“是的。”

“不行罢！”

“因为这样是好方法，一边我有饭吃，又有钱赚。”

“你定要这样做？”

“不是么？你怎么失落了魂在山岭上似的？”

男子悲伤的呼喊起来，同时坐下椅上。

“唉！唉！这是不成功的，明天不要去罢！”

妇人独断地苦笑说：

“那么后天去罢。”

第三天，妇人终于进了城内底育婴院。

她开始一个一个的将婴儿认过去，可是在这数十个婴儿中没有她自己底婴儿。于是再向各乳母询问那几个是男孩，结果男孩只有两个，而且这两个都有四个月以上了。她非常地奇怪，她畏畏缩缩地跑到事务室的门外，探头向一位事务员做笑地问：

“先生，前天夜里没有人丢婴儿到这里过么？”

事务员向壁上挂着的婴儿出入表一瞧，说：

“有的，你问这个做什么？”

妇人更做笑地答：

“我不过想询问一问，因为邻舍……一位姑娘私产下了一个孩子……先生，你能告诉我这孩子是男的，还是女的么？”

那位事务员又向壁上一瞧，也微笑的说：

“男的。”

“真的么？那真是有趣的事！我还可以将这个笑话告诉先生，假如先生肯告诉我现在这个婴儿在哪里，让我见一见面的话。”

那位事务员却摇一摇头，带着阴险的恶毒的脸色说：

“你真见鬼！告诉你，我是骗你的，前夜哪里有什么孩子！男的，女的，私生的，恰恰前夜，一个都没有。此外是每夜都有的。”

妇人一时酸软了两腿。她极力忍制住她从内心所爆发的悲伤。而那位事务员继续问：

“你有没记错日子呢？那你还能告诉我你底邻舍姑娘私生孩子的故事么？”

妇人低下头，一边移动脚步，一边说：

“不必告诉了，那她所生的孩子一定死了！”

她坐在育婴室内，两手抱着两个不知是谁底两个初生的女孩，发着呆。她简直无从着想，似陷在山洞中望着落日一样，她恨不得立刻就回家，询问她底丈夫；但事实不能使她就走。

第三天，她丈夫来探望她，她却拉了她丈夫到一阴角询问道：

“我们自己底孩子呢？”

她丈夫慢慢地答：

“没有在院里么？”

“没有，我简直将近数天丢来的孩子都认过了，没有一个是的。”

“那我不知道。”

“你怎么不知道呢？”

男子低下头说：

“恐怕死去了！”

“没有！没有！”妇人张声的说，“就是死了，这里也有收账的，那一夜简直没有！”

男子呆着，妇人又逼他道：

“你说，怎么一回事，将娃娃藏到哪里去了呢？”

许久，他记起那夜别人劝他的一句话，他说：

“穷人原不配有儿子的，不要伤心！”

“什么呀？”

他极力想忍制住不说，可是声音冲出口边来：

“那夜在路里就死了！我给他葬在那山边！”

“怎么呀？你说……”

同时她放声哭了。

那位事务员与乳母们跑拢来，事务员知道了这秘密，就高声地向男子和妇人说：

“你们犯法了！将自己底孩子丢到这里来，而自己又来做乳母，这是犯法的。叫警察，送你们到警察所里去罢！”

妇人一边收止泪，一边说：

“先生，我已经没有儿子了，我底孩子已经死了！这里哪个是我底儿子呢？”

那位事务员说：

“不管的，你们要想这样做，就送你们到警察所里去！”

妇人几乎跪下的哀求道：

“莫非我生了一个儿子还犯法么？先生，我现在也终究没有儿子了！先生，饶恕我们罢！”

事务员忿怒地向事务室走去，妇人却晕倒在她丈夫底臂上了。

无聊的谈话

秋雨滴滴淅淅的落着，正如打在我底心上一样，使我底心染湿了秋色的幽秘，反应出人生底零落和无聊来。

实在，这样椅子，于我不适合！恐怕因为太软，正要推翻了去找那岩石砌成的坐着。但又茫茫何处呢？无可如何，还是永远去兀然立着，做个古庙厢旁里底菩萨。然而体弱的我，又难化筋肉为泥木！宇宙啊！你为什么生出一个“我”底大谜啊？

我现在正在一间受三分之一的光线的房里徘徊。耳朵浸在雨声里，眼看那不红不白的地板，手拌着背后，自然而无意义的走动两脚，——踯躅之声，打着雨奏的歌曲底拍子。

两个孩子，正躺在我底床上，谈些我所不懂的话。以后，女孩说：

“先生！你很没趣罢？”

“是的！”

“为什么没趣呢？你能告诉我吗？”

“不能，因为我底心太秘密，不许口子去告诉别人知道。”

我一边仍在徘徊，一边慢慢地答她。她想了一息，说道：

“我知道你了，你在想你的妻子？是么？”

“不，决不。”

“想你底父母？”

“也不。”

“呵，想将来？”

“不过猜到了我没趣的十分之一。”

“你还为什么呢？哇！知道了，中饭还没吃，肚里饿了！”

说着她也自觉得，微笑起来了，我即说：

“不是，不是！你究竟不能知道我底心，愈猜愈远了。”

“你为什么不能告诉我呢？我底心事，你都知道，你自己说明白我心内之十分之八。你连一分都不能告诉我么？我又不和别人讲。哈哈，你以为我是一个小孩子，哈哈。”

她底笑声里，藏着一腔无名的意义，很使我底心潮起了一种不自然的波浪。所以我说：

“我知道你底心不像小孩子，可是我总不能令世界上随便谁人，明白而安慰我心之惆怅！所以在我底今生，总没有可告之对象了！对象就是领受我底怨诉而同情和解慰我的人。由是，我更恨我生之无为！宇宙间我是人类底孤独者！”

说到此我底心不由得更为辛酸起来。停了一息，接着说：

“我只有等待死后，或者会有知心者，来领接我底悲哀，一洒同情之泪！所以我底快乐，也只可望诸来世了！”

她听了我底话，好似感到了深深的幽处。两眼斜斜地一默，表出辽远的感情，对我说：

“你不爱你底妻子么？这是你自己的不好。”

“并不不爱，伊或者也能同情我底怨诉，可是，没法领受我。”

“为什么呢？你可写在纸上寄给她。我有时觉得心里闷着许多话，要待告诉，可是没处可告诉，我就抽出纸，写在纸上。写好了，自己读读，几分没趣也借此可忘记了。至于你，更可寄这纸于你妻子，多少快乐啊！”

我这时也只有对她叹了一口气，因为我底不幸的妻子不能如她所想像的这么一个。她接着说道：

“我还有，不过这话你不能告诉别人，我现在告诉你——我有时像有许多许多……说不出哟！……就是‘爱！’要到别人。而一看，竟没一人可被我爱！唉，我真觉得烦恼啊！”

说到这里，她将身一翻，指着睡在身边的她底弟弟，——他是抱着一只猫，正和猫玩。说：

“同他讲讲，又不懂，而且不理，他是一个呆子！——他是我的哥哥便好了。”

于是我问：

“你不爱你底父母么？”

“啐！他们是摆出大人的样子，哪个高兴和他们讲。他们专功讲嗜好，讲应酬，忙也忙煞。”

“你不爱么？”

我是一个无聊的问。

“爱总是爱的。爸爸不愿意……总之，他们是父母，我恨没有我同样的一个人，以先，在外国，还有一个 Li li，她能明白我心思底一半。真有趣哟，有时放了学，心里烦恼起来，我就邀她同道，带了一点酒，几片饼干，到山上去，在树荫下坐着吃吃谈谈，烦恼就完全忘记了。现在，唉！一个都没有！”

她摇摇头，作相逢无知己之叹。我实在想，她底心里有我是她底一个先生的观念，否则，减了十岁和她同庚，她一定感到我是她底一个知心啊！我一边自恨，一边笑笑对她说：

“你可期待将来天帝定会差遣一个你底知心者到你底面前来，你可期待。”

她奇怪起来，侧转了头说：

“有这样好？”

“一定的，再过几年。可怜我是没有‘几年’可期待了！”

她一想，她很明白了我话中底幽秘，她说道：

“是否指丈夫呵？啐！我不愿结婚的！何苦，同男人结婚，丧失了自己。”

“有不丧失你自己的男人，会同你结婚的。”

“无论如何不！就结婚也同保贞结婚，不好同女人结婚的么？

将来我决定或者不结婚，或者同保贞结婚。”

她说到这里，实在不懂得结婚的意义（不过这正是她现在所切心研究的一个问题，因为她是十三岁了。）所以更表出洋洋自得的样子，弯弯头说道：

“我将来一定提倡男人和男人结婚，女人和女人结婚，省得性子不同，时常争闹。”

我不觉十分注目视她，我底徘徊也就被她停止了，心里动荡着无边际的幽秘，就随口说道：

“正以性子不同，要男女结婚。”

说好了，我立刻觉得不好，不该以这话提示她。她问道：

“奇怪哉！我不懂，为什么缘故呢？”

所以我说道：

“请你不必讨论这个问题罢。你再等几年，自然会明白人生底意义的。我和你一样大的时候，也时时留心这些问题。到现在，一回想，就觉懊悔不叠。即此刻，也更使我没趣了！我不能明白和你说出来，我很抱歉。不过，就说出来，也没意思，望你绝对不想它就是了。”

我依然徘徊。她呢，更为我静默了。慢慢地说：

“我晓得你是不肯讲。不过，奇怪，为什么不肯讲呢？我也晓得几分，不完全明白就是，究竟有什么稀奇呢？你总以为我是一个小孩子。但你不讲，我更要想它！一个人总有好奇心的。”

我不愿再咀嚼这苦心麻口的话，逗引她更入进一步的幻境。所以我说：

“此时，我底好奇心更使我没趣了！但无论如何对之总不能解决。不得已，我想将这渺渺千里无归依的无聊，哀诉我底纸，再焚化我底纸而升上天庭，启奏玉帝，任凭玉帝底感想而发付我。——请你俩到楼上去玩一刻罢。”

她就立刻起来问道：

“写信给师母么？”

“不，伊非玉帝，没有接受我底哀诉的权力！”

此刻男孩也玩够了，听了姐姐底话，好似得到秘密的消息发觉般，跳起笑道：

“要写信给师母！要写信给师母！”

于是他俩走了。其实，天呀！非特说写给妻子，而且叫我怎样写呢？除非有天使般的解剖学家，来挖出我底脑子，放在一千万倍的显微镜底下，细细地观察，才能知道其冗繁组织的无聊处，怕再没有第二方法了！我只好坐下椅子，又立起来徘徊，坐下椅子，又立起来徘徊。椅子呀！我实在要推翻你了！

疯　人

事情的发觉在早晨，日中时，他就被逐了！而傍晚，他爱人的死耗传遍我乡。接着，他就发疯了！悲惨而不安定的世界就随这夜幕罩着，在他四周继续了数天，到死神来拉他归阴曹取消了他底罪案时为止！

他，——是吾乡望族某家书记。就他自己也不知道他底生身父母是谁。自幼即在街坊飘泊。幸（不幸！）于六岁时见怜某家主人于门上，遂收留以养子看待。在当时，当然有一种钟爱，因为他学书学剑，都很有成功。后来以他赋性之高傲与不羁，逆主人耳，遂贬为书记，以此，人也只以书记看他！如是二三年，他不幸的命运，更展拓他底地域了！当然有种种纤少的事故，结成这偌大的苦痛之网；不过最大的，自然要算他和主人底少女底恋爱发觉了！其实，光明正大的恋爱，万无所谓发觉与否，不过在以礼教的兽皮蒙脸者，将何等重大的事哟！

疯人，我实在没有什么！好像做了一场大梦，晨间起来，人们都变卦了，他们的举动言词，我看来真难受！奇啊！究竟为什么？连我亲爱的朋友，都个个蹙拢他们底眉宇，深深在忧愁叹息，好似世界从此末日般！当我问“你们愁什么？”他们也就垂下头说不出半句来。我就大笑说——美丽的晨光！射到人们的心上罢！射到我爱人的头上罢！——是的，忘记了，久矣不见伊。真奇怪！伊到那里去了？我去找伊，我要去找伊了！

爱人哟，你在那儿？
一天不见你，
世界会从我底心中消去了！

他一边歌着，一边向他主人底家里走去。对面他看见一个朋友——是主人底仆人急急忙忙地走来。他扯住了他问道：——你何用乎这么跄踉？我底爱人在家么？伊无恙么？请你轻些，赶快告诉我，我要送“阳光”给伊戴在头上，多么美丽呵！阳光戴在头上。

他惘然的手足乱舞起来，好似为他爱人得着光荣一般。然而他的朋友，也只有以眼泪回答他，闷闷地走开了。

疯人一些都使我不懂！碰着亲热的人，个个对我哭泣，和我不相识的人也个个对我忧愁。究竟什么事？我只好呆呆地对他们！而且，我的朋友，郑郑重重地对我说，“你的爱妹早死了！你也竟这样疯下去么？”下半句话我有些不懂，不过“爱妹死了？”这又何稀奇呢？死了？好，好！死了，死了！伊死了，我当然会到伊死后的地方去找，那真好极了！假如我找到伊在一个美丽的天国，月永远是圆的，花永远是香的，清风四季飘着，我同伊住着，多少快乐呢！还有谁来管辖我俩哟？我俩可恣情地谈笑，我俩可率性地游舞，唱痛痛快快的歌，吟淋淋漓漓的诗，还怕谁来窥听而闲说呢？活着的人们底口子，眼睛，耳朵等，真坏哟！是时常——是的，偏说不是的；红的，硬说是绿的；明明一只驴，要喜欢说是马；真坏！一想起我就恨极！多少爱底真和美哟，被他们糟蹋到假和丑了！

他不觉流出泪来，默默地盲目的走，口里还咕咕噜噜的说着，一心想找死了并且就在死的当夜已葬了的伊。但又何处去找呢？到这时疯了已完全一天，在这一天之内，他既没有饮过一口水，又没有吃过一粒饭；清秀俊白的形容，已变成枯槁与憔悴！无限生命之悲哀，正如佛光一般，从他的周身辉射出来。

主人至此，似乎有几分醒悟，此事不该如此，断送了自己底爱女和一个青年。爱情就是生命，破坏爱情，明明证出是戕残生命，但还有何用哟！一个死的已死，一个疯的正疯，而且死神也急急在后呼他。虽忏悔，又有何用哟！

疯人，真令我性急！伊究竟到那儿去了？我在伊家墙外环绕了十数圈，眼不转睛的从花园望到楼上窗中，伊底闺阁的一室。窗门总紧紧地关着，竟没有一人来开！阳光从头顶直射下来，这样的白昼，伊莫非还在睡着么。怎的，连伊的影儿都没有！我真彷徨哟！想一脚跳进，粉墙儿又高似青天；撕破喉咙喊，声浪又透不进那坚壁。只自恨，有何法子呢？以后我轻轻的问一个孩子，他告诉我，伊到城隍庙里去了。我立刻跑到城隍庙，但找遍，没见一个人在烧香。认清了一个个菩萨，都不是，不是！ 我想，伊一定回避了我罢？小孩的话是不会错的。我就在那边等了，但等了一夜，也没有，没有！冷风真可恶，他偏都都的吹来，使我全身发抖，就是此刻眼睛也还在紧胀胀的痛。

一个陌生的朋友，衣服穿的很破，样子也颇可悯。但，咳！

和我一见如故。因为现在许多人，都和我话不投机了！所以人倒切实想不通，衣服很破，倒反令人很要亲近。他卧在中堂左楹边，天已黑暗，不过月色有一边在天上。我走向他旁边坐下，而且问他：

“阿哥，我是找我底爱人的，你在这里待谁呵？”

他缓缓地答：

“我不待谁。”

我强逼问他：

“你不待谁为什么也在这里呢？冷风多么厉害呵！你不回你暖和的家乡，在这里做什么呢？你一定告诉我。”

他不得已似地说。

“做什么哟！有何待哟！就做的，也是空！就有的，也是死！”

我当时跳起叫道：

“死？顶好，顶好！将来我们可一块儿死，搀着手到死的天国里去！那边冬季也有蔷薇花，多么美丽哟！”

他似乎我不应当这样的说。他说道：

“何必如是！你太令人悲伤了！父母生出我们来，本来是大大错误！拿取没爱情的生命之来到世上，好似夏日烈光下无水注灌而枯干的花，安能放葩结子？不过既已如此，我们当一己解释，一己原谅，断祈望，想念，留恋之情，垂首徘徊？两手空空的这和我不相识的世界就是！似你这样，真真当初何必！”

“我该完全裸露我底身体么？向清风呼吸，也难被允许的事么？世界中连一草一石，都为占于强者么？”

“你不该看作小事这么大哟！什么错误，都从狭义的‘有’

里生出来的！自杀与疯狂，就是最烈的表现！”

我于是想着了问：

“谁有长剑？敬借一支，杀完世上一切而成了空。最后，杀了自己，好么？”

他摇摇头叹了一口气说：

“这当然是好，不过这是一个梦！”

唉！人类真真误谬哟！除爱情外，世上还有什么存在的东西呢？他们偏抢“无”以为“有”，而且抢别人底“无”以为己“有”何苦！你们快快割掉你们底心脏罢！他请我睡，我何尝要睡呢？我不过辗转我底身体，在冷冰冰的石上朦胧地过了一夜就是。

他更疯癫的异样了。

忽然，不知从何人手里假来一件袈裟，十二分得意地穿起，赤着两脚，在大街小巷里走。此外还有一串念珠，一面小旗，——上书着一“爱”字，系他亲笔，口里大声唱着歌。大人们只有表示摇头的意义，许多小孩子，爱他悦耳，跟在后面学：

天上有云，
地上有草，
人间有伊，
我向伊道：
你即是云，
你即是草；
望草永青，
望云永皓。

云同天长，
草共地久，
天长地久，
颂伊不朽！

遇着妇人他就对她道：——你要什么？你饭可不吃，衣可不穿，“爱”字不可偷偷地被她漏去！因为除了“爱”，人间一切都是“空”，世上什么都是“死”，请你有便，通知我爱人一声，望伊谨守着“爱”，不久，我将去接受她了。——聪明的妇人，对他说个“是”，他就似有无限光荣一般，跳着舞着；假如一声不响的走了，他就唱起这首歌，挥袖扬长而去了。

疯人，在西关外，松林里寻得许多好花；红，黄，白，何等美丽哟！伊见到不知如何喜欢呢！我托朋友带给伊，不过，朋友的话，很奇怪！他说“我为你撒在她底坟上罢！”“她”，是否即“伊”？“坟”？什么东西呵？这名词在我脑中好新鲜而使我打一寒颤！“坟上”，“她底坟上”，“撒在她底坟上”，一堆好听的词句，我一些不懂，一些不懂！我当时急着对他说，“劳你拿去罢，还不要给伊爸爸看见，他要抢去踏碎的！”真好，他也就为我拿去了。

朋友们商量医救他的事，他正走来。一个朋友说：

“事情太悲伤了！这样下去，究竟怎样好呢？一个虽葬了，一个总望他复原。”

他这时真似一个先知，知道了此事之于他，他嚷着说：

“与其复原，不如早些葬了！假如给我以空的生命，不若赐我一实的死！你们能获益于我底肉体，而你们不能造福于我底灵魂，你们反是我底仇人罢？你们加我苦痛太深了！不过，伊确是化云升天，入地变草，你们有何法子呢？假如你们能请得医生，令草复为伊；请得道士，令云复为伊，那我愿割股以报你们！然你们又有何法子去请呢？省一笔事，空话不讲，祝你们晚安！我要到城隍庙里寻破衣的朋友算生命之账去了。”

朋友们个个摇摇头，再议了一番，通过医救的案子，也纷纷走了。

破衣的朋友，微笑着迎他，而他一见着即启口狂喊了：

“我底空的影呵！假如你在我已到之前未来时，我将何等抱怨于你哟！而我自己呢，也匆匆的摆脱了许多的缠绕，到你蓝色视线之里来。”

这时破衣者，慢慢的取出残杯冷炙，放在石地上。再取出二只酒杯，一只置于身前，一只放在他的前面。提起酒壶，斟满了白酒，怡怡然似与世无忤般答道：

“假如你不抱怨我，——请你先不抱怨于一切！一切于我何尤哉！”

他恍恍惚惚地说道：

“眼见爱人的灵魂入冈时，他可不毁灭他底肉体趋与一救么？”

一边举起酒杯，一口喝尽。

“你真何苦要这样自扰呢？你须知至精无形，至大不可围，太阳永远没有太阳自身的影子，何苦你要据微弱渺少的形影而自尊呢？多少悲剧，都从这里演现出来！明白举个例，即如这残杯，也是爱情底夭折的苦汁！你知道么？你在滋润你喉咙的滋味，就是祭奠你身外之血的情人底美馔哟！你该明白而悔悟了。分得一瓢羹，在你我之间，——或者会有第三人也在取啖。但我全没觉得，好像地球是眼前刹那间才辟成一样。以此故能安然在肚。否者，非特不饱，将从此饿死矣！请你原谅我——你明白也好，不明白也好，不过总望你记得‘世界以前全没一回事’就是。”

疯人心里的火焰，随他底话渐渐轰烈，这时已高冲万丈了！面如纸白，全身疏松的灰一般，唇齿战战地问道：

“我底爱人真在天上么？”

“天是空空的！”

“我底爱人，真在地下么？”

“地是坚坚的！”

“那么，我底爱人，真在人间消灭了么？”

“若你以为不消灭时，谁也不能强伊出人间一步！”

“一切神祇哟，你们何必厚于我！”

趁着微弱的月光，他箭一般的飞出门外。破衣者立即跳起追逐，已不知他底去向了！但不能不寻求，冀救他生命于万一。

他——破衣者，深自懊悔。本欲以一切皆空之理，提起他迷陷在情爱之渊里的苦痛。所以昨晚探得他在城隍庙里的消息，也向这里来作一夜谈话。以后，穿起袈裟，挂着念珠，似乎是他一分醒悟之趋向。但还是手执“爱”字小旗。故今夜早来，欲再进一解，使他了悉人世，忏悔余生，再享受几年生命空空之乐。不料他深信“爱”之外，一无所求；万物纭纭，唯有一“爱”！听这过激的爱情死亡的消息就猛然舍起酒馔而追求这永不回来的情物！所以这回飘然而去，除出得到死神之报告不幸的引诱之惨死的事实发现外，别无所有！

灰色的月光照在脸上，显出无限的悲哀，泪珠在脸上，也急急欲堕！他低头叹息，不得不收拾残杯，踏影去寻求这万不免于死亡的疯物。

疯人请万物站开！莫令我裹足！我必须寻求我底爱人到我生命底最后一秒。不过，东是大海，南是深林，西是高山，北是荒漠，往何处找？往何处找哟！仰首叩天，天阍难见；低头觅地，地府难通。唉！天呀！莫非终我一生，除了葬身鱼腹外，不见有一纤痕迹之存在么？生命之壳果里，除出挖取些甘美的果肉之爱情外，还有什么东西呢？一副贱壳，一副贱壳，弃在路边，豕犬要啮你肉，鹰鹫要啄你肠，谁也要呕你，谁也要呕你！你该值一文钱么？爱人呀，你不回来时，青山绿水消灭了，春风秋月停止了，“一点”也空虚了，“半霎”也断绝了。从此，“我”无了，无了，呀！爱人呀，你快回来罢！你快回来救我罢！一个临于“无”的可怜的孩子在叫呀！我求你，万一你在天上时，你插翅飞下罢！万一你在地下时，你缩地走上罢！假如，你在恍恍惚惚的天涯，或在渺渺茫茫的地角，也望你鼓力之来到我底眼前罢！爱人呀！为何没声没息，不回头垂念呀？你永睡着了罢？你长眠着了罢？你从此“已矣”了罢？那你也有三魂，那你还有七魄，你竟忍心不一顾你底垂死的孩子么？唉！月色雾露，压住我底肩很重，我再难前行了！我蹲着呀！

阴寒荒寂的旷野，疯人颓然蹲着。是时万籁俱静，只有疏星闪烁，似替他叹息。

在他底耳朵里，隐隐地起了一种歌声，清脆婉转而悲哀的歌声，是他爱人底歌声！

疯狂的哥哥哟！
你来到我底怀中罢！
你是我生命底至尊，
你是我生命底至宝，——
你的心儿如皎洁的秋月，
你的身儿如素丽的冬雪，
你如方开的花，
你如初飞的鸟，
你如始生的婴儿，
你快来到我底怀中罢！
我将饮你以甘肥，
我将衣你以轻暖，
我将令你永远甜甜的睡着哟！
你快来到我底怀中罢，
疯狂的哥哥哟！

他微微昂起头猛然见伊羽衣飘飘的在他前面。轻舞着，曼歌着，还似温温微笑着。他即刻跳起，举起两手，如饿虎扑山羊般捉去。可怜呵，仍是捉不到什么。伊，依然在前面招手他！

一个袅娜的影从容飞着。

一个枯槁的形踉跄追着。

追完了旷野，走入一片森林里，——树荫落在地上面缤纷地舞，他俩如流星般踏着过去，好似一幅仙女渡凡黎的悲惨画图！

一转眼，身前是一条汪洋的大河，波涛汹汹的。他明明白白地看见，伊仍是轻歌曼舞着踏浪而去。他，至此大喊道：

“爱人哟！你若坚决不回来，我将破江流而追逐了！”

从此一声飞浪，人随流水长逝矣！

疯人失踪的消息，又哄然传遍我乡。有的说他潜逃他处，有的说他削发为僧，还有的说某家秘密捕回去了。人人猜疑不决，唯也只是将猜疑放在几分的悲念中过去；哪有人知道他悲惨的真事，而诚诚举以一番追悼。

唯有这破衣的朋友，虽当夜搜寻一夜不得，却洞悉颠末于胸中。故于次日，即购鱼一尾，肉一脔，馒头三只，香烛一副，冥纸锡箔数千，至旷野中，向着西方奠祭，并洒泪而歌曰：

维人世之多悲兮汝独为极！
奈爱情其真即生命兮谁又为识！
一切俱亡兮而今而后，
愿安汝于天国兮与世长息。

刽子手的故事

“当然！我未杀过头以前，呀，这是天下第一桩残酷的事，可怕呀！可怕呀！和你们现在想的一样。——实在——”

一个黑胖秃头，裸着上身的汉子，高声自得地说，一边大喝了一口酒。——这是第三斤酒了。人们围着他，挨满了这一间小酒店，有的坐，有的立，有的靠着柜台，有的皱着眉，有的露着齿，有的……竖起他们的耳朵静听着杀人的故事。

店之外，就是酷热的夏天午后。阳光用它最刻毒暴忿的眼看着人间。

那汉子又喝了一口酒，晃一晃两颗变红的眼珠。放轻喉咙续道：

“实在，你们不要当作大事看，杀下一个人的头，是毫没什么的！而且容易，容易，比杀一只老鸭容易。”

接着又大喝一口酒。很像这喝口酒是他讲话里的换气，和乐谱里画上“V”符号相似。

“杀一只母鸡，你们有经验的，挣扎的很；假如割不断它的血管，更不得了，吓死小孩，吓死女子，明明死了，会立起来追人，呀！杀鸭是不是常常碰到这样的？杀人呢，断没有这种祸，断没有什么的，只要你刀快，在他后背颈一拍，他头立刻会伸直，一挥，没有不算数的！头一伸直，头骨更脆了，刀去，是和削嫩笋一样，仅仅费些敲碎泥罐的力，这头就会‘噗’应声跌下。所以‘杀头要拍后背颈’是刽子手的秘诀！”

一边又大喝了一口酒，一边叫道：

“再打半斤罢。”

又晃一晃两颗变红的眼珠，扬扬自得地说道：

“有一回，是我杀头最出奇得意的一回，听呀，那个强盗呢，也是好汉，身体和猪一样肥，项颈几乎似吊桶。临上法场的时候，他托我，‘大哥！做做好些。’我说，‘磨了三天刀，怎样？’他脸色一点不变答，‘好！你手腕不可松，这是第一！’临杀了，我刀方去，我又在他后颈一拍，——实在他自己已伸得很直了，不用我拍，我戏他说，‘不酸么？要凉快，还……’他强声喝，‘快来！’但说时迟，那时快，他‘快’字刚叫出，我立刻一刀去，他头立刻在三步之前，还说‘来！’人们看呆了，而更呆，是我的刀上，一点血也没有，一点血也没有！以后，顽皮的孩子在我背后喊，‘杀人不见血，下世变虾虾！’我一些觉不到什么，这岂不是和游戏一样！”

一边又连着喝了几口酒。

一班听众，个个在热里打寒，全身浮上一种怕，汗珠在他们额上更涌出来。屋里全是酒气和热气，但他们仍不走开，好似他们对他是一个铁笼里的猛兽，他愈喊，人们愈愿跑去看。

这时，立着有一个黄瘦的中年人，他们说他“内功拳”很有研究的，开口问道，——因这时没一个人敢同他说话。

“你没有一刀杀不落头，要好几刀才杀落的事么？”

“有呀，碰到一回。那真苦死我焉！就是杀那个老红，老红强盗，不知怎样，臂膀不灵，刀去好似碰着钉子一般，只进了半个，吓死人，吓死人，他立刻手脚乱舞起来，尽力挣扎起来，口里吐出血来，以后知道他痛到咬碎舌头！眼珠也裂了，挂出来，全身立刻变作烤茄一般青，呀，要夺我刀了！我的弟兄，都预备着枪，但我奋起生平的力，一砍，再一砍，他大叫了一声，于是头落地了！看的人个个逃，有几个几乎死去！呀，我以后也好几夜梦老红和我作对，但总觉得没有什么。做人有什么呢？”

末句他加重地说。好似人生的意义，就是杀人的游戏。一边又喝了一口酒。

静寂了几秒钟。那个黄瘦的人又问道，——他问时眼斜斜地向人们瞧了一瞧，好似很凶恶有理由一般。

“你究竟怎样杀第一个人？”

“呀！难说，难说！”

一边他又在喝酒，但酒已完了。

“再打半斤么？”店主人问。

“也好。”他说。

一边摇了两摇头，好似打划什么似的。一边用了一条发汗臭的手巾，揩一揩脸上和身上的汗。

酒打来了，他又大喝了一口。

“你们想不到，我自己也想不到，一个人会杀起人来。——这其间很似有定数般的！”

他又止住，一回又立起来，用扇子搧了搧屁股，又重坐下。

“阎罗叫我杀人，我逃不了不杀人，否则，第一案子为什么会发生呢？哈，有趣！”

他们仍是一声不响听着。虽则脸上所表出的悲乐不同，却同一的汗珠挂在额上。

“想一想你们不知道么？——宣统三年的三月里，金臣川老爷的第四个姨太太和他第一个儿子，是不是忽然同死的么？虽则有谣言，死得太奇怪，人疑是臣川老爷谋害的，他们二人生前很相好，死后也同葬一块，怎样没有可疑的痕迹呢？但谁知啊！天！现在我说罢，是我杀死的！正是三月初三夜半三更！阎罗簿上注定的，一个二十四岁的少爷，一个二十二岁的姨太太，花一对的人，做我开锋的刀下鬼了！”

他们又一齐起悚起来。而他又大喝了一口酒续说道，“那夜火神庙的戏，正演的热闹。我因为没有去看戏，坐在杀人老郑的家里，——他去看戏了。我想走，而臣川老爷气死急死地跳进门，一手捻着一盏灯笼，一见我，立刻一手捻着我，拉我出去。他认错我是老郑了，就将这笔要杀人的生意，重重地交托我，使我推辞不得，说也奇怪，我一个从来没杀过人的人，突然听了十来句的话，说有二百元钱，‘杀人的狠’就立刻会冲上心来！当时呢，他只说一仆一婢，想谋害他，他并没说是儿子和妾。我呢，就会拿了刀，立刻喝了半斤烧酒，什么也没有了，不想了，不怕了，好似现在一样，一个杀人的老手。算命先生说我那时有地煞星照到，真一点不错。当杀了以后，也到各处流离了一月，也有些捣鬼的样子。现在想起，一些没有什么！杀人是一些没有什么的事情，简直和玩一样。否则，我看杀人和你们现在一样，杀一个强盗是二元钱，前清倒还有四元——你们会干么？”

个个惊骇了！没一个人敢说一句话。一刻以后，还是那个黄瘦的人问了一句。

“你看杀人时的人，不是人么？”

“什么人不人，”一边接连地喝完了酒，付了钱，打算走了，续说道：

“和猪羊差不多的。”

他去了。

他们哗然说起来了。有的说金臣川用心太黑，杀了儿妾，且教一个从未杀过人的人，去走上杀人的路，所以背生毒疮而死。有的说这种人是地煞星，良心铁换的，下世一定要变蚜蚜。而那黄瘦的人却慢慢地说：

“当杀人是件游戏，世界是没法变善了！”

一个春天的午后

这是一个春天的下午，阳光的泼辣是毫无情面地激动着上帝底儿女们。人类底隐约的心被蠕动了，萌芽了，似不能忍制的匍匐青草地下底毒蝎一样。

紧张而凶恶的空气中，气喘着他和她二人，在一间宽阔的书房般陈设的房内。阳光还是照着满地的和使人踏着软软的地毯一样。

她在他底眼里，当然是一位可怜的无依的姑娘，二十岁而智识又仅仅有限的弱女子。现在，他是用人类底同情心来保护她生活下去，尊重她底不可预卜的前途，还希望由他底手间接地递给她以无量的幸福。而她的看他呢？他是一位完全有学问的可信托的“先生”，而且有了妻和子的“男子”；虽则年龄告诉她他也还正在青春的阶段上留宿，但总是一位可尊敬的几乎等于偶像一般的“人”了。

这时女用人送进一封信来，他接过一看就交给她，——两人是背面坐着做事的——一边微笑地向她说：

“你底，不知是谁写的。我希望在这里面封着爱你的高贵而真挚的心。”

“我也还有信么？——先生不要说笑话罢。”

她欢欣地一笑，信底封口就被剪刀裁开了。

但她读这信是完全苦痛的，纠葛好似突来的火焰，焚烧着她底心屋，她气愤，暴怒，而且哭泣了。

"怎么一回事？"他不能不停笔，由狐疑而奇怪地问她。

"先生，我们女子生来就应该被人欺侮的么？我不愿爱他，也值得别人来骂我没人格么？男子永远想做女子底父亲么？"

她随即将信一条一条地撕作纷片；他一时默然。

他跟她同移坐到床边，她底泪在她底眼角上，他将他底手帕递给她，同时说：

"拭了罢，算她来了一张白纸就完了。为这一点小事要流泪，你底前途的泪要用蓄水池蓄着才好。一笑置之，介意他犯不着。"

"先生，他骂我住在你家里是堕落的行为，同时又骂我底批评熙是我堕落后的事实表现。我亦何曾批评熙，不过是说：我和他是不会发生爱情的，请他以后不要片面的再给我以肉麻的信。这就算没人格吗？一定要依他以前所说，这个春天搬到熙底家里去住，——去补习——他说熙底家里房子大，人口多；莫非住在房子大的人们底家里，就保持得人格了么？他又不是我底父亲，不听他底话就没有人格？——先生，我气极了！"

"随他去说罢，你真还是一个孩子。"

"先生，我一定要写信去责问他，他所说的可是负责任的话！"

"随他说去罢，是毫无意思的。"他蹙着眉似心内受着疼痛地说。

"不肯，"他扭一扭身子，"这关系我底人格，也关系你底的！"一边垂下他底头。

"先拭了泪罢；朋友们偶一来看见，以为我和你斗嘴了，不好意思的。"他仍递过手帕去。

她向他横瞧一眼，受过手帕，没心思地拭了一拭眼泪。

泪还在她底眼角上，第二场的泪了；胸膛一起一伏地紧紧呼吸着，低头坐在他底前面。

——因为她和我同住，别人就骂她没人格，我是吞人的狼么？——他深深地回味到这几句话底意义上来了。

——现在，她岂不是坐在我底前面么？而且妻已带了孩子到娘家去了。

这样他突然地呼吸急迫起来，一边更苦痛地默默地沉思起来。

他底眼望着窗外的青天，他底心想着一种人类底神秘的关系，普遍的，有力的。什么呢？他不能明显地说出来。总之，他提着笔，呆着，许久没有写下一个字。

她当然也觉察出这种滋味的盈溢了，空气似温香的温泉一般漾涤着她底周身。她抬起她刚落下泪的眼向他问：

"先生，这封信也妨害了你么？"

"我是毫不介意的。"

他无心的眼不瞬地答。

"那你为什么这样呢？"

"什么？"他微笑，同时眼注视着她。

"你，你，你无聊罢？"

她讷讷地说不出地问了。

"我思我底谜，请你演你底代数题目罢！"他语气严厉地，好似理性嘱咐他应这样的回答。

但她底代数题目演的没有一题对的，完全错了，完全错了！

在第一行底 X^3 方到第二行会写作 3X；25Y 乘上 12 会等于 30Y。他微皱着眉说：

"25 乘 2 已经是 50 了，现在乘 12，倒反只 30 了么？"

"呵，先生，落掉一个圈了！"

她大笑起来。

"你底心呢？我要打你底手心。"

她底脸很红，同时他将她底手握住很紧。两人默默半分钟，同时两人听着各人底心底跳动。

“不要算了罢，我们随便谈一回好了。”

“你也不做事么？”

“我似乎也无心做事了。”

南风从窗外吹进来，春天底温存与滋味同时就带进来；美丽底火焰烧着各人底脸孔，火焰底力也激荡着各人底心内。这时他向她问：

“你究竟怎样呢？”

“我倒一点没有什么，”她表面冷淡地答，“也因我不想起，前途，希望，一点不想起。假如一想起，我还能坐的安定么？东海早已是我底归宿处了！现在，先生是不会吝惜我底一口饭的，我觉得非常快乐。我在先生底翼下受各种的指导，过着和平而有进步的时间，我幸福极了。”

“假如我底生活眼前没有变化，那么你可以坐在这里等待你心爱的人到来牵你走出这门外。万一我底生活变动了，——因为我现在的地位有动摇的倾向，那么你也再跟我回到乡下去住不成么？”静默一息，又说，“不要悲伤，我们应讨论点事实问题，”不要为感情的冲激将事实抹煞了。我，终究是你底先生，在先生这一点的力量上，我是可以绝对帮助于你的；不过你底，你也不需要你底爱么？”

她立刻睁大眼睛，气馁地叫：

“先生！”

“什么？”

“你按一按我底胸罢！我全身感到沸腾了！”接着，她眼珠迸裂的忿恨地叫：

“什么是爱！还有什么是爱！除了先生对于我！”

她将她底头紧靠在他底肩膀上，气几乎塞住呼不出来。他一手搂着她底头一手压在她底胸上。但这是无力来制止她底苦痛。

他从她底头发起，眼光一直从眼，鼻子，口，溜下去，经过他底手放着的胸部，到腿，到两脚。他觉得无论如何，她底美丽是令人心醉的。——但他能爱这心醉的美丽么？或者，只要他那时向她说一句“我领受你”，同时轻轻地向她底腰肢一搂，她底无力的绵羊似的一切，就会立刻供献给他了。但他是绝对没有理由可做她底爱人，也再没有权利可收受她底爱而使未来底苦痛来谴责他们了。

“那么怎样下去呢？”他暗暗地自问，“莫非我利用这个机会来欺负她一回么？呀，就应该将她底前途看得明白！”

她还是沉思地伏在他底肩膀上，将蜕化了一般，一动没有动。

“我当从此看出人类底理性来。也当从此看出我自己底理想与尊严来。莫非我尊重少女底青春，是弱者底行为不成么？还是旧传统底遗害使我不能解放的呢？哼，哼，完全不是！她现在是有被我侵夺的可能；在这可能中我却估计着她神圣的青春底价值，同自己底人格的色彩来！”

这样，他推动她底肩，慢慢地说：

“妹妹，我想出去走一回，你继续演习数题罢。”

于是她没精打采地走到她那把椅边去。

“先生，你到那里去呢？”

“你去吗？我们同去散步一回。”

“我不去，我似乎很无力。”

“鼓起一点勇气来，不要这样柔弱罢。你们女子都是被这种柔弱弄糟糕的！”

“你有些忿怒么？”

“不，我为什么忿怒？我不过自己觉得此刻有些无聊。”

“那么你去散步一回很好。”

“又不想去。”

“为什么？”

“独自一人去散步也是无聊的。”

“师母又走了。”她似妒忌而讥笑地说。

“你说什么话？我从来有和她同去散步过一回么？”

这样两人又深深地陷入于荒凉的国土中了。

房内底空气是更紧张的异常。一种不能宣泄的春情之毒焰，在他底身内身外延烧着。

这时，他就从写字台上无心地拿来一张剃刀片，他恨恨地将他骨的一声折作两段了。他似要从各方面找寻发泄他底忿激的路，但他底忿激却仍从各方面向他紧逼拢来。

他一边将断刀片在手掌上往还地刮，一边想起了他底妻！

“但眼前是一位处女，一位完全纯洁的处女！”

他想，他立刻心肠如绞索地，万重的罪恶加在他头上一样，随手，他用力将断刀片向手掌上深深地一割，一条约一寸长的裂痕，就神速地喷出血来了！他两眼不瞬地注视着这血。

“先生，怎么？”她惊急地问，跑近他。

他似从睡梦中醒回来一样，苦笑着脸答道：

“我玩出血来了。”

满手是血的手捧在她底两手内。血涌着不止，由她底手指间溜下，涔涔地滴在地上。她仓皇地不知所措，只不住地向他问：

“痛么？痛么？”

他苦笑地说：

“你也割它一下罢！究竟痛否？”一息又自语的。

“这血真美丽呀！无穷的美丽呀！有谁知道这美丽是值多少价值呢！”

她用橡皮膏与绑布捆着他底手，捆的像锣槌一样。疲倦而苦笑地睡着。地板上的血是斑斑的。

阳光依旧泼辣的，春之毒气仍向人间到处的飘流。但在这座房内，血已经洗得它们宽驰，倦息，而冰冷了。

夜底怪眼

挟着神声鬼势的海潮，一浪浪如夏午之雷一般地向宝城底城墙冲激。大块的绛色方石叠成的城墙，泰山一般坚固而威严地抵挡着，简直神色不变的，使浪涛发一声强力的叹息，吐一口白沫而低头回去罢了。

这时的城内是杀然无声，比荒凉的原始旷野还沉寂。乌鸦也不知飞到何处去了；往常的有一种的灰白的水鸟，每当太阳落下最后底光在西山之巅的时候，它们总飞出来在宝城底城上，回环的翱翔三圈，落它们底休息之影在夜之海岛底上面，今晚呢，也不知它们飞到何处去了！也没有一家犬吠。——这样，莱托娜（Latona）用同一种深黑色的葬衣，没界限地披着城内城外，——披在怒号不平的海潮上，也披上人心惶栗而不敢做声的宝城。

在隐约的一个城脚，站着几个兵士。东方的半圆的月亮，慢慢地升上地平线来，照清他们底面貌，服装，并动作。但月亮是含着泪光如嫠妇之看着她底孤儿去远征一样。

相距他们约两百步的地方，有一座小小石刻的神龛，悬出的靠着城墙，二方尺那么大小。神永远不笑也不怒地守望着宝城，似计数着宝城里底生命而不愿他们有一个无辜地放到海外去。这时在神龛底前面，却跪着两位不幸的女人，一位头发苍白的约五十余年纪的老妇，一位是十四五岁的小姑娘，她们的心简直被锁在铁之门内般绝望，脸灰白和死人一样。

“那儿是谁？叫她们滚开！”兵士中底一个说。

“让她会一会她底儿，也让她会一会她底姊罢。我认识的。”

另一个兵士远远地对她们挥一挥手。

“长官有命令，不准谁瞧着的！谁瞧着就连谁死在该地！”

“那让她们也死在一块罢。”

他们对着月光冷笑了一冷笑。

海潮继续怒号地；夜光与冷气继续凝固地。

就在远处，飓风似的来了另几个兵士，簇拥着一位青年与一位女子。他们没有光也没有火，只烟一般的，魔鬼一般的向城边来。

老妇人与小姑娘继续跪着。

八个兵士迎着，青年与女子就如绵羊一般地绑在两条木桩上。惨淡的月光照见他们底脸上已没有一分的血色，两堆密长的乌头发，遮了他俩全个额。

离他俩二十步外，两个兵士举起步枪瞄准，枪水平地在两个兵士底肩臂上。

“让她会一会她底儿，也让她会一会她底姊罢；我认识的。”那个兵士又远远地对她们挥一挥手。

“放！”

接着就是这一个口令。天呀！在这夜色苍茫当中，只见两道火光，好像怪神底眼睛底一闪，随着枪底声音射出来。四位不幸者，青年与女子，老妇人与小姑娘，就同时倒在地上了！

一分钟后，老妇人与小姑娘就从吓碎的灵魂中醒回来，生命底全力支不住战抖的肢体。她们挣扎、颠仆、奔跑，啜泣，向着青年与女子底尸体。

“你们是谁？不准跑近！”兵士中一个说。

“让她会一会她底儿，也让她会一会她底姊罢，我认识的。”那位兵士仍向她们挥一挥手。

“赶快！吊上城，放下小船，运到海中葬了！”另一个兵士说，猫头鹰一般的眼，注视着老妇人与小姑娘，绿色的。

“还我儿子底尸罢！兵爷！”

“还我姊姊底尸罢！兵爷！”

“不准声张！”兵士喝。

同时四五个兵士，就用两根粗大的麻绳，一端缚着两具死尸底胸膛上，一端丢给半分钟前爬上城头的几个兵士，预备将尸吊上城上了。

“修好罢！兵爷！还我儿子底尸！”

“修好罢！兵爷！还我姊姊底尸！”

“给你们也死在一块！”兵士喝。

一个兵士抓开老妇人紧紧地抱住她底儿子底颈的两手，一个兵士竟将枪柄插在小姑娘底胸上。老妇人与小姑娘又昏倒在青年与女子底血泊中，简直要舐完那与她们自己有关系的将凝结的污血似的。

尸慢慢地吊上城，又慢慢地向城外放下，到泊在城脚底激浪里的小舟中。两具尸似两条古木一般横卧船板上，在摇篮里睡熟着似的荡向海中。

海潮继续地怒号着向宝城冲激，夜光与冷气继续地凝固在一切之上。几个兵士仍严肃地站立在城墙边，朦胧的月光中，待望着那第二次第三次来给他们开夜之怪神底眼睛的死囚。

距他们两百步的地方，神龛底前面，蜷卧着讨不回尸首的也将死去的老妇人与小姑娘。

生　日

夏历八月二十七的一天，是萧彬二十三岁的生日。本来，他底生日是不容易忘记的。自从进了小学校以后，这十数年来，当每次举行孔子底圣诞的祀礼时，他总在热闹里面舞跳着，暗地里纪念他自己底生辰。但自从离开中学以后，他底不易开展的运命，就放他在困顿与漂流的途中，低头踏过他无力的脚步。因此，他底生之纪念，也就和他生之幸福同样地流到缥缈的天边。这回，他能够在三天前重新记起了他底久被弃置的生日的就近，全是一位左邻的小学生底力量。

“萧先生，过了后天就是孔子底圣诞了。”

在二十四那一天底傍晚，萧彬正在沿阶上踱来踱去。他底左邻的维小友，腰间挟着书包，从学校跳步回来，这样对他说：

“圣诞，是一个什么日子呢？”

萧彬微笑地似问非问的样子。维小友答：

“是我们快乐的日子。”

说着便跑进他底家里去了。萧彬底如冬之沉寂的心海内，便刹时起了风涛。心想：“快乐的日子，是谁底快乐的日子呵？在我，已经不会再来了！”一边，他走进一间灰暗的房内，关起门，似乎要隔绝那恼人的思想；可是思想是个无赖汉，仍溜进房内与他为难了：

——母亲呀，你何时再能为你流落的儿子烧碗米面呢？在面上放着两只鸡蛋，一条鸡腿，这是多少年以前的事情了？

接着，他更辽远地缥缈地想起——他为什么要这样做人，假如那天他母亲不生他，人间与他无关系；这又何等干净呢！但一边他哈的冷笑一声，似笑他自己想念之愚。最后说：

“那一天是谁底生日，该是上帝底意旨罢？”

这天早晨，萧彬起来很早。东方底云刚才染着阳光底桃色，他就披着一件青布长衫，拖着一双拖鞋，向淡雾的朦胧的田野间走去。草上底露珠，黏着了他底两脚，湿透他底鞋袜。他在清冷的空气中，深深地呼吸了几口呼吸。觉得空气刺激他底喉咙，有些清快，又有些酸辣。他再向前走，似要走上前面那座小山去一样。他胸中毫无目的，也毫无计划。只是有心无心地向前走去，一种块垒难于放下似的。草底下的虫儿，唱歌还没完毕，树枝上底小鸟，已开始跳舞了。他也毫不留心地走过，简直大自然底早晨底优美，于他毫没关系般。清晨的弥漫的四周激荡他。他就站在田塍上，向东方回忆起来：

——今天是我底生日，也是孔子底圣诞，在古今的时间线底这一点上，究竟发生什么特殊的意义呢！二十二年前的此刻，我呱呀一声坠地。这又不过是一种自然的现象，如苹果成熟了的坠地一般。母亲告诉我——在那时，外祖母得到消息，立刻拍手叫我“归山虎”，因这年是寅年。又叫我是“熟年儿郎”，因她正在打稻的时候，禾黍丰登，满田野都是黄金色的佳穗。我四周的人们，个个为我快乐。我固肥白可爱，而天公也似特意厚待我：我生之晨，天空有五彩绚烂的云霞拥护着屋顶；数十头喜鹊不住地在我家屋檐上叫而且跳；父亲拿些檀香在香炉里烧烧，香味也异常透人鼻髓。个个脸上底笑纹，个个口里底祝福——将从我带来许多美丽到人间。可是现在呀，我之为我，正与人们所祈望的相反了！自从十六岁离家，流年漂泊，饱尝风霜野店的滋味。时觉庞大山河，竟没有我驻足之所，更无望前途有所依归了。少年底理想与雄心，一阵阵被春雨秋风所摧残与剥落。现在呀，所遗留的我，不过是一个该忏悔的活尸罢？还有什么别的生命之真正的另一种意义呢？

他不愿再想下去。一边又慢慢地向前走，走到一株苍劲盘曲的老松树下，他蹲下去，似要在它伞一般底荫下安睡一息。但到田间来工作的农夫们多了，一个个走过他身边用奇异的不可解释的目光看一回他，他羞涩了，又立起低头走回来。他一边口里念念：

无聊的生命呀，
你来到人间何所求？
太阳呵，你不过，
助无聊的人更无聊罢！

早餐他吃过了一碗稀饭，就站在檐下望天。蔚蓝的天宇满盖屋上，白云有如青草地上底蝴蝶，从西向东掠飞过去。实际，在地面是感不到什么风，虽则庭前底柳树，有时也飘落几片细瘦黄叶到他底身上来。照他自修表上所规定的，这时该是他用功的时候了，而且英译本的莫泊桑底《一生》，已读到最后几页了。但他，不知什么缘故，老是呆立着，不想去完结它，也一些不想去做。他自念：今天应该过个痛痛快快的日子才是，饮酒呢，放开肚皮，喝个酩酊大醉；或到什么高山底极顶上去，大笑一场。忽一转念：“这些都适合我底生日底情调的和谐么，还是静默罢！”一边他又走进那间灰暗的寓室，坐下椅子。一时，又向抽斗里拿出一本簿子，似乎要做过去的回忆：将他二十二年来的生活情形，飘流，失望，烦恼，灰心，以及可纪念可感激的亲友，他要详尽地写在这本簿子上。他还想用美丽的笔写就之后，再找那同调的人儿，敬赠给她，以博得嫣然之一笑，或幽声之一哭。但他磨好墨，濡好笔，又停滞着。他不知从何处写起，又从何事写起，生活是碎屑的，平常的，过去又是恍恍惚惚的，真实的他，一刻刻地在转换着，那过去的他底事迹，也随着时间之影的变幻而倏灭了。“况且你是个庸众！”最后他自己这样咒骂了一句，竟在椅上不稳定起来，身子震撼着，四周觉到空泛。于是他又站起，在房内徘徊了一息。又开了门，用沉重的脚步向门外走出去。

走不到半里，他就见对面来了一队约百数十个小学生。他们是到大成殿去祀孔的。他认识在旗帜飘扬底下，衣冠整齐的是某小学校底教员金先生。他忽然觉得不敢往前走去，似有些惶恐。金先生是青年，但有老人似的极严正苛刻的人生观，这时在萧彬看来，简直有一种不可侵犯的神圣围护在他身边，他自己是渺小如有罪的囚犯，他没有勇气去碰见他，点个无聊的勉强微笑的头，就一闪转弯到一条僻静的小巷。

他只是没精打采的瞎走，自己是非常消沉。但一忽，却有一种清脆的小女底卖花的声音，从远处叫近了。一位年约十四五岁的女郎，身穿柳条花布衫裤，手挽花篮，盛着一篮香气扑鼻的桂花，几乎拦住在他底身前。

“先生，你要买桂花么？”

“桂花，它已经开了？”

萧彬稍稍兴奋地。女郎就从篮里拿取一枝，递给他。

“开的盛呀，这枝。”

他就受去放在鼻上闻一闻。女郎同时又用微笑的眼给他。他几乎忧戚地问她：

“多少钱？小姑娘。”

“四枚铜子罢，先生。”

“为什么这样便宜呢？”

“便宜吗？先生。”

女郎活泼地，伶俐的眼珠不住地看他。一个却简直发痴似的，也看看她，缥缈地想开来——一个可爱的女郎，在街头巷尾卖花，喊破她底幽喉，为几个铜子！这样，他一边问：

“小姑娘，你家住什么地方？”

“西门，美记花园是我底爸爸底。我们都靠花养活。我们底园里四季都开着好花。先生有闲，可以到我们那里来玩玩的。”

“谢谢你，小妹妹。可是你这篮花要卖几多钱呢？”

女郎轻便地动着两唇：

“不过两角钱。”

萧彬却兴奋地说：

“那末小姑娘，我给你两角钱，你索性将这篮花都卖给我罢。”

女郎一时说不出话来了。许久，她问：

“你要这许多桂花做什么呢？”

“那你今天可以不必到处乱叫了。”

“明天还是要卖的，先生。”

女郎低下头，似触着了什么悲伤。可是一息说：

“先生，给我钱。卖花是要赶时候的，花谢了，谁要呢？”

他也立刻醒悟过来，“该死，该死，我还缠着她做什么？”心想，一边就从袋内摸出几个铜子，掷在她手内，愤怒地走开了。

女郎在他底身后说：

“先生有闲，可以到我们花园里来玩玩的。”

随即又听她尖脆的凄凉的叫起卖花的声音来，“桂花！桂花！”一声声似细石掷下深渊中去一样，声浪悠远地绕着他耳际。

他手里捻着花，低头默默地前走，也没有方向。心是胡乱地想，一息想那位可爱而又可怜的卖花女郎，一息又想他自己，一息又想那位女郎和他自己的关系——在生日送他芬芳的花，有意点缀他这个无聊的日子似的。他轻笑了一笑，又闻了一闻花。在这冷气涨满的巷里，竟似一个人在演剧一般，表现他喜怒哀乐的各种情绪。

“我不该有这枝花罢？小姑娘是可爱的。”

一息这么想，一息又那么说：

“荣幸！我该清供在花瓶中。”

同时脚步有些走快起来。刚刚走到巷口，又见国旗飘扬的过去，这是一队女小学校的学生，也是往学宫祀孔的。他被挤在观众中，一时呆立着，百数十个女孩子，从五六岁到十五六岁，身上穿着华美的衣服，脸上浮现出笑容，他想：“在圣诞节横行街市，是多么幸福呀！”更有几位年青而美貌的女教师，撑着石榴花色与翡翠色的小伞，掩映她们骄傲的脸儿在阳光之下，而且偷偷地横视他一眼，这使他惭愧了。他底两颊落下红色，心颤跳着，一时怒恨起来：“她们得到上帝底什么呢？”他很想将他手里底花掷过去，打在她们底脸上，打破她们薄薄的脸皮。但巷口拥着的观众，个个都是目光炯炯的好汉，好像生来就为保护女性和拥护礼教似的，萧彬怎么敢做一个用花打人的凶手呢？幸得全队也一息就通过他底前面了。

他没精打采地回到寓里。将桂花插在一只缺口的白瓷花瓶里，又将瓶里换了清水。就对花用手支头靠在桌上，呆坐着。他一些也不想什么，也想不出什么来。他很像身体被无聊所凝冻了，而同时又感到要溶解似的。阳光照在他底桌上，桂花底香气一阵阵冲入他鼻，他竟倦倦地想睡去了。但他瞧一瞧他底白修表，觉得工作又紧催着他，他顿时叹息了一声，伸一伸他底腰，似要振作一下的样子。

太阳在他底头上，似乎走的慢极了。红色的无力的脚跟，和他同样地在阶前缓步。这是下午一时，他想他自己底生日，还只有过了一半。“睡罢，睡是死底兄弟！要将这无用的光阴一霎送过去，非求睡神底恩赦不可。”于是他又回到房内，脱了他外面的长衣，睡下。但怎样睡得着呢？一切无挂念，远离颠倒梦想，他能够做得到吗？他只有诅咒他自己，念念南无阿弥陀佛，听听钟摆得答的声音，或记数数一二三四五，但有效验吗？心是愈想弄静而愈躁，脸发烧了，背透汗了，他似睡在赤道底下一样，但他睡不着了。掀开被，昏沉沉地坐起，无所适从的样子。一息，他又重开出房门，心想到他好久不去的悲湖了。“向秋子长空去看看鸢飞鱼跃罢。”一边又用他脚镣镣着犯人似的脚步向一面城墙走出去。

苍穹更展开它宽阔的怀抱，大地吐着媚人的颜色——绿的水，青翠的山，疏散的堤边杨柳，金黄色待割的禾。他走向翠桥底石栏杆边，坐下。口子吮吸着好像鱼吸水一样，这时他好像和阳光接吻。他回首望望城墙的危圯，耳又听到隔岸的捣衣声，想像他自己是一个落魄的英雄，一边就记起了数日前读了的陆放翁做的一首《秋思》来。他不觉低声咏吟道：

日落江城闻捣衣，长空杳杳雁南飞。
桑枝空后醅初熟，豆荚成时兔正肥。
徂岁背人常冉冉，老怀感物倍依依。
平生许国今何有？且拟梁鸿赋五噫！

他觉得这首诗非常恰合他这时的心境。只可惜他年龄轻些，不能学放翁一样，寄身于陇亩，酒酣耳热之际，跌荡淋漓，唱唱他自己底“壮心空万里”“向暗中消尽当年豪气”的诗句。至于梁鸿呢，他有举案齐眉的妻子，不免连放翁也羡慕起来。但他，又哪里能谈得到呀。他觉得他有一腔无名的幽怨，向他底心坎紧紧地涨上来。这时，有四五个身穿制服的英俊少年学生，从桥上过去，一边议论着，什么“路里丢着银子都没人拾去”，“三个月鲁国太平”，“圣人底政策总胜于共党的暴动”一类赞颂孔子底盛德的话。他听过，觉得心里更不舒服。好像连孩子们都比他切实，比他强韧，他们底两脚踏在地球上是稳定的。他垂下头，眼望那桥下的水草，微波激着水草夭夭的动着。可是一忽，他又对他自己说道：

“走罢！呆坐在这里做什么呢？”

他就站了起来，向桥底那边走去。

随后到了一座寺院，他就跨进大门。他看大笑的弥勒佛似在欢迎他，又看两旁雄纠纠的金刚似威吓他，他乐意又胆怯，但还当作毫没事般进去。寺内十分沉寂，一派阴森的寒气。数十头鸦雀这时正在庭前的松柏上聒噪着。他先到一边厢房，供奉着伽蓝菩萨。它底台座前满挂各种大小不同，新旧不等的匾额，香案上点着煌煌的长蜡烛，香炉里有渺渺的香烟，在烟烛之间放着一只签诗筒，显然是一刻以前有人祈祷过的。于是他也想：伽蓝称护法之神，或者也能指示他底迷途，有些灵验。于是他就借了别人未烧完的香烛，卜他残破的人生底去处的机运，拿了签诗筒来，也不跪下，也不摇，就从许多竹签里面抽出一支竹签来，他看签上写着：

第九十九签　中平。

于是他再到签诗堆里去对，寻出一张第九十九签的签诗纸来。他一读，知道是一首八句的七言律诗。后四句是：

大鹏有翅狂风日，　野鹤无粮朗月时。

一片茫茫随君意，车可东行马可西。

他念了几遍，也觉得里面含有一种玄妙的隐机。他向伽蓝微微一笑，似称赞它值得悬挂“丕显哉”的匾额一般。再看签诗底小注，是“行人在”“婚姻成”“功名第”等，更没什么意义了。于是走出来到大雄宝殿。也没有什么心思，就回出寺门。

太阳与地平线成三十度的角度。他觉得没有新鲜的地方可玩，仍又回到堤上来。

这时，他望见城门内跑出一匹肥大白马，红鞍之上坐着一位丰姿奕奕的美少年。他一手挥着皮鞭，一手揽着缰绳，汗流地飞过他身边。蹢蹢的马蹄翻起泥尘，泥尘就飞扬于湖上，雾一阵地。随后蹄声渐远，飞尘渐低，人与马也悠悠地向山坡隐没而去。于是萧彬底周身底血流又快起来。他想：“骑着白马，扬鞭于美丽的湖山间，侧目道旁的弱者，这又何等可羡慕的呵！忍气吞声地在人间偷活着，倒不如自杀了干脆罢！”但不敢用花打人的人，又怎么会有自杀底勇气呢？他终于怅怅然低下头去了。

一边他慢慢地走到水边，就将他手里底第九十九签的签诗，平放在水上。纸湿透了水，沓沓地向湖心流去。同时他昂头高声向天道：

“车可东行马可西，英雄仗剑正当时！”

他不愿再留恋山水间，正似赴战场一样走了回来。

当晚，他又坐在书桌前，眼望窗外黄昏底天色。房东走到他底房外叫他吃饭，他说：“我此刻不要吃。”房东问他为什么。他答：“不为什么，只是今天是我特殊的日子。”

约莫呆坐了一点钟，他才站起来，走出去，向一家小菜馆里踏进。心里想：喝点酒罢，喝个醉罢，送过今前之一切陈腐，换得今后底一个新生罢！

他喝了半斤黄酒，神经有些摇动了。他看着他旁边的一桌——三个兵士同一个妇人。她用极丑陋的笑脸丢给兵士，提着酒杯将酒灌下到兵士底喉咙里，兵士用手打着妇人底面颊，还用脚伸放在她底腿上，互相戏谑着，互相谩骂着。菜馔摆满桌上，两个堂倌，来回不住地跑。萧彬看得很气忿，他诅咒人间的丑恶。忽然，堂倌跑来低声说："营长来了。"于是妇人就避入别室，兵士也整理一下他们底衣帽，坐着。可是他不愿吃饭了，不知怎样，全身火焰一般地烧着。就愤愤地站起走了。营长上梯来，跟着四个兵士。他迎面碰着，用仔细的发火的眼向营长一看，营长也奇怪地打量了他一下。他跑下楼很快，护兵回头看着他，似疑心他是刺客一般。他毫不觉得，一直跑到付账处。

掌柜是一个身躯肥胖的矮子，口边有八字胡须。这时却正动着他底八字胡须，骂一个十三四岁的小伙计。小伙计掩着脸在门边哭。堂倌在楼上高声叫，"三角五分呀！"萧彬就递一块钱给他找。掌柜毫不理会，声势汹汹地继续骂着。"请找给我钱罢"他说。掌柜还没有听到，甚至要伸手去打那位小伙计。于是他发怒地问："你们不做生意吗？我站着看你们打骂吗？"这样，掌柜转出笑脸向他说："先生，这小家伙实在坏极！时常没心做事，打碎东西，方才又跌碎一只盆子，还说是我碰着他的。"他说："打碎盆子总有的，盆子也值几个钱呢！"掌柜转一转他底肚皮答："二角二分大洋啊！"他正色的做笑说："那让我赔偿你罢，不要打他了。"掌柜连忙恭敬地答："哪里，哪里。"可是一边却在算盘上打着三角五分，一边又加上二角二分，于是向他说："那末，叨光，先生，一共五角七分。"这时营长和护兵已下楼来，围着付账处看。看到这里才冷笑一声，打着官话去了。掌柜用找还的钱递给他说："这里，先生，四角三分。"他没有说话，受了钱，一径走出来。

路里，他又悲哀又骄傲地叹息一声说：
“唉，我底无聊的生日总算过去了。”

别

夜未央；人声寥寂。深春底寒雨，雾一般纤细的落着。

隐约地在篱笆的后面，狗吠了二三声，好像远处有行人走过。狗底吠是凄怆的，在这蒙蒙的夜雨中，声音如罩在铜钟底下一样，传播不到前山后山而作悠扬响亮的回音。于是狗回到前面天井里来，狗似惶惶不安，好像职务刚开始；抖着全身淋湿的毛，蹲在一间房外底草堆中，呜呜的咽了两声。但接着，房内点上灯了，光闪烁的照着清凉的四壁，又从壁缝透到房外来，细雨如金丝地熠了几熠。

一位青年妇人，坐在一张旧大的床沿上，拿起床前桌上的一只钢表瞧了一瞧，愁着眉向床上正浓睡着的青年男子低声叫道：

“醒来罢，醒来罢，你要赶不上轮船了。”

青年梦梦地翻了一身，女的又拨一拨他底眼皮，摇他身子：

“醒来罢，醒来罢，你不想去了么？”

于是青年叫了一叫，含糊地问：

“什么时候？”

“十一点四十五分，离半夜只差一刻。”

“那么还有一点钟好睡罢，我爱！”

“船岂不是七点钟开么？”

“是的，七十里路我只消六点钟走就够了。”

说着，似又睡去了。

“你也还该起来吃些东西；天下雨，泥路很滑，走不快的；该起来了。”

可是一边看看她底丈夫又睡去了，于是她更拢近他底身，头俯在他底脸上：

“那么延一天去罢，今晚不要动身罢！我也熄了灯睡了，坐着冷冷的。”

忽然，青年却昂起半身，抖擞精神，吻着她脸上说：

“不能再延了，不能再延了！”

“今晚不要动身罢，再延一天罢。”

“不好，已经延了二次了。”

“还不过三次就是。”

“照时机算，今夜必得走了。”

“雨很大，有理由的，你听外面。”

他惺忪地坐在床上，向她微笑一笑：

“我爱，‘小’雨很大罢？还有什么理由呢？”

这样，他就将他底衣服扣好，站在她底面前了。

“延一天去罢，我不愿你此刻走。”

她将她底头偎在他底臂膀上，眼泪涔涔地流出来了。

“放我走罢，我爱，我还会回来的。”

一边，他吻着她底蓬蓬的乱发上。

“延一天去罢，延一天去罢，我求你！”

她竟将全个脸伏在他底胸膛上，小女孩一般撒娇着。

“放我走罢，我爱，明天的此刻还是要走的。方才不醒倒也便了，现在我已清醒，你已冻过一阵，还让我立刻就走罢！延一天，当他已延过一天——事实也延过二天了，所以明天此刻还是和此刻一样的，而且外边的事情待的紧，再不去，要被朋友们大骂了！放我走罢，我立刻要去了。”

“那么去禀过妈妈一声。”

青年妇人这才正经地走到壁边，收拾他底一只小皮箱，一边又说：

“我希望你一到就有信来，以后也常常有信来。”

“一定的。”

“我知道你对面是殷诚；背后却殷诚到事务上去了。”

于是他向她笑了一笑，俩人同走出房外。

母亲没有起来，他也坚嘱母亲不要起来。母亲老了，又有病，所以也就没有起来，就在房内向房外站立着的他说，——老年的声音在沉寂的深夜中更见破碎：

“吃吃饱些走，来得及的，不要走太快，路多滑，灯笼点亮些。到了那边，就要信来，你妻是时刻记念你的。要勤笔，不要如断了线的纸鸢一般。身体要保重，这无用我说了。你吃饭去罢。”

儿子站着呆呆地听过了，似并没十分听进去。这时妇人就提着灯去开了外门，她似要瞧瞧屋外的春雨，究竟落到怎样地步，但春雨粉一阵地吹到她脸上，身上，她打一寒战，手上的灯光摇了几摇。狗同时跑进来，摇摇它底尾，向青年妇人绕了一转，又对着青年呜呜的咽了两声，妇人底心实在忍不住，可是她却几次咽下她不愿她底丈夫即刻就离别的情绪。以后是渺茫的，夜一般渺茫，梦一般渺茫，但她却除出返身投进到夜与梦底渺茫里以外，没有别的羁留她丈夫底理由与方法了。

妻是无心地将冷饭烧热，在冷饭上和下两只鸡蛋。盛满整整一大碗，端在她丈夫的桌上。——桌下是卧着那只狗。

青年一边看表，一边吃的很快。他妻三四次说：“慢吃，来得及的。”可是青年笑着没有听受，不消五分钟，餐事就完毕了。

俩人又回到房内，房内显然是异样地凄凉冷寂，连灯光都更黯淡更黯淡下来了。青年想挑一挑灯带，妇人说：

“油将干了。”

“为什么不灌上一些呢？”

“你就走了，我就睡了。”

“那么我走罢。”青年伸一伸他底背，一边又说：

“那么你睡罢。”

“等一息，送你去后。”

“你睡罢，你睡罢，门由我向外关上好了。”

他紧紧地将他底妻拥抱着，不住地在她颊上吻。一个却无力地默然倒在他怀内，眼角莹莹的上了泪珠。

“时常寄信我。”

“毋用记念。”

“早些回来？”

“我爱，总不能明天就回来的。”

一边又吻着她底手。

“假如明早乘不上轮船？”

“在埠头留一天。”

“恐怕已经要乘不上了！窗外的雨声似更大了！”

“那么只好在家里留一天？”

他微笑，她默然。

“你睡下罢，让我走。”

“你好去了，停一息我来关门。”

她底泪是滴下了。

“你睡下，我求你睡下；狗会守着门的。”

他吻着她底泪，一个慢慢地将泪拭去了：

“你去好了！”

“你这样，我是去不了的。”

“我什么呢？我很快乐送你去。”

“不要你送，不要；你睡下，好好地睡下，你睡下后我还有话对你说。你再不睡下，我真的明天要在埠头留一天了。”

“那么我睡下，你去罢。”

妻掀开了棉被，将身蜷进被窝内。他伏在她底胸上，两手抱住她底头，许久，他说：

“我去了。”

“你不是说还有话么？”妻又下意识的想勾留他一下说：

“是呀，最后的一个约还没有订好。”

“什么呢？”

他脸对她脸问：

“万一我这次一去了不回来，你怎样？”

“随你底良心罢！你要丢掉一个爱一个，我有什么法子呢！”

“不是这个意思，我是问你你要怎样，我决不会爱第二个人的，你还不明了我底心么？可是在外边，死底机会比家里多，万一我在外边忽然死了，你将怎样？”

“不要说这不吉利的话罢。”

“我知道你不能回答了！但我这个约不能不和你订好。”

“你去罢，你可去了，你不想去么？”

“我一定去的，但你必得回答我！”

他拨拨她底脸；一个苦笑说：

“叫我怎样答呢？我总是永远守着你的！”

一个急忙说：

“你错了！你错了！你为什么要永远守着我？”

“不要说了，怎样呢？”

“万一我死了，——船沉了，或被人杀了，你不必悲伤，就转嫁罢！人是没有什么‘大’意义的，你必得牢记。”

“你越来越糊涂了，快些走罢！”

“你记牢么？我真的要走了。”

“你去罢！”

可是他却还是侵在她脸上，叫一声“妻呀！”

别离的滋味是凄凉的，何况又是深夜，微雨！不过俩人底不知次数的接吻，终给俩人以情意的难舍，又怎能系留得住俩人底形影的不能分离呢！他，青年，终于一手提着小箱，一手执着雨伞，在雨伞下挂着一盏灯笼，光黝黯的只照着他个人周身和一步以前的路。他自己向外掩好门，似听着门内有他妻底泣声，可是他没有话。狗要跟着他走，他又和狗盘桓了一息，抚抚狗底耳，叫狗蹲在门底旁边，这样，他投向村外的夜与雨中，带着光似河边草丛中的萤火一般，走了。

路里没有一个行人，他心头酸楚地，惆怅地，涌荡着一种说不出的静寂。虽则他勇敢地向前走，他自己听着他自己有力的脚步声，一脚脚向前踏去；可是他底家庭的情形，妻底动作，层出不穷地涌现在他心头。过去的不再来，爱底滋味，使他这时真切地回忆到了。春雨仍旧纷纷地在他四周落着，夜之冷气仍包围着他，而他，他底心，却火一般，煎烧着向前运行。

“我为什么呢？为个人？为社会？——但我不能带得我妻走，……不过这也不是我该有的想念，事业在前面，我是社会的青年，‘别’，算得什么一回事！”

这样，他脚步更走快起来，没有顾到细雨吹湿他底外衣。

遗嘱

在一间简陋幽暗的房内，睡着一位喘息着她最后底微弱的呼吸的老母亲。这时她向一位青年与一位少妇无力地问道：

“儿呀，此刻是什么时候呢？”

站在她床前的呆呆守候着她的青年与少妇，含着几乎要滴下来的眼泪，低低哀咽地答道：

“夜了，妈妈，已点上灯了！”

老母亲沉寂着，深陷在她枯瘦而这时稍稍红晕的脸颊上边底眼球，带着四圈的黑色皱痕转了一转。床前闪着灯光，房内是浓密地排列着死神底严肃的影，一种生命底末路底苦味震撼着青年夫妇底舌头。这时，老母亲微动一动身，似她底全副精神被远处的二三声犬吠所激发，所吸收。屋之四周是萧条的，凄怆的，犬之吠声似从夜底辽远的边疆上——另一个世界传来一样。她，喉咙破塞地又同他俩问：

“狗在哪里叫呢？”

“妈妈，没有狗叫……”

她却苦做一做脸：

“我知道，我知道……”

她又力弱地止住了房内沉寂一息，媳妇低声地问：

“妈妈，你要喝一口茶么？茶内放着姜的。”

她又摇一摇头：

“让我闭闭眼罢，我底眼已看不清你们两人了！”

于是青年就流下泪，而且低声地啜泣起来。她却又说：

“你哭什么呢？不要哭罢，我还有话对你讲。你一哭，可以使我底心立时失去的。”

“妈妈，我没有哭。”

青年又将泪收止住。他受着时光老人的拖拉，气都不敢喘地。夜之畏追在四周，远处又送来犬底吠。母亲又急喘的低弱地说了一句：

“狗好像叫在我的心上一样呢！儿呀。”

“妈妈，我给你掩住耳朵罢。”媳妇说：

“无用，无用……”

“那么你想到什么呢？妈妈！”青年问。

老母亲却又含笑了一笑，昂一昂头，答：

“第一，想到你过去的爸爸；第二，想到你现在的妹妹；第三，想到我以后的自己！”

“你还想这些做什么呢？”

“因为我记念着这三件事。”

“我会代你记念着的，妈妈，你安心！”

老母亲又静默着，她底脑海中掀翻着许多风涛险恶的往事——她自己是在动荡颠簸着：前面是仇人底碧绿的眼睛在暗中闪光，明晃晃的刀在空中乱舞，狼一般的心啮着他父亲底骸骨，血花高高地飞沾，好似巨浪泼到孤岛的岩石边一样；犀利的爪牙就一齐屏息地向她家中投掷进来。“天地底变色呀！”她呓语似地说了一句，又沉默着。一回，她瞧见她亲生的女儿的影子在门后流泪，蓬首垢面的，一个十二三岁的弱小的女孩；她又裸露地跪在半夜的天井中，风霜之下哀呼她自己底哥哥与母亲；她底心已如秋天的黄叶，身子寸寸地被虫豸咀嚼着；她难于捱过一时一刻的光阴，竟和小舟渡过波涛汹涌的海洋一样。于是她又轻轻地叫了一声“女儿呀！”可是青年与少妇不曾听到。但忽然，她却明了她自己底前面，有一位牛头，有一位马面，狰狞可怕的死之吏役，用铁索挂在她底头颈中，铁铐穿在她底手上，向前面，是有无数毒蛇的山谷。人们底头是颗颗的被蛇啮去带到大树底顶上。这时，老母亲狂呼了一声，好似她已堕入了万丈的深谷。青年立时摇着她，不住地叫：

“妈妈！妈妈！”

“呀，儿呀，我还清楚的！”

她底枯燥的眼眶润湿了！

“你又觉得怎样呢，妈妈？”

老母亲摇一摇头，

“没有什么，不过自己慌得很……”

“有你亲爱的儿子站在你面前，妈妈！”

“还有你亲爱的媳妇……”

老母亲又苦笑了一笑，无光之眼向青年俩望了一望。同时，她伸出她枯枝似的手，向空中颤抖地摸索。青年立刻问：

“妈妈，你要什么呢？”

“拿你们底手来。”

一边，她声音稍稍用力地：

“我此刻怎样？”

“妈妈底精神是很清朗。”

“不，不，不过我此刻死不去，我很慌！”她气喘地停一忽，“你们也知道狗为什么叫么？它是叫铁索的声响和无常底影子呢！”

“妈妈，不要说这话，妈妈是还会健起来的！”

媳妇流泪地。老母亲又气喘地接下说：

“不会了！死亦没有什么，人总有一次要死的！不过带着她生前的不甘心，到阴司去受罪，真是一件最苦痛的事……”

青年凑近她，低声问：

“妈妈，我会做的，你说什么呢？”

老母亲点一点头。

“是的，可是在我死后，你第一件事做什么呢？”

青年凄凉地低头说：

“领回妹妹来，你记念着的；而且领回以后，不再放她回那家去了，我永远保护她！”

老母亲仍点一点头。

“是的，可是在我死后。你第一件事做什么呢？”

青年呆着一忽，同时房内杀静一忽，于是激昂地：

“当先代爸爸……”

可是老母亲还是点一点头，隐晦而悲伤地说：

“是的，你爸爸是枉死去了，你妹妹是受着苦的……不过，不过……”她枯燥的眼眶内底润湿是凝结成泪了！继续说：“不过我还记念着自己底死后！”

“妈妈为什么要记念着这个呢？”青年呜咽地。

“因为我怕有罪！”

她带着泪的眼向青年射一射绝望的祈求的光。

“那么妈妈要我第一件事做什么呢？”

“你听我这话做么？”

“一定的！妈妈！”青年几乎跪下去了！

“请和尚同道士来，给我超度一场罢！”

同时，她底泪是掉下了！她闭着眼继续说：

“听我底话罢！你爸爸底仇，仇人是逍遥复逍遥，逃在海港以外，谁能立刻找出他底影子，让你去嚼着他底肉！你底妹妹呢，她当受苦不久，因为她底哭声是立刻能奋起你底臂力的！……只有我闭去两眼底一刻，儿呀，是我最难过的关卡！我心伤碎，我将被碾压在铁轮底下……”

她底话继续不上了，她底气低弱了，她几乎没有声音地最后说：

“记着罢，让我假睡一回……”

永久的安息之神扬起他底旗子，青年与少妇号哭了。在他俩底心上感到重重地压迫，一种难于自制的情绪似乎不能分析他母亲底最后的几句话。他昏沉地，伏他底头在他母亲底尸体上，念想着此后第一件放在他眼前所要做的事。

二　月

一

是阴历二月初，立春刚过了不久，而天气却奇异地热，几乎热的和初夏一样。在芙蓉镇的一所中学校底会客室内，坐着三位青年教师，静寂地各人看着各人自己手内底报纸。他们有时用手拭一拭额上的汗珠，有时眼睛向门外瞟一眼，好像等待什么人似的，可是他们没有说一句话。这样过去半点钟，其中脸色和衣着最漂亮的一位，名叫钱正兴，却放下报纸，站起，走向窗边将向东的几扇百页窗一齐都打开。一边，他稍稍有些恼怒的样子，说道：

"天也忘记做天的职司了！为什么将五月的天气现在就送到人间来呢？今天我已经换过两次的衣服了：上午由羔皮换了一件灰鼠，下午由灰鼠换了这件青缎袍子，莫非还叫我脱掉赤膊不成么？陶慕侃，你想，今年又要有变卦的灾异了——战争，荒歉，时疫，总有一件要发生呢？"

陶慕侃是坐在书架的旁边，一位年约三十岁，脸孔圆黑微胖的人，就是这所中学的创办人，现在的校长。他没有向钱正兴回话，只向他微笑的看一眼。而坐在他对面的一位，身躯结实而稍矮的人，却响应着粗的喉咙，说道：

"哎，灾害是年年不免的，在我们这个老大的国内！近三年来，有多少事：江浙大战，甘肃地震，河南盗匪，山东水灾，你们想？不过像我们这芙蓉镇呢，总还算是世外桃源，过的太平日子。”

“要来的，要来的。”钱正兴接着恼怒地说：“像这样的天气！”

前一位就站了起来，没趣地向陶慕侃问：

“陶校长，你以为天时的不正，是社会不安的预兆么？”

这位校长先生，又向门外望了一望，于是放下报纸，运用他老是稳健的心，笑眯眯地诚恳似的答道：

“哪里有这种的话呢！天气的变化是自然底现象，而人间底灾害，大半都是人类自己底多事造出来的；譬如战争……”

他没有说完，又抬头看一看天色，却转了低沉的语气说道：

“恐怕要响雷了，天气有要下雷雨的样子。”

这时挂在壁上的钟，正铛铛铛地敲了三下。房内静寂片刻，陶慕侃又说：

“已经三点钟了，萧先生为什么还不到呢？方谋，照时候计算应当到了。假如下雨，他是要淋湿的。”

就在他对面的那位方谋，应道：

“应当来了，轮船到埠已经有两点钟的样子。从埠到这里总只有十余里路。”

钱正兴也向窗外望一望，余怒未泄地说：

“谁保险他今天一定来的吗？那里此刻还不会到呢？他又不是小脚啊。”

“来的，”陶慕侃那么微笑的随口答，“他从来不失信。前天的挂号信，说是的的确确今天会到这里。而且嘱我叫一位校役去接行李，我已叫阿荣去了。”

“那么，再等一下罢。”

钱正兴有些不耐烦的小姐般的态度，回到他的原位子上坐着。

正这时，有一个十三四岁的小学生，快乐地气喘地跑进会客室里来，通报的样子，叫道：

“萧先生来了，萧先生来了，穿着学生装的。”

于是他们就都站起来，表示异常的快乐，向门口一边望着。随后一二分钟，就见一位青年从校外走进来。他中等身材，脸面方正，稍稍憔悴青白的，两眼莹莹有光，一副慈惠的微笑，在他两颊浮动着。看他底头发就可知道他是跑了很远的旅路来的，既长，又有灰尘。身穿着一套厚哔叽的藏青的学生装，姿势挺直。足下一双黑色长统的皮鞋，跟着挑行李的阿荣，一步步向校门踏进。陶慕侃等立刻迎上门口，校长伸出手，两人紧紧地握着。陶校长说：

“辛苦，辛苦，老友，难得你到敝地来。我们底孩子真是幸福不浅。”

新到的青年谦和的稍轻地答：

“我呼吸着美丽而自然底新清空气了！乡村真是可爱哟，我许久没有见过这样甜蜜的初春底天气哩！”

陶校长又介绍了他们，个个点头微笑一微笑，重又回到会客室内。陶慕侃一边指挥挑行李的阿荣，一边高声说：

“我们足足有六年没有见面，足足有六年了。老友，你却苍老了不少呢！”

新来的青年坐在书架前面的一把椅子上，同时环视了会客室——也就是这校的图书并阅报室。一边他回答那位忠诚的老友：

“是的，我恐怕和在师范学校时大不相同，你是还和当年一样青春。”

方谋坐在旁边插进说：

“此刻看来，萧先生底年龄要比陶先生大了。萧先生今年的贵庚呢？”

“二十七岁。”

“照阴历算的么？那和我同年的。”他非常高兴的样子。

而陶慕侃谦逊的曲了背，似快乐到全身发起抖来：

“劳苦的人容易老颜，可见我们没有长进。钱先生，你以为对吗？”

钱正兴正呆坐着不知想什么，经这一问，似受了刺讽一般的答：

“对的，大概对的。”

这时天渐暗下来，云密集，实在有下雨的趋势。

他名叫萧涧秋，是一位无父母，无家庭的人。六年前和陶慕侃同在杭州省立第一师范学校毕业。当时他们两人底感情非常好，是同在一间自修室内读书，也同在一张桌子上吃饭的。可是毕业以后，因为志趣不同，就各人走上各人自己底路上了。萧涧秋在这六年之中，风萍浪迹，跑过中国底大部分的疆土。他到过汉口，又到过广州。近三年来都住在北京，因他喜欢看骆驼底昂然顾盼的姿势。听冬天底尖厉的北方底怒号的风声，所以在北京算住的最久。终因感觉到生活上的厌倦了，所以答应陶慕侃底聘请，回到浙江来。浙江本是他底故乡，可是在他底故乡内，他却没有一椽房子，一片土地的。从小就死了父母，只孑然一身，跟着一位堂姊生活，后来堂姊又供给他读书的费用，由小学而考入师范，不料在他师范学校临毕业的一年。堂姊也死去了。他满想对他底堂姊报一点恩，而他堂姊却没有看见他底毕业证书就瞑目长睡了。因此，他在人间更形孤独，他底思想，态度也更倾向于悲哀，凄凉了。知己的朋友也很少，因为陶慕侃还是和以前同样地记着他，有时两人也通通信。陶慕侃一半也佩服他对于学问的努力，所以趁着这学期学校的改组和扩充了，再三要求他到芙蓉镇来帮忙。

当他将这座学校仔细地观察了一下以后，他觉得很满意。他心想——愿意在这校内住二三年，如有更久的可能还愿更久的做。医生说他心脏衰弱，他自己有时也感到对于都市生活有种种厌弃，只有看到孩子，这是人类纯洁而天真的花，可以使他微笑的。况且这座学校底房子，虽然不大，却是新造的，半西式的；布置，光线，都像一座学校。陶慕侃又将他底房间，位置靠在小花园的一边。当时他打开窗，就望见梅花还在落瓣。他在房内走了两圈，似乎他底过去，没有一事使他挂念的，他要在这里新生着了，从此新生着了。因为一星期的旅路的劳苦，他就向新床上睡下去。因为他是常要将他自己底快乐反映到人类底不幸的心上去的，所以，这时，他的三点钟前在船上所见的一幕，一件悲惨的故事底后影，在他脑内复现了。

小轮船从海市到芙蓉镇，须时三点钟，全在平静的河内驶的。他坐在统舱的栏杆边，眺望两岸的衰草。他对面，却有一位青年妇人，身穿着青布夹衣，满脸愁戚的。她很有大方的温良的态度，可是从她底两眼内，可以瞧出极烈的悲哀，如骤雨在夏午一般地落过了。她底膝前倚着一位约七岁的女孩，眼秀颊红，小口子如樱桃，非常可爱。手里捻着两只橘子，正在玩弄，似橘子底红色可以使她心醉。在妇人底怀内，抱着一个约两周的小孩，啜着乳。这也有一位老人，就向坐在她旁边的一位老妇问：

“李先生到底怎么哩？”

那位老妇凄惨地答：

“真是打死了！”

“真的打死了吗？”

老人惊骇地重复问。老妇继续答，她开始是无聊赖的，以后却起劲地说下去了：

“可怜真的打死了！什么惠州一役打死的，打死在惠州底北门外。听说惠州底城门，真似铜墙铁壁一样坚固。里面又排着阵图，李先生这边的兵，打了半个月，一点也打不进去。以后李先生愤怒起来，可怜的孩子，真不懂事，他自讨令箭，要一个人去冲锋。说他那时，一手捻着手提机关枪，腰里佩着一把钢刀，藏着一颗炸弹；背上又背着一支短枪，真像古代的猛将，说起来吓死人！就趁半夜漆黑的时候，他去偷营。谁知城墙还没有爬上去，那边就是一炮，接着就是雨点似的排枪。李先生立刻就从半城墙上跌下来，打死了！”老妇人擦一擦眼泪，继续说：“从李先生这次偷营以后，惠州果然打进去了。城内的敌兵，见这边有这样忠勇的人，胆也吓坏了，他们自己逃散了。不过李先生终究打死了！李先生的身体，他底朋友看见，打的和蜂窠一样，千穿百孔，血肉模糊。那里还有鼻头眼睛，说起来怕死人！”她又气和缓一些，说：“我们这次到上海去，也白跑了一趟。李先生底行李衣服都没有了，恤金一时也领不到。他们说上海还是一个姓孙的管的，他和守惠州的人一契的，都是李先生这边的敌人。所以我们也没处去多说，跑了两三处都不像衙门的样子的地方，这地方是秘密的。他们告诉我，恤金是有的，可不知道什么时候一定有。我们白住在上海也费钱，只得回家。”稍停一息，又说：“以后，可怜她们母子三人，不知怎样过活！家里一块田地也没有，屋后一方种菜的园地也在前年卖掉给李先生做盘费到广东去。两年来，他也没有寄回家一个钱。现在竟连性命都送掉了！李先生本是个有志的人，人又非常好，可是总不得志，东跑西奔了几年。于是当兵去，是骗了他底妻去的，对她是说到广东考武官。谁知刚刚有些升上去，竟给一炮打死了！”

两旁的人都听得摇头叹息，嘈杂地说——像李先生这样的青年死的如此惨，实在冤枉，实在可惜。但亦无可奈何！

这时，那位青年寡妇，止不住流出泪来。她不愿她自己底悲伤的泪光给船内的众眼瞧见，几次转过头，提起她青夹衫底衣襟将泪拭了。老妇人说到末段的时候，她更低头看着小孩底脸，似乎从小孩底白嫩的包含未来之隐光的脸上，可以安慰一些她内心底酸痛和绝望。女孩仍是痴痴地，微笑地，一味玩着橘子底圆和红色。一时她仰头向她底母亲问：

"妈妈，家里就到了喔？"

"就到了。"

妇人轻轻而冷淡的答。女孩又问：

"到了家就可吃橘子了喔？"

"此刻吃好了。"

女孩听到，简直跳起来。随即剥了橘子底皮，将红色的橘皮在手心上抛了数下，藏在她母亲底怀内。又将橘子分一半给她弟弟和母亲，一边她自己吃起来，又抬头向她母亲问：

"家里就到了喔？"

"是呀，就到了。"

妇人不耐烦地。女孩又叫：

"家里真好呀！家里还有娃娃呢！"

这样，萧涧秋就离开栏杆，向船头默默地走去。

船到埠，他先望见妇人，一手抱着小孩，一手牵着少女。那位叙述故事的老妇人是提着衣包走在前面。她们慢慢的一步步地向一条小径走去。

这样想了一回，他从床上起来。似乎精神有些不安定，失落了物件在船上一样。站在窗前向窗外望了一望，天已经刮起风，小雨点也在干燥的空气中落下几滴。于是他又打开箱子，将几部他所喜欢的旧书都拿出来，整齐地放在书架之上。又抽出一本古诗来，读了几首，要排遣方才的回忆似的。

二

从北方送来的风，一阵比一阵猛烈，日间的热气，到傍晚全有些寒意了。

陶慕侃领着萧涧秋、方谋、钱正兴三人到他家里吃当夜的晚饭。他底家离校约一里路，是旧式的大家庭的房子。朱色的柱已经为久远的日光晒的变黑。陶慕侃给他们坐在一间书房内。房内的橱、桌、椅子、天花板，耀着灯光，全交映出淡红的颜色。这个感觉使萧涧秋觉得有些陌生的样子，似发现他渺茫的少年的心底阅历。他们都是静静地没有多讲话，好像有一种严肃的力笼罩全屋内，各人都不敢高声似的。坐了一息，就听见窗外有女子底声音，在萧涧秋底耳里还似曾经听过一回的。这时陶慕侃走进房内说：

"萧呀，我底妹妹要见你一见呢！"

同着这句话底末音时，就出现一位二十三四岁模样的女子在门口，而且嬉笑的活泼的说：

"哥哥，你不要说，我可以猜得着哪位是萧先生。"

于是陶慕侃说：

"那么让你自己介绍你自己罢。"

可是她又痴痴地，两眼凝视着萧涧秋底脸上，慢慢地说：

"要我自己来介绍什么呢？还不是已经知道了？往后我们认识就是了。"

陶慕侃笑向他底新朋友道：

"萧，你走遍中国底南北，怕不曾见过有像我妹妹底脾气的。"

她却似厌倦了，倚在房门的旁边，低下头将她自然的快乐换成一种凝思的愁态。一忽，又转呈微笑的脸问：

"我好似曾经见过萧先生的？"

萧涧秋答：

“我记不得了。”

她又依样淡淡地问：

“三年前你有没有一个暑假住过杭州底葛岭呢？”

萧涧秋想了一想答：

“曾经住过一月的。”

“是了，那时我和姊姊们就住在葛岭的旁边。我们一到傍晚，就看见你在里湖岸上徘徊，徘徊了一点钟，才不见你，天天如是。那时你还蓄着长发拖到颈后的，是么？”

萧涧秋微笑了一笑：

“大概是我了。八月以后我就到北京。”

她接着叹息的向她哥哥说：

“哥哥，可惜我那时不知道就是萧先生，假如知道，我一定会冒昧地叫起他来。”又转脸向萧涧秋说：“萧先生，我是很冒昧的，简直粗糙和野蛮，往后你要原谅我。我们以前失了一个聚集的机会，以后我们可以尽量谈天了。你学问是渊博的，哥哥时常谈起你，我以后什么都要请教你，你能毫不客气地教我么？我是一个无学识的女子——本来，‘女子’这个可怜的名词，和‘学识’二字是连接不拢来的。你查，学识底人名表册上，能有几个女子底名字么？可是我，硬想要有学识。我说过我是野蛮的，别人以为女子做不好的事，我却偏要去做。结果，我被别人笑一趟，自己底研究还是得不到。像我这样的女子是可怜的，萧先生，哥哥常说我古怪，倒不如说我可怜切贴些，因为我没有学问而任意胡闹；我现在只有一位老母——她此刻在灶间里——和这位哥哥，他们非常爱我，所以由我任意胡闹。我在高中毕业了，我是学理科的；我又到大学读二年，又转学法科了。现在母亲和哥哥说我有病，叫我在家里。但我又不想学法科转想学文学了。我本来喜欢艺术的，因为人家说女子不能做数学家，我偏要去学理科。可是实在感不到兴味。以后想，穷人打官司总是输，我还是将来做一个律师，代穷人做状子，辩诉。可是现在又知道不可能了。萧先生，哥哥说你是于音乐有研究的人，我此后还是跟你学音乐罢。不过你还要教我一点做人的知识，我知道你同时又是一位哲学家呢！你或者以为我是太会讲话了，如此，我可详细地将自己介绍给你，你以后可以尽力来教导我，纠正我。萧先生，你能立刻答应我这个请求么？”

她这样滔滔地婉转地说下去，简直房内是她一人占领着一样。她一时眼看着地，一时又瞧一瞧萧，一时似悲哀的，一时又快乐起来，她底态度非常自然而柔媚，同时又施展几分娇养的女孩的习气，简直使房内的几个人看呆了。萧涧秋是微笑的听着她底话，同时极注意的瞧着她的。她真是一个非常美貌的人——脸色柔嫩，肥满，洁白；两眼大，有光彩；眉黑，鼻方正，唇红，口子小；黑发长到耳根；一见就可知道她是有勇气而又非常美丽的。这时，他向慕侃说道：

“陶，我从来没有这样被窘迫过像你妹妹今夜的愚弄我。”又为难地低头向她说：“我简直倒霉极了，我不知道向你怎样回答呢？”

她随即笑一笑说：

“就这样回答罢。我还要你怎样回答呢？萧先生，你有带你底乐谱来么？”

“带了几本来。”

“可以借我看一看么？”

“可以的。”

“我家里也有一架旧的钢琴呢，我是弹它不成调的，而给贝多芬还是一样地能够弹出《月光曲》来。萧先生请明天来弹一阕罢？”

“我底手指生疏了，我好久没有习练。”

“何必客气呢？”

她低声说了一句。这时方谋才惘惘然说：

“萧先生会弹很好的曲么？”

“他会的，”陶慕侃说，“他在校时就好，何况以后又努力。”

“那我也要跟萧先生学习学习呢！”

“你们何必这样窘我！”他有些惭愧地说，“事实不能掩饰的，以后我弹，你们评定就是了。”

“好的。”

这样，大家静寂了一息。倚在门边的陶岚——慕侃底妹妹，却似一时不快乐起来，她没有向任何人看，只是低头深思的，微皱一皱她底两眉。钱正兴一声也不响，抖着腿，抬着头向天花板望，似思索文章似的。当每次陶岚开口的时候，他立刻向她注意看着，等她说完，他又去望着天花板底花纹了。一时，陶岚又冷淡地说：

“哥哥，听说文嫂回来了，可怜的很呢！”

“她回来了？李……？”

她没有等她哥哥说完，又转脸向萧问：

“萧先生，你在船内有没有看见一位二十六七岁的妇人，领着一个少女和孩子的？”

萧涧秋立刻垂下头，非常不愿提起似地答：

“有的，我知道她们底底细了。”

女的接着说，伤心地：

“是呀，哥哥，李先生真的打死了。”

校长皱一皱眉，好像表示一下悲哀以后说：

“死总死一个真的，死不会死一个假呢！虽则假死的也有，在他可是有谁说过？萧，你也记得我们在师范学校的第一年，有一个时常和我一块的姓李的同学么？打死的就是此人。”

萧想了一想，说：

“是，他读了一年就停学了，人是很慷慨激昂的。”

“现在，”校长说，“你船上所见的，就是他底寡妻和孤儿啊！”

各人底心一时似乎都被这事牵引去，而且寒风隐约的在他们底心底四周吹动。可是一忽，校长却首先谈起别的来，谈起时局的混沌，不知怎样开展；青年死了之多，都是些爱国有志之士，而且家境贫寒的一批，家境稍富裕，就不愿做冒险的事业，虽则有志，也从别的方面去发展了。因此，他创办这所中学是有理由的，所谓培植人材。他愿此后忠心于教育事业，对未来的青年谋一种切实的福利。同时，陶慕侃更提高声音，似要将他对于这座学校的计划，方针，都宣布出来，并议论些此后的改善、扩充等事。可是用人传话，晚餐已经在桌上布置好了。他们就不得不停止说话，向厅堂走去。方谋喃喃地说：

“我们正谈的有趣，可是要吃饭了！有时候，在我是常常，谈话比吃饭更有兴趣的。”

陶慕侃说：

“吃了饭尽兴地谈罢，现在的夜是长长的。”

陶岚没有同在这席上吃。可是当他们吃了一半以后，她又站出来，倚在壁边，笑嘻嘻地说：

“我是痴的，不知礼的，我喜欢看别人吃饭。也要听听你们高谈些什么，见识见识。”

他们正在谈论着“主义”，好似这时的青年没有主义，就根本失掉青年底意义了。方谋底话最多，他喜欢每一个人都有一种主义，他说，“主义是确定他个人底生命的，指示着社会底前途的机运的，”于是他说他自己是信仰三民主义，因为三民主义就是救国主义。“想救国的青年，当然信仰救国主义，那当然信仰三民主义了。”一边又转问：

“可不知道你们信仰什么？”

于是钱正兴兴致勃勃，同时做着一种姿势，好叫旁人听得满意一般，开口说道：

“我却赞成资本主义！因为非商战，不能打倒外国。中国已经是欧美日本的商场了，中国人底财源的血，已经要被他们一口一口地吸燥了。别的任凭什么主义，还是不能救国的。空口喊主义，和穷人空口喊吃素会成佛一样的！所以我不信仰三民主义，我只信仰资本主义。惟有资本主义可以压倒军阀；国内的交通、实业、教育，都可以发达起来。所以我以为要救国，还是首先要提倡资本主义，提倡商战！”

他起劲地说到这里，眼不瞬的看着坐在他对面的这位新客，似要引他底赞同或驳论。可是萧涧秋低着头不做声响，陶慕侃也没有说，于是方谋又说，提倡资本主义是三民主义里底一部分，民生主义上是说借外债来兴本国底实业的。陶岚在旁边几次向她哥哥和萧涧秋注目，而萧涧秋却向慕侃说，他要吃饭了，有话吃了饭再谈。方谋带着酒兴，几乎手足乱舞地阻止着，一边强迫地问他：

“萧先生，你呢？你是什么主义者？我想，你一定有一个主义的。主义是意志力的外现，像你这样意志强固的人，一定有高妙的主义的。”

萧涧秋微笑地答：

“我没有。——主义到了高妙，又有什么用处呢？所以我没有。”

“你会没有？”方谋起劲地，“你没有看过一本主义的书么？”

“看是看过一点。”

“那么你在那书里找不出一点信仰么？”

“信仰是有的，可是不能说出来，所以我还是个没有主义的人。”

在方谋底酒意的心里一时疑惑起来，心想他一定是个共产主义者。但转想，——共产主义有什么要紧呢？在党的政策之下，岂不是联共联俄的么？虽则共产主义就是……于是他没有推究了，转过头来向壁边呆站着的陶岚问：

“Miss 陶，你呢？请你告诉我们，你是什么主义者呢？我们统统说过了：你底哥哥是人才教育主义，钱先生是资本主义……你呢？”

陶岚却冷冷地严峻地几乎含泪的答：

“我么？你问我么？我是自私自利的个人主义者！社会以我为中心，于我有利的拿了来，于我无利的推了去！”

萧涧秋随即向她奇异地望了一眼。方谋底已红的脸，似更羞涩似的。于是各人没有话。陶慕侃就叫用人端出饭来。

吃了饭以后，他们就从校长底家里走出来。风一阵一阵地刮大了。天气骤然很寒冷，还飘着细细的雨花在空中。

三

萧涧秋次日一早就醒来。他望见窗外有白光，他就坐起。可是窗外的白光是有些闪动的。他奇怪，随即将向小花园一边的窗的布幕打开，只见窗外飞着极大的雪。地上已一片白色；草、花、树枝上，都积着约有小半寸厚。正是一天的大雪，在空中密集的飞舞。

他穿好衣服，开出门。阿荣给他来倒脸水，他们迎面说了几句关于天气奇变的话，阿荣结尾说：

“昨天有许多穷人以为天气从此会和暖了，将棉衣都送到当铺里去。谁知今天又突然冷起来，恐怕有的要冻死了。”

他无心地洗好脸，在沿廊下走来走去的走了许多圈。他又想着昨天船中的所见。他想寡妇与少女三人，或者竟要冻死了，如阿荣所说。他心里非常地不安，仍在廊下走着。最后，他决计到她们那里去看一趟，且正趁今天是星期日。于是就走向阿荣底房里，阿荣立刻站起来问：

“萧先生，你要什么？”

“我不要什么，”他答。“我问你，你可知道一个她丈夫姓李的在广东打死的底妇人的家里在那里么？”

阿荣凝想了一息，立刻答：

“就是昨天从上海回来的么？”

“是呀。”

“她和你同船到芙蓉镇的。”

“是呀。你知道她的家么？”

“我知道。她底家是在西村，离此地只有三里。”

“怎么走呢？”

“萧先生要到她家里去么？”

“是，我想去，因为她丈夫是我同学。”

“呵，便当的，”阿荣一边做起手势来。“从校门出去向西转，一直去，过了桥，就沿河滨走，走去，望见几株大柏树的，就是西村。你再进去一问，便知道了，她底家在西村门口，便当的，离此地只有三里。”

于是他又回到房内。轻轻的愁一愁眉，便站在窗前，对小花园呆看着下雪的景象。

九点钟，雪还一样大。他按着阿荣所告诉他的路径，一直望西村走去。他外表还是和昨天一样，不过加上一件米色的旧的大衣在身外，一双黑皮鞋，头上一顶学生帽，在大雪之下，一片白色的河边，一片白光的野中，走的非常快。他有时低着头，有时向前面望一望，他全身似乎有一种热力，有一种勇气，似一只有大翼的猛禽。他想着，她们会不会认得他就是昨天船上的客人。但认得又有什么呢？他自己解释了。他只愿一切都随着自然做去，他对她们也没有预定的计划，一任时光老人来指挥他，摸摸他底头，微笑的叫他一声小娃娃，而且说，“你这样玩罢，很好的呢！”但无可讳免，他已爱着那位少女，同情于那位妇人底不幸的命运了。因此，他非努力向前走不可。雪上的脚印，一步一步的留在他的身后，整齐的，蜿蜒的，又有力的，绳索一般地穿在他底足跟上，从校门起，现在是一脚一脚地踏近她们门前了。

他一时直立在她底门外，约五分钟，他听不出里面有什么声音。他就用手轻轻的敲了几下门，一息，门就开了。出现那位妇人，她两眼红肿的，泪珠还在眼檐上，满脸愁容，又蓬乱着头发。她以为敲门的是昨天的老妇人，可是一见是一位陌生的青年，她随想将门关上。萧涧秋却随手将门推住，愁着眉，温和的说：

“请原谅我，这里是不是李先生底家呢？”

妇人一时气咽的答不出话。许久，才问道：

“你是谁？”

萧涧秋随手将帽脱下来，抖了一抖雪，慢慢地凄凉地说道：

“我姓萧，我是李先生的朋友。我本不知道李先生死了，我只记念着他已有多年没有寄信给我。现在我是芙蓉镇中学里的教师，我也还是昨天到的。我一到就向陶慕侃先生问起李先生的情形，谁知李先生不幸过去了！我又知道关于你们家中底状况。我因为切念故友，所以不辞冒昧地，特地来访一访。李先生还有子女，可否使我认识他们？我一见他们，或者和见李先生一样，你能允许吗？”

年轻的寡妇，她一时觉得手足无措。她含泪的两眼，仔细地向他看了一看。到此，她已不能拒绝这一位非亲非戚的男子的访谒了，随说：

“请进来罢，可是我底家是不像一个家的。”

她衣单，全身为寒冷而战抖，她底语气是非常辛酸的，每个声音都从震颤的身心中发出来。他低着头跟她进去，又为她掩好门。屋内是灰暗的，四壁满是尘灰。于是又向一门弯进，就是她底内室。在地窖似的房内，两个孩子在一张半新半旧的大床上坐着，拥着七穿八洞的棉被，似乎冷的不能起来。女孩子这时手里捻着一块饼干，在喂着她底弟弟，小孩正带着哭的嚼着。这时妇人就向女孩说：

"采莲，有一位叔叔来看你！"

女孩扬着眉向来客望，她底小眼是睁得大大的。萧涧秋走到她底床前，一时，她微笑着。萧涧秋随即坐下床边，凑近头向女孩问：

"小娃娃，你认得我吗？"

女孩拿着饼干，摇了两摇头。他又说：

"小妹妹，我却早已认识你了。"

"那里呀？"

女孩奇怪的问了一句。他说：

"你是喜欢橘子的，是不是？"

女孩笑了。他继续说：

"可惜我今天忘记带来了。明天我当给你两只很大的橘子。"

一边就将女孩底红肿的小手取去，小手是冰冷的，放在他自己底唇上吻了一吻，就回到窗边一把椅上坐着。纸窗的外边，雪正下的起劲。于是他又看一遍房内，房内是破旧的，各种零星的器物上，都反映着一种说不出的凄惨的黝色。妇人这时候取着床边的位子，给女孩穿着衣服，她一句也没有话，好像心已被冻的结成一块冰。小孩子呆呆的向来客看看，又咬了一口饼干，——这当然是新从上海带来的，又向他底母亲哭着叫冷。女孩也奇怪地向萧涧秋底脸上看，深思的女孩子，她也同演着这一幕的悲哀，叫不出话似地。全身发抖着，时时将手放在口边呵气。这样，房内沉寂片时，只听窗外嘶嘶的下雪声。

有时一两片大雪也飞来敲她底破纸窗。以后，萧涧秋说了：

“你们以后怎样的过去呢？”

妇人奇怪的看他一眼，慢慢地答：

“先生，我们还有怎样的过去呀？我们想不到怎样的过去啊！”

“产业？”

“这已经不能说起。有一点儿，都给死者卖光了！”

她底眼圈里又涌起泪。他随问：

“亲戚呢？”

“穷人会有亲戚么？”

她又假做的笑了一笑。他一时默着，实在选择不出相当的话来说。于是妇人接着问道：

“先生，人总能活过去的罢？”

“自然。”他答，“否则，天真是没有眼睛。”

“你还相信天的么？”妇人稍稍起劲的：“我是早已不相信天了！先生，天底眼睛在哪里呢？”

“不是，不过我相信好人终究不会受委屈的。”

“先生，你是照戏台上的看法。戏台上一定是好人团圆的。现在我底丈夫却是被枪炮打死了！先生，叫我怎样养大我底孩子呢？”

妇人竟如疯一般说出来，泪从她底眼中飞涌出来。他一时呆着。女孩子又在她旁边叫冷，她又向壁旁取出一件破旧而大的棉衣给她穿上，穿得女孩只有一双眼是伶俐的，全身竟像一只桶子。妇人一息又说：

“先生，我本不愿将穷酸的情形诉说给人家听，可是为了这两个造孽的孩子，我不能不说出这句话来了！”一边她气咽的几乎说不成声，“在我底家里，只有一升米了。”

萧涧秋到此，就立刻站起来，强装着温和，好像不使人受惊一般，说：

“我到这里来为什么呢？我告诉你罢，——我以后愿意负起你底两个孩子的责任。采莲，你能舍得她离开么？我当带她到校里去读书。我每月有三十元的收入，我没有用处，我可能以一半供给你们。你觉得怎样呢？我到这里来，我是计算好来的。”

妇人却伸直两手，简直呆了似地睁眼视他，说道：

“先生，你是？……”

“我是青年，我是一个无家无室的青年。这里，——”他语声颤抖的同时向袋内取出一张五元的钞票，“你……”一边更苦笑起来，手微颤地将钱放在桌上，“现在你可以买米。”

妇人身向床倾，几乎昏去似地说：

“先生，你究竟是……你是菩萨么？……”

“不要说了，也无用介意的，”一边转向采莲，“采莲，你以后有一位叔叔了，你愿意叫我叔叔么？”

女孩子也在旁边听呆着，这时却点了两点头。萧涧秋走到她底身边，轻轻地将她抱起来。在她左右两颊上吻了两吻，又放在地上，一边说：

“现在我要回校去了。明天我又来带你去读书。你愿意读书么？”

“愿意的。”

女孩终于娇憨地说出话来。他随即又取了她底冰冷的手吻了一吻，又放在他自己底颈边，回头向妇人说：“我要回校去了。望你以后勿为过去的事情悲伤。”一边就向门外走出，他底心非常愉快。女孩却在后面跟出来，她似乎不愿意这位多情的来客急速回去，眼睛不移的看着他底后影。萧涧秋又回转头，用手向她挥了两挥，没有说话，竟一径踏雪走远了。妇人非常痴呆地想着，眼看着桌上的钱，竟想得又流出眼泪。她对于这件突然的天降的福利，不知如何处置好。但她能拒绝一位陌生的青年的所赐么？天知道，为了孩子的缘故，她诚心诚意地接受了。

四

萧涧秋在雪上走，有如一只鹤在云中飞一样。他贪恋这时田野中的雪景，白色的绒花，装点了世界如带素的美女，他顾盼着，他跳跃着，他底内心竟有一种说不出的微妙的愉悦。这时他想到了宋人黄庭坚有一首咏雪的词。他轻轻念，后四句是这样的：

贫巷有人衣不纩，
北窗惊我眼飞花。
高楼处处催沽酒，
谁念寒生泣《白华》！

一边，他很快地一息，就回到校内。

他向他自己底房门一手推进去，他满望在他自己底房内自由舒展一下，他似乎这两点钟为冰冷的空气所凝结了。不料陶岚却站在他底书架的面前，好像检查员一样的在翻阅他底书。她听到声音立刻将书盖拢，微笑的迎着。萧涧秋一时似乎不敢走进去。陶岚说：

“萧先生，恕我冒昧。我在你底房内，已经翻了一点多钟的书了。几乎你所有的书，都给我翻完了。”

他一边坐下床上，一边回答：

“好的，可惜我没有法律的书。你或者都不喜欢它们的呢？”

她怔了一怔，似乎听得不愿意，慢慢地答道：

“喜欢的，我以后还想读它几本。虽则，我恐怕不会懂它。”

这时萧涧秋却自供一般地说：

“我此刻到过姓李的妇人底家里了。”

“我已经知道。”

陶岚回答的非常奇怪。一息，补说：

“阿荣告诉我的。她们现在怎样呢？”

萧涧秋也慢慢地答，同时摩擦他底两手，抵着头：

“可怜的很，孩子叫冷，米也没有。”

陶岚一时静默着，她似乎说不出话。于是萧又说道：

“我看她们底孩子是可爱的，所以我允许救济她们。”

她却没有等他说完，又说，简慢地：

“我已经知道。”

萧涧秋却稍稍奇怪地笑着问她：

“事情我还没有做，你怎样就知道呢？”

她也强笑的好像小孩一般地说：

“我知道的。否则你为什么到她们那里去？我们又为什么不去呢？天岂不是下大雪？哥哥他们都围在火炉的旁边喝酒，你为什么独自冒雪出去呢？”

这时他却睁大两眼，一瞬不瞬地看住她。可是他却看不出她底别的，只从她底脸上看出更美来了：柔白的脸孔，这时两颊起了红色，润腻的，光洁的。她低头，只动着两眼，她底眼毛很长，同时在她深黑的眼珠底四周衬的非常之美。萧仔细的觉察出——他底心胸也起伏起来。于是他站起，在房内走了一圈。陶岚说：

“我不知自己怎样，总将自己关在狭小的笼里。我不知道笼外还有怎样的世界，我恐怕这一世是飞不出去的了。”

“你为什么说这话呢？”

“是呀，我不必说。又为什么要说呢？”

“你不坐么？”

“好的，”她笑了一笑，“我还没有将为什么到你这里来的原意告诉你。我是来请你弹琴的。我今天一早就将琴的位置搬移好，叫两个佣人收拾。又在琴的旁边安置好火炉。我是完全想到自己的。于是我来叫你，我和跑一样快地走来。可是你不在，阿荣说，你到西村去，我就知道你底意思了。现在，已经没有上半天了，你也愿意吃好中饭就到我家里来么？”

“愿意的，我一定来。”

“呵！”她简直叫起来，“我真快乐，我是什么要求都得到满足的。”

她又仔细的向萧涧秋看了一眼，于是说，她要去了。可是一边她还在房内站着不动，又似不愿去的样子。

白光晃耀的下午，雪已霁了！地上满是极大的绣球花。

萧涧秋腋下挟着几本泰西名家的歌曲集，走到陶岚底家里。

陶岚早已在门口迎着他。他们走进了一间厢房，果然整洁，幽雅，所谓明窗净几。壁上挂着几幅半新旧的书画，桌上放着两三样古董。萧涧秋对于这些，是从来不留意的，于是一径坐在琴边。他谦逊了几句，一边又将两手放在火炉上温暖了一下，他就翻开一阕进行曲，弹了起来。他弹的是平常的，虽则陶岚说了一句“很好”，他也能听得出这是普通照例的称赞。于是他又弹了一首跳舞曲，这比较是艰难一些，可是他底手指并不怎样流畅。他弹到中段，戛然停止下来，向她笑了一笑。这样，他弹起歌来。他弹了数首浪漫主义的作家底歌，竟使陶岚听得沉醉了。她靠在钢琴边，用她全部的注意力放在音键底每个发音上，她听出婴记号与变记号的半音来。她两眼沉沉地视着壁上的一点，似乎不肯将半丝的音波忽略过去。这时，萧涧秋说：

“就是这样了。音乐对于我已经似久放出笼的小鸟对于旧主人一样，不再认得了”。

“请再弹一曲。”她追求的。

“我是不会作曲的，可是我曾谱过一首歌。现在奏一奏我自己的。你不能笑我，你必得首先允许。”

“好。”陶岚叫起来。

同时他向一本旧的每页脱开的音乐书上，拿出了两张图画纸。在这个上面，抄着萧涧秋自填的一首诗歌，题着《青春不再来》五字。他展开在琴面上，向陶岚看了一看，似乎先要了解她的感情底同感程度的深浅如何。而她这时是愁着两眉向他微笑着。他于是坐正身子，做出一种姿势，默默地想了一息，就用十指放在键上，弹着。一边轻轻地这样唱下去：

荒烟，白雾，
迷漫的早晨。
你投向何处去？
无路中的人呀！

洪蒙转在你底脚底，
无边引在你底前身，
但你终年只伴着一个孤影，
你应慢慢行呀慢慢行。

记得明媚灿烂的秋与春，
月色长绕着海浪在前行。
但白发却丛生到你底头顶，
落霞要映入你心坎之沁深。

只留古墓边的暮景，
只留白衣上底泪痕，
永远剪不断的愁闷！
一去不回来的青春。

青春呀青春，
你是过头云；
你是离枝花，
任风埋泥尘。

琴声是舒卷地一丝丝在室内飞舞，又冲荡而漏出到窗外，蜷伏在雪底凛冽的怀抱里；一时又回到陶岚底心坎内，于是她底心颤动了，这是冷酷的颤动，又是悲哀的颤动，她也愁闷了。她耳听出一个个字底美的妙音，又想尽了一个个字所含有的真的意义。她想不到萧涧秋是这样一个人，她要在他底心之深处感到惆怅而渺茫。当他底琴声悠长地停止以后，她没精打采地问他：

“什么时候做成这首歌的呢？”

“三年了。”他答。

“你为什么作这首歌的呢？”

“为了我在一个秋天的时分。”

她一看不看地继续说：

“不，春天还未到，现在还有二月呀！”

他将两手按在键盘上，呆呆地答：

“我自己是始终了解的：我是喜欢长阴的秋云里底飘落的黄叶的一个人。”

“你不要弹这种歌曲罢！”

她还是毫无心思地说出。萧涧秋却振一振精神，说：

“哈，我却无意地在你面前发表我底弱点了。不过这个弱点，我已经用我意志之力克服了，所以我近来没有一点诗歌里的思想与成分。感动了你么？这是我底错误，假如我在路上预想一想我对你应该弹些什么曲，适宜于你底快乐的，那我断不会拣选这一个。现在……”

他看陶岚还是没有心思听他底话，于是他将话收止住。一边，他底心也飘浮起来，似乎为她底情意所迷醉。一边，他翻起一首极艰深的歌曲，他两眼专注地看在乐谱上。

陶岚却想到极荒渺的人生底边际上去。她估量她自己所有的青春，这青春又不知是怎样的一种面具。一边，她又极力追求萧涧秋的过去到底是如何的创伤，对于她，又是怎样的配置。但这不是冥想所能构成的——眼前的事实，她可以触一触他底手，她可以按一按他底心罢？她不能沉她自身到一层极深的渊底里去观测她底自身，于是她只有将她自己看作极飘渺的空幻化——她有如一只蜉蝣，在大海上行走。

许久，他们没有交谈一句话。窗外也寂静如冰冻的，只有雪水一滴滴的从檐上落到地面，似和尚在夜半敲磬一般。

萧涧秋一边站起，恍恍惚惚地让琴给她：

“请你弹一曲罢。”

她睁大眼痴痴地：

“我？我？……唉！”

十分羞怯地推辞着。

萧涧秋重又坐在琴凳上，十分无聊赖似的，擦擦两手，似怕冷一样。

五

当晚七点钟，萧涧秋坐在他自己房内的灯下，这样的想：

“我已经完全为环境所支配！一个上午，一个下午，我接触了两种模型不同的女性底感情的飞沫，我几乎将自己拿来麻痹了！幸福么？苦痛呢？这还是一个开始。不过我应该当心，应该避开女子没有理智的目光的辉照。”

他想到最后的一字的时候，有人敲门。他就开门让他进来，是陶慕侃。这位中庸的校长先生，笑眯眯地从衣袋内取出一封信，递给他。一边说：

“这是我底妹妹写给你的，她说要向你借什么书。她晚上发了一晚上的呆，也没有吃夜饭，此刻已经睡了。我底妹妹是有些古怪的，实在因她太聪明了。她不当我阿哥是什么一回事，她可以指挥我，利用我。她也不信任母亲，有意见就独断独行。我和母亲都叫她王后，别人们也都叫她‘Queen’。我有这样的一位妹妹，真使我觉得无可如何。你未来以前，她又说要学音乐。现在你来，当然可以说配合她底胃口，她可以说是‘一学便会’的人，现在或者要向你借音乐书了。”陶慕侃说到这里为止，没有等萧说“你哪里能猜得到，音乐书我已经借给她了”，就笑着走出去了。

萧涧秋不拆信，他还似永远不愿去拆它的样子，将这个蓝信封的爱神的翅膀一般的信放在抽斗内。他在房内走了几圈。他本来想要预备一下明天的教课，可是这时他不知怎样，将教学法翻在案前，他总看不进去。他似觉得倦怠，他无心预备了。他想起了陶岚，实在是一位稀有的可爱的人。于是不由他不又将抽斗开出来，仍将这封信捧在手内。一时他想：

“我应该看看她到底说些什么话。”

一边就拆了，抽出二张蓝色的信纸来。他细细的读下：

萧先生：这是我给你的第一封信，你可在你底日记上记下的。

我和你认识不到二十四小时，谈话不上四点钟。而你底人格、态度、动作、思想，却使我一世也不能忘记了。我底生命的心碑上，已经深深地刻上你底名字和影子，终我一生，恐怕不能泯灭了。唉，你底五色的光辉，天使送你到我这里来的么？

我从来没有像今天下午这样苦痛过，从来没有！虽则吐血，要死，我也不曾感觉得像今天下午这样使我难受。萧先生，那时我没有哭么？我为什么没有哭的声音呢？萧先生，你也知道我那时的眼泪，向心之深处流罢？唉，我为什么如此苦痛呢？因为你提醒我真的人生来了。你伤悼你底青春，可知你始终还有青春的。我想，我呢？我却简直没有青春，简直没有青春！这是怎么说法的？萧先生！

我自从知道人间有丑恶和痛苦之后——总是七八年以前了，我底知识是开窍的很早的——我就将我自己所有的快乐，放在人生底假的一面去吸收。我简直好像玩弄猫儿一样的玩弄起社会和人类来，我什么都看得不真实，我只用许许多多的各种不同的颜色，涂上我自己底幸福之口边去。我竟似在雾中一样的舞起我自己底身体来。唉，我只有在雾中，我那里有青春！我只有晨曦以前的妖现，我只有红日正中的怪热，我是没有青春的。我一觉到人性似魔鬼，便很快的将我底青春放走了，自杀一样地放走了！几年来，我全是在雾中的过去——我还以为我自己是幸福的。我真可怜，到今天下午才觉得，是你提醒我，用你真实的生命底哀音唤醒我！

萧先生，你或者以为我是一个发疯的女子——放浪、无礼、骄傲、痴心，你或者以为我是这一类的人么？萧先生，假如你来对我说一声轻轻的“是”，我简直就要自杀！但试问我以前是不是如此？是不是放浪、无礼、骄傲，痴心等等呢？我可以重重地自己回答一句：“我是的！”萧先生，你也想得到我现在是怎样的苦痛？你用神圣的钥匙，将我从假的门里开出，放进真的门内去，我有如一个久埋地下的死人活转来，我是如何的委屈，悲伤！

我为什么到了如此？我如一只冰岛上的白熊似的，我在寒威的白色的光芒里喘息我自己底生命。母亲，哥哥，唉，我亦不愿责备人世了！萧先生，你以为人底本性都是善的么？在你慈悲的眼球内或者都是些良好的活动影子，而我却都视它们是丑恶的一团呢！现在，我亦不要说这许多空泛话，你或许要怪我浪费你有用的光阴。可是无论怎样，我想此后找住我底青春，追回我底青春，尽力地享受一下我底残余的青春！萧先生，希望你给我一封回信，希望你以对待那位青年寡妇的心来对待我，我是受着精神的折磨和伤害的！

祝你在我们这块小园地内得到快乐！

陶岚　敬上。

他读完这封信，一时心里非常地踌躇起来。叫他怎样回答呢？假如这时陶岚在他的身边，他除了睁着眼，紧紧地用手捻住她底手以外，他会说不出一句话来，半天，他会说不出一句话来的，可是这时，房内只有他独自。校内的空气也全是冷寂的，窗外的微风，吹动着树枝，他也可以听得出树枝上的积雪就此簌簌的落下来，好像小鸟在绿叶里跳动一样。他微笑了一笑，又冥想了一冥想。抽出一张纸，他自己愿意的预备写几句回信了，一边也就磨起墨。可是又有人推进门来，这却是同事方谋。他来并没有目的的，似乎专为慨叹这天气之冷，以及夜长，早睡睡不着，要和这位有经历的青年人谈谈而已。方谋底脸孔是有些方的，谈起话来好像特别诚恳的样子。他开始问北京的情形和时局，无非是些外交怎么样，这次的内阁总理究竟是怎么样的人，以及教育部对于教育经费独立，小学教员加薪案到底如何了等。萧涧秋一一据他所知回答他，也使他听得满意。他虽心里记着回信，可是他并没有要方谋出去的态度。两人谈的很久，话又转到中国未来的推测方面，就是革命的希望，革命成功的预料。萧涧秋谈到这里，就一句没有谈，几乎全让方谋一个人滔滔地说个不尽。方谋说，革命军不久就可以打到江浙，国民党党员到处活动的很厉害，中国不久就可以强盛起来，似乎在三个月以后，一切不平等条约就可取消，领土就可收回，国民就可不做弱国的国民，一变而为世界的强族。他说："萧先生，我国是四千年来的古国，开化最早，一切礼教文物，都超越乎泰西诸邦。而现在竟为外人所欺侮，尤为东邻弹丸小国所辱，岂非大耻？我希望革命早些成功，使中华二字一跃而惊人，为世界的泱泱乎大国！"萧涧秋只是微笑的点点头，并没有插进半句嘴。方谋也就停止他底宏论。房内一时又寂然。方谋坐着思索，忽然看见桌上的蓝信封——在信封上是写着陶岚二字——于是又鼓起兴致来，欣然地向萧涧秋问道：

"是密司陶岚写的给你么？"一边就伸出手取了信封看了一看。

"是的，"萧答。

方谋没有声音的读着信封上的"烦哥哥交——"等字样，他也就毫无疑义地接着说道，几乎一口气的：

"密司陶岚是一位奇怪的女子呢！人实在是美丽，怕像她这样美丽的人是不多有的。也异常的聪明：古文做的很好，中学毕业第一。可是有古怪的脾气，也骄傲的非常。她对人从没有好礼貌，你到她底家里去找她底哥哥。她一见就不理你的走进房，叫一个佣人来回复你，她自己是从不肯对你说一句‘哥哥不在家’的话的。听说她在外边读书，有许多青年竟被她弄的神魂颠倒，他们写信，送礼物，求见，很多很多，却都被她胡乱地玩弄一下，笑嘻嘻地走散。她批评男子的目光很锐利，无论你怎样，被她一眼，就全体看得透明了。所以她到现在——已经二十三四岁了罢？——婚姻还没有落定。听说她还没有一个意中人，虽则也有人毁谤她，攻击她，终究似乎还没有一个意中人。现在，你知道么？密司脱钱正积极地进行，媒人是隔一天一个的跑到慕侃底家里。慕侃底母亲，大有允许的样子，因为密司脱钱是我们芙蓉镇里最有钱的人家，父亲做过大官，门第是阔的。他自己又是商科大学的毕业生，头戴着方帽子，家里也挂着一块‘学士第’的直竖匾额在大门口的。虽则密司陶不爱钱，可是密司陶总爱钱的，况且母兄作主，她也没有什么办法。女子一过二十五岁，许配人就有些为难，况且密司脱钱，也还生的漂亮。她母亲又以为女儿嫁在同村，见面便当。所以这婚姻，恐怕不长久了，明年二月，我们大有吃喜酒的希望。”

方谋说完，又哈哈笑一声。萧涧秋也只是微笑的静默地听着。

钟已经敲十下。在乡间，十时已是一个很迟的时候，况且又是寒天，雪夜，谁都应当睡了。于是方谋寒潇的抖着站起身说：

“萧先生，旅路劳惫，天气又冷，早些睡罢。”

一边又说句“明天会”，走出门外。

萧涧秋在房内走了两圈，他不想写那封回信了，不知为什么，他总不想立刻就写了，并不是他怕冷，想睡，爱情本来是无日无夜，无冬无夏的，但萧涧秋好像没有爱情。最少，他不愿说这个就是爱情，况且正是别人良缘进行的时候。

于是他将那张预备好写回信的纸，放还原处。他拿出教科书，预备明天的功课。

第二天，天晴了，阳光出现。他教了几点钟的功课，学生们都听得非常欢喜。

下午三点钟以后，他又跑到西村。青年寡妇开始一见他竟啜泣起来，以后她和采莲都对他非常快乐。她们泡很沸的茶，茶里放很多的茶叶，请他喝。这是她想的唯一的酬答。她问萧涧秋是什么地方人，并问何时与她底故夫是同学，而且问的非常低声、客气。萧涧秋一边抱着采莲，采莲也对他毫不陌生了，一边简短地回答她。可是当妇人听到他说他是无家无室的时候，不禁又含起泪来悲伤，惊骇，她温柔地问：

"像萧先生这样的人竟没有家么？"

萧涧秋答：

"有家倒不能自由；现在我是心想怎样，就可以怎样做去的。"

寡妇却说：

"总要有一个家才好，像萧先生这样好的人，应该有一个好的家。"

她底这个"家"意思就是"妻子"。萧涧秋不愿与她多说，他以为女人只有感情，没有哲学的，就和她谈到采莲底读书的事。妇人底意思，似乎想要她读，又似乎不好牵累萧涧秋。并说，她底父亲在时，是想培植她的，因为女孩子非常聪明听话。于是萧说：

"跟我去就是了。钱所费是很少的。"

他们就议定，叫采莲每天早晨从西村到芙蓉镇校里，母亲送她过桥。下午从芙蓉镇回家，萧涧秋送她过桥，就从后天起。女孩子一听到读书，也快活的跳起来，因为西村也还有到芙蓉镇读书的儿童，他们背着书包走路的姿势，早已使她底小心羡慕的了。

六

当天晚上，萧涧秋坐在他自己底房内，心境好像一件悬案未曾解决一般的不安。并不全是为一天所见的钱正兴，使他反映地想起陶岚，其中就生一种恐惧和伤感；——钱正兴在他底眼中，不过是一个纨绔子弟，同世界上一切纨绔子弟一样的。用大块的美容霜擦白他底脸孔，整瓶的香发油倒在他已光滑如镜子的头发上。衣服香而鲜艳，四边总用和衣料颜色相对比的做镶边，彩蝶的翅膀一样。讲话时做腔作势，而又带着心不在焉的样子，这似乎都是纨绔子弟的特征，普遍而一律的。而他重读昨夜的那封信，对于一个相知未深的女子底感情底澎湃，实在不知如何处置好。不写回信呢，是可以伤破女子的神经质的脆弱之心的，写回信呢，她岂不是同事正在进行的妻么？他又找不出一句辩论，说这样的通信是交际社会的一切通常信札，并不是情书。他要在回信里写上些什么呢？他想了又想，选择了又选择，可是没有相当的简洁的而可以安慰她的字类，似乎全部字典，他这时要将它掷在废纸堆里了。他在房内徘徊，沉思、吟咏，陶岚的态度，不住地在他底冷静的心幕上演出，一微笑，一瞬眼，一点头，他都非常清楚地记得她。可是他却不知道怎样对付这个难题。他几乎这样空费了半点钟，竟连他自己对他自己痴笑起来，于是他结论自语道，轻轻的：

“说不出话，就不必说话罢。”

一边他就坐下椅子，翻开社会学的书来，他不写回信了，并用一种人工假造的理论来辩护他自己，以为这样做，正是他底理智战胜。

第二天上午十时，萧涧秋刚退了课，他预备到花园去走一圈，借以晒一回阳光。可是当他回进房，而后面跟进一个人来，这正是陶岚。她只是对他微笑，一时气喘的，并没有说一句。镇定了好久以后，才说：

“收到哥哥转交的信么？”

“收到的，”萧答。

“你不想给我一封回信么？”

“叫我从什么开端说起？”

她痴痴的一笑，好像笑他是一个傻子一样。同时她深深地将她胸中底郁积，向她鼻孔中无声地呼出来。呆了半晌，又说：

“现在我却又要向你说话了。”

一边就从她衣袋内取出一封信，仔细地交给他，像交给一件宝贝一样。萧涧秋微笑地受去，只略略的看一看封面，也就仔细地将它藏进抽斗内，这种藏法也似要传之久远一般。

陶岚将他底房内看一遍，就低下头问：

“你已叫采莲妹来这里读书么？”

“是的，明天开始来。”

“你要她做你底干女儿么？”

“谁说？”

萧涧秋奇怪地反问。她又笑一笑，不认真的，又说：

“不必问他了。”

萧涧秋也转叹息的口气说：

“女孩子是聪明可爱的。”

“是。”她无心的，“可是我还没有见过她。”

停一息，忽然又高兴地说：

“等她来时，我想送她一套衣服。”

又转了慢慢的冷淡的口气说：

“萧先生，我们是乡下，农村，村内底消息是传的非常快的。”

“什么呢？”萧涧秋全不懂得地问。

她却又苦笑了一笑，说：

“没有什么。”

萧涧秋转过他底头向窗外。她立刻接着说：

“我要回去了。以后我在校内有课，中一的英文，我已向哥哥嚷着要来了。每天上午十时至十一时一点钟。哥哥以前原要我担任一点教课，我却仰起头对他说：‘我是在家养病的。’现在他不要我教，我却偏要教，哥哥没有办法。他没有对你说过么？哎，我自己是不知道什么缘故。”

一边，她就得胜似的走出门外，萧涧秋也向她点一点头。

他坐到床上，几乎发起愁来，可是一时又自觉好笑了。他很快地走到桌边，将那封信重新取出来，用剪刀裁了口，抽出一张信纸，他靠在桌边，几乎和看福音书一样，他看下去：

萧先生：我今天失望了你两次的回音：日中，傍晚，孩子放学回家的时候，此次已夜十时了，我决计明天亲身到你身边来索取！

我知道你一定不以我为一位发疯的女子？不会罢？那你应该给我一封回信。说什么呢？随你说去，正似随我说来一样——我是想到什么就说什么的。

你应告诉我你底思想，并不是宇宙人生的大道理，这是我所不懂得的，是对我要批评的地方。我知道我自己底缺点很多，所谓坏脾气。但母亲哥哥都不能指摘我，我是不听从他们底话的。现在，望你校正我罢！

你也应告诉我你底将来，你底家乡和家庭等。

因为对面倒反说不出话，还是以笔代便些，所以你必得写回信，虽则邮差就是我自己。

你在此地生活不舒服么？——这是哥哥告诉我的，他说你心里好似不快。还有别的原因么？校内几个人的模型是不同的，你该原谅他们，他们中有的实在是可怜——无聊而又无聊的。

一个望你回音的人

他看完这封信，心里却激烈地跳动起来，似乎幸福挤进他底心，他将要晕倒了！他在桌边一时痴呆地，他想，他在人间是孤零的，单独的，虽在中国的疆土上，跑了不少的地面，可是终究是孤独的。现在他不料来这小镇内，却被一位天真可爱而又极端美丽的姑娘，用爱丝来绕住他，几乎使他不得动弹。虽则他明了，她是一个感情奔放的人，或者她是用玩洋囡囡的态度来玩他，可是谁能否定这不是“爱”呢？爱，他对于这个字却仔细地解剖过的。但现在，他能说他不爱她么？这时，似乎他底秋天的思想，被夏天的浓云的动作来密布了。他还是用前夜未曾写过的那张信纸，他写下：

我先不知道对你称呼什么好些？一个青年可以在他敬爱的姑娘前面叫名字么？我想，你有少年人底理性和勇敢，你还是做我底弟弟罢。

我读你底信，我是苦痛的。你几乎将我底过去的寂寞的影子云重重地翻起，给我清冷的前途，打的零星粉碎。弟弟，请你制止一下你底红热的感情，热力是要传播的。

我底过去我只带着我自己底影子伴个到处。我有和野蛮人同样的思想，认影子就是灵魂，实在，我除了影子以外还有什么呢？我是一无所有的人，所以我还愿以出诸过去的，现诸未来。因为“自由”是我底真谛，家庭是自由的羁绊。

而且这样的社会，而且这样的国家，家庭的幸福，我是不希望得到了。我只有淡漠一点看一切，真诚地爱我心内所要爱的人，一生的光阴是有限的，愿勇敢抛过去，等最后给我安息。不过弟弟底烂漫的野火般的感情我是非常敬爱的，火花是美丽的，热是生命的原动力。不过弟弟不必以智慧之尺来度量一切，结果苦恼自己。

说不出别的话，祝你快乐！

萧涧秋上。

他一边写完这封信，随手站起，走到箱子旁，翻开那箱子。它里面乱放着旧书、衣服、用具等。他就从一本书内，取出二片很大的绛红色的非常可爱的枫叶来，这显然已是两三年前的东西了，因他保存很好，好像标本。这时他就将它夹在信纸内，一同放入信封中。

放昼学的铃响了，他一同和小朋友们出去。几乎走了两个转角，他找着一个孩子——他是陶岚指定的，住在她的左邻——将信轻轻的交给他，嘱他带去。聪明的孩子，也笑着点头，轻跳了两步，跑去了。

仍在当天下午，陶慕侃从校外似乎不愉快地跑进来。萧涧秋迎着，向他谈了几句关于校务的话。慕侃接着，却请他到校园去，他要向他谈谈。二人一面散步，一面慕侃几乎和求他援助一般，向他说道：

“萧，你知道我底妹妹的事真不好办，我竟被她弄得处处为难了。你知道密司脱钱很想娶我底妹妹，当初母亲大有满意的样子。我因为妹妹终身的事情，任妹妹自己作主，我不加入意见。而妹妹却向母亲声明，只要有人愿意每年肯供给她三千元钱，让她到外国去跑三年，她回来就可以同这人结婚，无论这人是怎么样，瞎眼，跛足；六十岁或十六岁都好。可是密司脱钱偏答应了，不过条件稍稍修改一些，是先结了婚，后同她到美国去。而我底母亲偏同意这修改的条件。虽则妹妹不肯答应，母亲却也不愿让一个女孩儿到各国去乱跑。萧，你想，天下也会有这样的呆子，放割断了线的金纸鸢么？所以母亲对于钱的求婚，竟是半允许了。所谓半允许，实际也就是允许的一面。不料今天吃午饭时，母亲又将上午钱家又差人来说的情形告诉妹妹，并拣日送过订婚礼来。妹妹一听，却立刻放下筷，跑到房内去哭了！母亲是非常爱妹妹的，她再三问妹妹，而妹妹对母亲却表示不满，要母亲立刻拒绝，在今天一天之内。”陶说到这里，向四周看一看，提防别人听去一样。接着又轻轻地说：“母亲见劝的无效，哪有不依她。于是来叫我去，难题目又落到我底身上了。妹妹并限我在半夜以前，要将一切回复手续做完。萧，我底妹妹是Queen，你想，叫我怎样办呢？密司脱钱是此地的同事，他一听消息，首当辞退教务。这还不要紧，而他家也是贵族，他父亲是做官的，曾经做过财政部次长，会由我们允就允，否就否，随随便便么？妹妹虽可对他执住当初的条件，可是母亲却暗下和他改议过了。现在却叫我去办，这虽不是一件离婚案，实际却比离婚案更难，离婚可提出理由，叫我现在提出什么理由呢？”

他说到这里，竟非常担忧地搔搔他底头发。停一息，又叹了一口气，说：

“萧，你是一个精明的人，代我想想法子，叫我怎样办好？”

这时萧涧秋向他看了一看，几乎疑心这位诚实的朋友有意刺他。可是他还是镇静的真实地答道：

“延宕就是了。使对方慢慢地冷去，假如你妹妹真的不愿意的话。”

“真的不愿，”慕侃勾一勾头，着重的。

萧又说：

“那只好延宕。”

慕侃还是愁眉的，为难的说：

“延宕，延宕，谁知道我妹妹真的又想怎样呢？我代她延宕，而妹妹却偏不延宕了，叫我怎样办呢？”

萧涧秋忽然似乎红了脸，他转过头取笑说：

“这却只好难为了哥哥！”

二人又绕走了一圈路，于是回到各人底房内。

七

采莲——女孩子来校读书的早晨。

这天早晨，萧涧秋迎她到桥边，而青年寡妇也送她到桥边，于是大家遇着了。这是一个非常新鲜幽丽的早晨，阳光晒的大地镀上金色，空气是清冷而甜蜜的。田野中的青苗，好像顿然青长了几寸；桥下的河水，也悠悠地流着，流着；小鱼已经在清澈的水内活泼地争食了。萧涧秋将采莲轻轻抱起，放在唇边亲吻了几下，于是说：

“现在我们到校里去罢。”一边又对那妇人说：

“你回去好了，你站着，女孩子是不肯走的。”

女孩子依依地视了一回母亲，又转脸慢慢地看了一回萧涧秋——在她弱小的脑内，这时已经知道这位男子，是等于她爸爸一样的人了。她底喜悦的脸孔倒反变得惆怅起来，妇人轻轻地整一整她底衣，向她说：

“采莲，你以后要听萧伯伯底话的，也不要同别的人去闹，好好的玩，好好地读书，记得么？”

“记得的，”女孩子回答。

一时她又举手头向青年说：

“萧伯伯，学校里有橘子树么？妈妈说学校里有橘子树呢！”

妇人笑起来，萧涧秋也明白这是引诱她的话，回答说：

“有的，我一定买给你。”

于是他牵着她底手，离开妇人，一步一步向往校这条路走。她几次回头看她的母亲，她母亲也几次回头来看她，并遥远向她挥手说：

“去，去，跟萧伯伯去，晚上妈妈就来接你。”

萧涧秋却牵她的袖子，要使她不回头去，对她说：

“采莲，校里是什么都有的，橘子树，苹果的花，你知道苹果么？哎，学校里还有大群的小朋友，他们会做老虎，做羊，做老鹰，做小鸡，一同玩着，我带你去看。”

采莲就和他谈起关于儿童的事情来。不久，她就变作很喜悦的样子。

到了学校底会客室，陶慕侃方谋等几位教师也围拢来。他们称赞了一会女孩子底面貌，又惋惜了一会女孩子底命运，高声说，她底父亲是为国牺牲的。最后，陶慕侃还老老实实地拍拍萧涧秋底肩膀说：

“老弟，你真有救世的心肠，你将来会变成一尊菩萨呢！”

方谋又附和着嘲笑说：

“将来女孩子得到一个佳婿，萧先生还和老丈人一般地享福呵！”

萧涧秋摇摇头，觉得话是愈说愈讨厌，一边正经的向慕侃说：

“不要说笑话，我希望你免了她的学费。”

慕侃急忙答：

“当然，当然，书籍用具也由我出。”

一边就跑出做事去了。萧涧秋又叫了三数个中学部的学生，对他们说：

“领这位小妹妹到花园，标本室去玩一趟罢。”

小学生也一大群围拢她，拥她去，谁也忘记了她是一个贫苦的孤女。萧涧秋在后面想：

“她倒真像一位 Queen 呢！”

十点钟，陶岚来教她英文的功课。她也首先看一看女孩子，也一见便疼爱她了。似乎采莲的黑小眼，比陶岚底还要引人注意。陶岚搂了她一会，问了她一些话。女孩子也毫不畏缩的答她，答的非常简单，清楚。她一会又展开了她底手，嫩白的小手，竟似荷花刚开放的瓣儿，她又在她手心上吻了几吻。萧涧秋走来，她却慢慢地离开了陶岚，走近到他底身边去，偎依着他。他就问她：

“你已记熟了字么？”

“记熟了。”采莲答。

“你背诵一遍看。”

她就缓缓的好像不得不依地背诵了一遍。

陶岚和萧涧秋同时相对笑了。萧在她底小手上拍拍，女孩接着问：

“萧伯伯，那边唱什么呢？”

“唱歌。”

“我将来也唱的么？”

“是呀，下半天就唱了。”

她就做出非常快乐而有希望的样子。萧涧秋向陶岚说：

“她和你底性情相同的，她也喜欢音乐呢。”

陶岚娇媚地一笑，轻说：

“和你也相同的，你也喜欢音乐。”

萧向她看了一眼，又问女孩子，指着陶岚说：

“你叫这位先生是什么呢？”

女孩子一时呆呆的，摇摇头，不知所答。陶岚却接着说：

“采莲，你叫我姊姊罢，你叫我陶姊姊就是了。”

萧涧秋向陶岚又睁眼看了一看，微微愁他底眉，向女孩说：

“叫陶先生。”

采莲点头。陶岚继续说：

“我做不像先生，我做不像先生，我只配做她底姊姊，我也愿永远做她底姊姊。‘陶先生’这个称呼，让我底哥哥领去罢。”

“好的，采莲，你就叫她陶姊姊罢。可是你以后叫我萧哥哥好了。”

“妈妈教我叫你萧伯伯的。”

女孩子好像不解地娇憨地辩驳。陶岚笑说：

“你失败了。”

同时萧涧秋摇摇头。

上课铃响了，于是他们三人分离地走向三个教室去，带着各人底美满的心。

萧涧秋几乎没有心吃这餐中饭。他关了门，在房内走来走去。桌上是赫赫然展着陶岚一时前临走时交给他的一封信，在信纸上面是这么清楚地写着：

萧先生：你真能要我做你底弟弟么？你不以我为愚么？ 唉，我何等幸福，有像你这样的一个哥哥！我底亲哥哥是愚笨的——我说他愚笨——假如你是我底亲哥哥，我决计一世不嫁——一世不嫁——陪着你，伴着你，我服侍着你，以你献身给世的精神，我决愿做你一个助手。唉，你为什么不是我底一个亲哥哥？九泉之下的爸爸哟，你为什么不养一个这样的哥哥给我？我怎么这样不幸……但，但，不是一样么？你不好算我底亲哥哥么？我昏了，萧先生，你就是我唯一的亲爱的哥哥。

我底家庭底平和的空气，恐怕从此要破裂了。母亲以前是最爱我的，现在她也不爱我了，为的是我不肯听她底话。我以前一到极苦闷的时候，我就无端地跑到母亲底身前，伏在她底怀内哭起来，母亲问我什么缘故，我却愈被问愈大哭，及哭到我底泪似乎要完了为止。这时母亲还问我为什么缘故，我却气喘地问她说：“没有什么缘故，妈妈，我只觉得自己要哭呢！”母亲还问：“你想到什么啊？”“我不想到什么，只觉得自己要哭呢！”我就偎着母亲底脸，母亲也拍拍我底背，叫我几声痴女儿。于是我就到床上去睡，或者从此睡了一日一夜。这样，我底苦闷也减少些。可是现在，萧哥哥，母亲底怀内还让我去哭么？母亲底怀内还让我去哭么？我也怕走近她，天呀，叫我向何处去哭呢？连眼泪都没处流的人，这是人间最苦痛的人罢？

哥哥，现在我要问你：人生究竟是无意义的么？就随着环境的支配，好像一朵花落在水上一样，随着水性的流去，到消灭了为止这么么？还是应该挣扎一下，反抗一下，依着自己底意志的力底方向奋斗去这么呢？萧先生，我一定听从你的话，请你指示我一条路罢！

说不尽别的话，嘱你康健！

你底永远的弟弟岚上。

下面还附着几句：

红叶愿永远保藏，以为我俩见面的纪念。可是我送你什么呢？

萧涧秋不愿将这封信重读一遍，就仔细地将这封信拿起，藏在和往日一道的那只抽斗内。

一边，他又拿出了纸，在纸上写：

岚弟：关于你底事情，你底哥哥已详细地告诉过我了。

我也了解了那人，但叫我怎么说呢？除出我劝你稍稍性子宽缓一点，以免损伤你自己底身体以外，我还有什么话呢？

我常常自己对自己这么大声叫：不要专计算你自己底幸福之量，因为现在不是一个自求幸福之量加增的时候。岚弟，你也以为我这话是对的么？

两条路，这却不要我答的，因为你自己早就实行一条去了。不是你已经走着一条去了么？

希望你切勿以任性来伤害你底身体，勿流过多的眼泪。我已数年没有流过一滴泪，不是没有泪，——我少小时也惯会哭的，连吃饭时的饭，热了要哭，冷了又要哭。——现在，是我不要它流！

末尾，他就草草地具他底名字，也并没有加上别的情书式的冠词。

这封信，他似乎等不住到明天陶岚亲自来索取，他要借着小天使底两翼，仍叫着那位小学生，嘱他小心地飞似地送去。

他走到会客室内，想宁静他一种说不出的调怅的心。几位教员正在饭后高谈着，却又谈的正是“主义”。方谋一见萧涧秋进去，就起劲地几乎手脚乱舞的说：

“喏，萧先生，我以前问他是什么主义，他总不肯说。现在，我看出他底主义来了，”萧同众人一时静着。“他是一个悲观主义者，他底思想非常悲观，他对于中国的政治、社会一切论调都非常悲观。”

陶慕侃也站了起来，他似乎要为这位忠实的朋友卖一个忠实的力，急忙说：

“不是，不是，他底人生的精神是非常积极的。悲观岂不是要消极了吗？我底这位老友底态度却勇敢而积极。我想赐他一个名词，假如每人都要有一个主义的话，他就是一个牺牲主义者。”

大家一时点点头。萧涧秋缓步地在房内走，一边说：

“主义不是像皇帝赐姓一般随你们乱给的。随你们说我什么都好，可是我终究是我。假如要我自己注释起来，我就这么说，——我好似冬天寒夜里底炉火旁的一二星火花，倏忽便要消灭了。”

这样，各人一时默然。

八

第三天，采莲没有到校里来读书。萧涧秋心里觉得奇怪，陶慕侃就说：

“小孩子总不喜欢读书。无论家里怎么样，总喜欢依在母亲底身边，母亲底身边就是她底极乐国。像我们这样的学校总不算坏的了，而采莲读了两天书，今天就不来。”

下午三点钟，萧涧秋退了课。他就如散步一样，走向她们底家里。他先经过一条街，买了两只苹果——苹果在芙蓉镇里，是算上等的难得的东西，外面包了一张纸，藏在透明的玻璃瓶内——萧涧秋拿了苹果，依着河边，看看阴云将雨的天色，他心里非常凉爽地走去。

走过了柏树底荫下，他就望见采莲的家底门口，青年寡妇坐着补衣，她底孩子在旁边玩。萧涧秋走近去，他们也望见他了，远远的招呼着，孩子举着两手，似向他说话。他疑心采莲为什么不在，可是一边也就走近，拿出一个苹果来，叫道：

“喂，小弟弟，你要么？”

孩子跑向他，用走不完全的脚步跑向他。他就将他抱起，一个苹果交在他底手里，用他底两只小手捧着，也就将外面的一张包纸撕脱了，闻起来。萧涧秋便问道：

“你底姊姊呢？”

“姊姊？”

小孩子重复了一句。青年寡妇接着说：

“她早晨忽然说肚子痛，我探探她底头有些热，我就叫她不要去读书了。采莲还想要去，是我叫她不要去，我说先生不会骂的。中饭也没有吃，我想饿她一餐也好。现在睡在床内，也睡去好久了。”

“我去看看。”萧涧秋说。

同时三人就走进屋内。

等萧涧秋走近床边，采莲也就醒了，仿佛被他们底轻轻的脚步唤醒一样。萧低低地向她叫了一声，她立刻快乐地唤起来：

“萧伯伯，你来了么？”

“是呀，我因你不来读书，所以来看看你。”

“妈妈叫我不要读书的呢！”

女孩子向她母亲看了一眼。萧涧秋立刻接着说：

“不要紧，不要紧。”

很快地停了一息，又问：

“你现在身体觉得怎样？”

女孩微笑地答：

“我好了，我病好了，我要起来。”

“再睡一下罢，我给你一个苹果。”

同时萧涧秋将另一个苹果交给她，并坐下她底床边。一边又摸了一摸她底额，觉得额上还有些微热的。又说：

“可惜我没有带了体温表来，否则也可以量一量她有没有热度高些。”

妇人也探了一下，说：

“还好，这不过是睡醒如此。”

采莲拿着苹果，非常喜悦地，似从来没有见过苹果一样，放在唇边，又放在手心上。这时这两个苹果的功效，如旅行沙漠中的人，久不得水时所见到的一样，两个小孩底心，竟被两个苹果占领了去。萧涧秋看得呆了，一边他向采莲凑近问：

“你要吃么？”

“要吃的。”

妇人接着说：

“再玩一玩罢，吃了就没有。贵的东西应该保存一下才好。”

萧涧秋说：

“不要紧，要吃就吃了；我明天再买两个来。”

妇人接着凄凉地说：

“不要买，太贵呢！小孩子底心又哪里能填得满足。”

可是萧涧秋终于从衣袋内拿出裁纸刀子来，将苹果的皮刮去了。

这样大概又过了半点钟，窗外却突然落起了小雨，萧随即对采莲说：

“小妹妹，我要回去了，天已下雨。”

女孩子却娇娇地说：

“等一等，萧伯伯，你再等一等。”

可是一下，雨却更大了。萧涧秋愁起眉说：

“趁早，小妹妹，我要走；否则，天暗了我更走不来路。”

“天会晴的，一息就会晴的。”

她底母亲也说：

“现在已经走不来路，雨太大了，我们家里连雨伞也没有。萧先生还是等一等罢，可惜没有蔬菜，或者吃了饭去。”

“还是走。”

他就站起身来。妇人说道：

“这样衣服要完全打湿的，让我借伞去罢。”

窗外的雨点已如麻绳一样，借伞的人简直又需要借伞了。萧涧秋重又坐下，阻止说：

“不要去借，我再坐一息罢。”

女孩子也在床上欢喜地叫：

“妈妈，萧伯伯再坐一息呢！”

妇人留在房内，继续说：

“还是在这里吃了晚饭，我只烧两只鸡蛋就是。”

女孩应声又叫，牵着他底手：

“在我们这里吃饭，在我们这里吃饭。”

萧涧秋轻轻地向她说：

“吃了饭还是要去的！”

女孩想了一下，慢慢说：

“不要去，假如雨仍旧大，就不要去。我和萧伯伯睡在床的这一端，让妈妈和弟弟睡在床底那一端，不好么？”

萧涧秋微笑地向青年寡妇看了一眼，只见她脸色微红地低下头。房内一时冷静起来，而女孩终于奇怪的不懂事地问：

“妈妈，萧伯伯睡在这里有什么呢？”

妇人勉强的吞吐答：

“我们的床，睡不下萧先生的。”

采莲还是撒娇地：

“妈妈，我要萧伯伯也睡在这里呢！”

妇人没有话，她底心被女孩底天真的话所拨乱，好像跳动的琴弦。各人抬起头来向各人一看，只觉接触了目光，便互相一笑，又低下头。妇人一时似想到了什么，可是止住她要送上眼眶来的泪珠，抱起孩子。萧涧秋也觉得不能再坐，他看一看窗外将晚的天色，雨点疏少些的时候，就向采莲轻微地说：

“小妹妹，现在校里那班先生们正在等着我吃饭了，我不去，他们要等的饭冷了。我要去了。”

女孩又问：

“先生们都等你吃饭的么？”

“对咯。”他答。

“陶姊姊也在等你么？”

萧涧秋又笑了一笑，随口答：

“是的。”

妇人在旁就问谁是陶姊姊，萧涧秋答是校长的妹妹。妇人蹙着眉说：

“采莲，你怎么好叫她陶姊姊呢？”

女孩没精打采地：

“陶姊姊要我叫她陶姊姊的。”

妇人微愁地说：

“女孩太娇养了，一点道理也不懂。”

同时萧涧秋站起来说：

“不要管她，随便叫什么都可以的。”

一边又向采莲问：

“我去了，你明天来读书么？”

女孩不快乐地说，似乎要哭的样子：

“我来的。”

他重重地在她脸上吻了两吻，吻去了她两眼底泪珠，说：

“好的，我等着你。”

这样，他举动迅速地别了床上含泪的女儿和正在沉思中的少妇，走出门外。

头上还是雨，他却在雨中走的非常起劲。只有十分钟，他就跑到了校内。已经是天将暗的时候，校内已吃过晚饭了。

九

萧涧秋底衣服终究被雨淋湿了。他向他自己底房里推进门去，不知怎样一回事，陶岚正在阴暗中坐着，他几乎辨别不出是她。他走近她底身前，向她微笑的脸上，叫一声“岚弟！”同时他将他底右手轻放在她底左肩角上，心想：

“我却随便地对采莲答她等着，她却果然等着，这不是梦么？”

而陶岚好似挖苦地问：

“你从何处来？”

“看了采莲底病。”

“孩子有病了吗？”陶岚问。

随着，他就将她底病是轻微的，或者明天就可以来读书；因天雨，他坐着陪她玩了一趟；夜黑了，他不得不冒雨回来，也还没有吃饭等话，统统说了一遍。一边点亮灯，一边开了箱子拿出衣服来换。陶岚叙述说：

“我是向你来问题目的。同时哥哥也叫我要你到我们家里去吃晚饭。可是我却似带了雨到你这里来，我也在这里坐了有一点钟了。我看托尔斯泰的《艺术论》，看了几十沛迟[①]。我不十分赞成这位老头子底思想。现在也不必枵腹论思想了，哥哥等着，你还是同我一道到家里吃晚饭去罢。”

萧将衣服换好，笑着说：

“不要，我随便在校里吃些。”

而她嬉谑地问：

---

① 英语 page 的意思，意“页”。

“那么叫我此刻就回去么？还是叫我吃了饭再来呢？”

她简直用要挟孩子的手段来要挟他，可是他在她底面前也果然变成一个孩子了。借了两顶伞，灭下灯，两人就向门外走出去。

小雨点打着二人底伞上，响出寂寞的调子。黄昏底镇内，也异样地潇索。二人深思了一时，萧涧秋不知不觉地说道：

“钱正兴好似今天没有来校。”

“你不知道他底缘故么？”

陶岚睁眼地问。他微笑的：

“叫我从什么地方去知道呢！”

陶岚非常缓冷地说：

“他今天上午差人送一封信给哥哥，说要辞去中学的职务。原因完全关于我的，也关于你。”

同时她转过头向他看了一眼。萧随问：

“关于我？”

“是呀，可是哥哥坚嘱我不能告诉你。”

“不告诉我也好，免得我苦恼地去推究。不过我也会料到几分的，因为你已经说出来。”

“或者会。”陶岚说话时，总带着自然的冷淡的态度。

萧涧秋接着说：

“不是么？因为我们互相的要好。”

她笑一笑，重复问：

“互相的要好？”

语气间似非常有趣。一息，又说：

“我们真是一对孩子，会一见，就互相的要好。哈，孩子似的要好。你也是这个意思么？”

“是的。”

“可是钱正兴怎样猜想我们呢？神秘的天性，奇妙的可笑的人，他或者也猜的不错。”她没精打采的。一时，又微颤地嗫嚅地说：

“我本答应哥哥不告诉你的，但止不住不告诉你。他说：我已经爱上你了！虽则他知道我爱你的‘爱’比他爱我的‘爱’深一百倍，因为你是完全不知道怎样叫做‘爱’的一个人，他说，你好似一块冷的冰。但是他恨，恨他自己为什么要有家庭，要有钱；为什么不穷的只剩他孤独一身。否则，我便会爱他。”陶岚说上面每个“爱”字的时候，已经吃吃地说不出，这时她更红起脸来，匆忙继续说：“错了，你能原谅我么？他底语气没有这样厉害，是我格外形容的。卑鄙的东西！”

萧涧秋几乎感到身体要炸裂了。他没有别的话，只问：

“你还帮他辩护么？”

“我求你！你立刻将这几句话忘记去罢！”

她挨近他底身，两人几乎同在一顶伞底子下。小雨继续在他们的四周落下。她没有说：

“我求你。因我们是孩子般要好，才将这话告诉你的。”

他向她苦笑一笑，同时以一手紧紧地捻她底一手，一边说：

“岚，我恐怕要在你们芙蓉镇里死去了！”

她低头含泪的：

“我求你，你无论如何不要烦恼。”

“我从来没有烦恼过，我是不会烦恼的。”

“这样才好。”她默默地一息，又嗫嚅的说，“我真是世界上第一个坏人，我每每因为自己的真率，一言一动，就得罪了许多人。哥哥将钱的信给我看，我看了简直手足气冷，我不责备钱，我大骂哥哥为什么要将这信给我看？哥哥无法可想，只说这是兄妹间的感情。他当时嘱咐我再三不要被你知道。当然，你知道了这话的气愤，和我知道时的气愤是一样的；我呢，”她向他看一眼，“不知怎样在你底身边竟和在上帝底身边一样，一些不能隐瞒，好似你已经洞悉我底胸中所想的一样，会不自觉地将话溜出口来。现在你要责备我，可以和我那时责备哥哥为什么要告诉，有意使你发怒一样。不过哥哥已说：‘这是兄妹间的感情。’我求你，为了兄妹间的感情，不要烦恼罢！”

他向她苦笑，说：

“没有什么。我也决不愤恨钱正兴，你无用再说了！”

他俩一句话也没有，走了一箭，她底门口就出现在眼前。这时萧涧秋和陶岚二人底心想完全各异，一个似乎不愿意走进去，要退回来；一个却要一箭射进去，愈快愈好；可是二人互相一看，假笑地，没有话，慢慢地走进门。

晚餐在五分钟以后就安排好。陶慕侃，陶岚，萧涧秋三人在同一张小桌子上。陶慕侃俨然似大阿哥模样坐在中央，他们两人孩子似的据在两边。主人每餐须喝一斤酒，似成了习惯。萧涧秋的面前只放着一只小杯，因为诚实的陶慕侃知道他是不会喝的。可是这一次，萧一连喝了三杯之后，还是向主人递过酒杯去，微笑地轻说：

“请你再给我一杯。”

陶慕侃奇怪地笑着对他说：

“怎么你今夜忽然会有酒兴呢？”

萧涧秋接杯子在手里又一口喝干了，又递过杯去，向他老友说：

“请你再给我一杯罢。”

陶慕侃提高声音叫：

“你底酒量不小呢！你底脸上还一些没有什么，你是会吃酒的，你往常是骗了我。今夜我们尽兴吃一吃，换了大杯罢！”

同时他念出两句诗：

人生有酒须当醉，
莫使金樽空对月。

陶岚多次向萧涧秋做眼色，含愁地。萧却仍是一杯一杯地喝。这时她止不住地说道：

“哥哥，萧先生是不会喝酒的，他此刻当酒是麻醉药呢！”

她底哥哥正如一班酒徒一样的应声道：

“是呀，麻醉药！”

同时又念了两句诗：

何以解忧，
惟有杜康。

萧涧秋放下杯子，轻轻向他对面的人说：

“岚，你放心，我不会以喝酒当作喝药的。我也不要麻醉自己。我为什么要麻醉自己呢？我只想自己兴奋一些，也可勇敢一些，我今天很疲倦了。”

这时，他们底年约六十的母亲从里面走出来，一位慈祥的老妇人，头发斑白的，向他们说：

“女儿，你怎么叫客人不要喝酒呢？给萧先生喝呀，就是喝醉，家里也有床铺，可以给萧先生睡在此地的。天又下大雨了，回去也不便。”

陶岚没有说，愁闷地。而且草草吃了一碗饭，不吃了，坐着，监视地眼看他们。

萧涧秋又喝了三杯，谈了几句关于报章所载的时事，无心地。于是说：

“够了，真的要麻醉起来了。”

慕侃不依，还是高高地提着酒壶，他要看看这位新酒友底程度到底如何。于是萧涧秋又喝了两杯；两人同时放下酒杯，同时吃饭。

在萧涧秋底脸上，终有夕阳反照的颜色了。他也觉得他底心脏不住地跳动，而他勉强挣扎着。他们坐在书室内，这位和蔼的母亲，又给他们泡了两盏浓茶，萧涧秋立刻捧着喝起来。这时各人底心内都有一种离乎寻常所谈话的问题。陶慕侃看看眼前底朋友和他底妹妹，似乎愿意他们成为一对眷属，因一个是他所敬的，一个是他所爱的。那么对于钱正兴的那封信，究竟怎样答复呢？他还是不知有所解决。在陶岚底心里，想着萧涧秋今夜的任情喝酒，是因她告诉了钱正兴对他的讽刺的缘故，可是她用什么话来安慰他呢？她想不出。萧涧秋底心，却几次想问一问这位老友对于钱正兴的辞职，究竟想如何。但他终于没有说，因她的缘故，他将话支吾到各处去，——广东，或直隶。因此，他们没有一字提到钱正兴。

萧涧秋说要回校，他们阻止他，因他酒醉，雨又大。他想：

"也好，我索兴睡在这里罢。"

他就留在那间书室内，对着明明的灯光，胡思乱想。——陶慕侃带着酒意睡去了。——一息，陶岚又走进来，她还带她母亲同来，捧了两样果子放在他底前面。萧涧秋说不出的心里感到不舒服。这位慈爱的母亲问他一些话，简单的，并不像普通多嘴的老婆婆，无非关于住在乡下，舒服不舒服一类。萧涧秋是"一切都很好"，简单地回答了，母亲就走出去。于是陶岚笑微微地问他：

"萧先生，你此刻还会喝酒么？"

"怎么呢？"

"更多地喝一点。"

她几分假意的。他却聚拢两眉向她一看，又低下头说：

"你却不知道，我那时不喝酒，我那时一定会哭起来。否则我也吃不完饭就要回到校里去。你知道，我是怎样的一个人，我是人间底一个孤零的人。现在你们一家底爱，个个用温柔的手来抚我，我不能不自己感到凄凉，悲伤起来。”

“不是为钱正兴么？”

“为什么我要为他呢？”

“噢！”陶岚似乎骇异了。

一时，她站在他身前慢慢说：

“你可以睡了。哥哥吃饭前私向我说，他已写信去坚决挽留。”

萧涧秋接着说：

“很好，明天他一定来上课的。我又可以碰见他。”

“你想他还会来么？”

“一定的，他不过试试你哥哥底态度。”

“胡！”她又说了一个字。

萧继续说：

“你不相信，你可以看你哥哥的信稿，对我一定有巧妙的话呢！”

她也没有话，伸出手，两人握了一握，她踌躇地走出房外，一边说：

“祝你晚安！”

十

如此过去一个月。

萧涧秋在芙蓉镇内终于受校内校外的人们底攻击了。非议向他而进行，不满也向他注视了。

一个孤身的青年，时常走进走出在一个年轻寡妇底家里底门限，何况他底态度的亲昵，将他所收入的尽量地供给了她们，简直似一个孝顺的儿子对于慈爱的母亲似的。这能不引人疑异么？萧涧秋已将采莲和阿宝看作他自己底儿女一样了，爱着他们，留心着他们底未来，但社会、乡村的多嘴的群众，能明了这个么？开始是那班邻里的大人们私私议论，——惊骇挟讥笑的，继之，有几位妇人竟来到寡妇底前面，问长问短，关于萧涧秋底身上。最后，谣言飞到一班顽童底耳朵里，而那班顽童公然对采莲施骂起来，使采莲哭着跑回到她母亲底身前，咽着不休地说："妈妈，他们骂我有一个野伯呢！"但她母亲听了女儿无故的被骂，除出也跟着她女儿流了一淌眼泪以外，又有什么办法呢？妇人只有忍着她创痛的心来接待萧涧秋，将她底苦恼隐藏在快乐底后面同萧涧秋谈话。可是萧涧秋，他知道，他知道乡人们用了卑鄙的心器来测量他们了，但他不管。他还是镇静地和她说话，活泼地和孩子们嬉笑，全是一副"笑骂由人笑骂，我行我素而已"的态度。在傍晚，他快乐的跑到西村，也快乐的跑回校内，表面全是快乐的。

可是校内，又另有一种对待他的态度了。他和陶岚的每天的见面时的互相递受的通信，已经被学校的几位教员们知道了。陶岚是芙蓉镇里的孔雀，谁也愿意爱她，而她偏在以他们底目光看来等于江湖落魄者底身前展开锦尾来，他们能不妒忌么？以后，连这位忠厚的哥哥，也不以他妹妹底行为为然，他听得陶岚在萧涧秋底房内的笑声实在笑的太高了。一边，将学校里底教员们分成了党派，当每次在教务或校务会议的席上，互相厉害地争执起来，在陶慕侃底心里，以为全是他妹妹一人弄成一样。一次，他稍稍对他妹妹说："我并不是叫你不要和萧先生相爱，不过你应该尊重舆论一些，众口是可怕的。而且母亲还不知道，假使知道，母亲要怎样呢？这是你哥哥对你底诚意，你应审察一下。"而陶岚却一声不响，突然睁大眼睛，向她底哥哥火烧一般地看了一下，冷笑地答："笑骂由人笑骂，我行我素而已。"

一天星期日底下午，陶岚坐在萧涧秋底房内。两人正在谈话甜蜜的时候，阿荣却突然送进一封信来，一面向萧涧秋说：

“有一个陌生人，叫我赶紧将这封信交给先生，不知什么事。”

“送信的人呢？”

“回去了。”

答完，阿荣自己也出去。萧涧秋望望信封，觉得奇怪。陶岚站在他身边向他说：

“不要看它好罢？”

“总得看一看。”

一边就拆开了，抽出一张纸，两人同时看下。果然，全不是信的格式，也没有具名，只有这样八行字：

> 芙蓉芙蓉二月开，
> 一个教师外乡来。
> 两眼炯炯如鹰目，
> 内有一副好心裁。
> 左手抱着小寡妇，
> 右手还想折我梅！
> 此人若不驱逐了，
> 吾乡风化安在哉！

萧涧秋立刻脸转苍白，全身震动地，将这条白纸捻成一团，镇静着苦笑地对陶岚说：

“我恐怕在这里住不长久了。”

一个也眼泪噙住地说：

“上帝知道，不要留意这个罢！”

两人相对。他慢慢地低下头说：

“一星期前，我就想和你哥哥商量，脱离此间。因为顾念小妹妹底前途，和一时不忍离别你，所以忍止住。现在，你想，还是叫我早走罢！我们来商量一下采莲底事情。”

他底语气非常凄凉，好似别离就在眼前，一种离愁底滋味缠绕在两人之间。沉静了一息，陶岚有力地叫：

“你也听信流言么？你也为卑鄙的计谋所中么？你岂不是以理智来解剖感情的么？”

他还是软弱地说：

“没有意志，我此刻就会昏去呢！”

陶岚立刻接着说：

“让我去彻查一下，这究竟是谁人造的谣。这字是谁写的，我拿这纸去，给哥哥看一下。”

一边她将桌上的纸团又展开了。他在旁说：

“不要给你哥哥看，他也是一个有同情心的人。”

“我定要彻查一下！”

她简直用王后的口气来说这句话的。萧涧秋向她问：

“就是查出又怎样？假如他肯和我决斗，他不写这种东西了。

杀了我，岂不是干脆的多么？”

于是陶岚忿忿地将这张纸条撕作粉碎。一边流出泪，执住他底两手说：

“不要说这话罢！不要记住那班卑鄙的人罢！萧先生，我要同你好，要他们来看看我们底好。他们将怎样呢？叫他们碰在石壁上去死去。萧先生，勇敢些，你要拿出一点勇气来。”

他勉强地微笑地说：

“好的，我们谈谈别的罢。”

空气紧张地沉静一息，他又说：

"我原想在这里多住几年，但无论住几年，我总该有最后的离开之一日的。就是三年，三年也只有一千零几日，最后的期限终究要到来的。那么，岚，那时的小妹妹，只好望你保护她了。"

"我不愿听这话，"她稍稍发怒的，"我没有力量。我该在你底视线中保护她。"

"不过，她母亲若能舍得她离开，我决愿永远带她在身边。"

正是这个时候，有人敲门。萧涧秋去迎她进来，是小妹妹采莲。她脸色跑到变青的，含着泪，气急地叫：

"萧伯伯！"

同时又向陶岚叫了一声。

两人惊奇地随即问：

"小妹妹，你做什么呢？"

采莲走到他底面前，说不清地说：

"妈妈病了，她乱讲话呢！弟弟在她身边哭，她也不理弟弟。"

女孩流下泪。萧涧秋向陶岚摇摇头。同时他拉她到他底怀内，又对陶说：

"你想怎么样呢？"

陶岚答：

"我们就去望一望罢。我还没有到过她们底家。"

"你也想去吗？"

"我可以去吗？"

两人又苦笑一笑，陶岚继续说：

"请等一等，让我叫阿荣向校里借了体温表来，可以给她底母亲量一量体温。"

一边两人牵着女孩底各一只手同时走出房外。

十一

当他们走入妇人底门限时，就见妇人睡在床上，抱着小孩高声地叫：

“不要进来罢！不要进来罢！让我一个人跳下去好了！”

萧涧秋向陶岚愁眉说：

“她还在讲乱话，你听。”

陶岚低着头点一点，将手搭在他底臂上。妇人继续叫：

“你们向后看看，唉！追着虎，追着虎！”

妇人几乎哭起来。萧涧秋立刻走到床边，推醒她说：

“是我，是我，你该醒一醒！”

小孩正在被内吸着乳。萧从头看到她底胸，胸起伏地。他垂下两眼，愁苦地看住床前。采莲走到她母亲的身边，不住地叫着妈妈，半哭半喊地。寡妇慢慢地转过脸，渐渐地清醒起来的样子。一下，她看见萧，立刻拉一拉破被，盖住小孩和她自己底胸膛，一面问：

“你在这里吗？”

“还有陶岚先生也在这里。”

陶岚向她点一点首，就问：

“此刻心里觉得怎样呢？”

妇人无力地慢慢地答：

“没有什么，只口子渴一些。”

“那么要茶吗？”

妇人没有答，眼上充满泪。陶岚就向房内乱找茶壶，采莲捧来递给她，里边一口水也没有。她就同采莲去烧茶。妇人向萧慨叹地说：

“多谢你们，我是没有病的。方才突然发起热来，人昏昏不知。

女孩子大惊大怪，她招你们来的吗？”

“是我们自己要求看看的。”

妇人滴下泪在小孩底发上，用手拭去了，没有话。小孩正在吸奶。萧涧秋缓缓地说：

“你在发热的时候，最好不要将奶给小孩吃。”

“叫我用什么给他吃呢！——我没有什么病。”

萧涧秋愁闷地站着。

这样到了天暗，妇人已经能够起床，他们两人才回来。

当天晚上，陶岚又差人送来一封信。照信角上写的No看起来，这已是她给他的第十五封信了。萧涧秋坐在灯下，将她底信展在桌上：

我亲爱的哥哥：我活了二十几年，简直似黑池里底鱼一样。除了自己以外，一些不知道人间还有苦痛。现在，却从你底手里，认识了真的世界和人生。

不知怎样我竟会和你同样地爱怜采莲妹妹底一家了。那位妇人，真是一位温良、和顺、有礼貌的妇人。虽则和我底个性有些相反，我却愿意引她做我底一位姊姊，以她底人生的经验，来调节我底粗疏与无知识的感情是最好的。但是，天呀！你为什么要夺去她底夫？造物生人，真是使人来受苦的么？即使她能忍得起苦，我却不能不诅咒天！

我坐在她们底房内，你也瞧着我吗？我几乎也流出眼泪来了。我看看她房底四壁，看看她底孩子和她所穿的衣服，又看看她青白而憔悴的脸，再想想她在病床上的一种凄凉苦况，天呀！为什么给她布置的如此凄惨呢？我幻想，假如你底两翅转了方向，不飞到我们村里来，有谁怜惜她们？有谁安慰她们？那她在这种呓语呻吟中的病的时候，我们只想见两个小孩在床前整天地哭，还有什么别的呢？哥哥，伟大的人，我已愿她做我底姊姊了。此后我们当互相帮助。

至于那个谣言，侃哥先向我谈起。在吃晚饭的时候，他照旧喝过一口酒感慨地说："外边的空气，已甚于北风的凛凛。"哥哥也鄙夷他们，望你万勿（万勿！）介意。以后哥哥又喝了一口酒道："此系以小人之心，度君子之德也。"不过哥哥始终说，造这八句诗的人，决不是校内同事。我向他辩驳，不是孔方老爷，就是一万同志。他竟对我赌起咒来，弄得母亲都笑了。

萧先生，你此刻怎样？以你底见识，此刻想一定不为他们无端所恼？你千万不可有他念，你底真诚与坦白，终有笼罩吾全芙蓉镇之一日！祝你快乐地嚼着学校底清淡的饭。

弱弟岚上

萧涧秋一时呆着，似乎他所有底思路，一条条都被她的感情裁断了。他迟疑了许久，才恍惚地向抽斗拿出一张纸，用钢笔写道：

我不知怎样，只觉自己在漩涡里边转。我从来没有经过这个现象，现在，竟转的我几乎昏去。唉！我莫非在做梦么？

你当也记得——采莲底母在呓语时所说底话。莫非我的背后真被追着老虎么？那我非被这虎咬死不成？因为我感到，无论如何，不能让那位可怜的寡妇"一个人跳下去"！

我已将一切解剖过。几乎费了我今晚全个吃晚饭的时候。我是勇敢的，我也斗争的，我当预备好手枪，待真的虎来时，我就照准它底额一枪！岚弟，你不以为我残暴么？ 打狼不能用打狗的方法的，你看，这位妇人为什么病了？从她底呓语里可以知道她病底根由。

我不烦恼，祝你快乐！

你底勇敢的秋白

他写好这信，睡在床上，自想他非常坚毅。

第二天一早，女孩来校。她带着书包首先就跑到萧涧秋底身边来，告诉他说：

“萧伯伯，妈妈说，妈妈底病已好了，谢谢你和陶姊姊。”

这时室内有好几位教师坐着，方谋也在座。他们个个屏息地用他们好奇的眼睛，做着恶意的笑的脸孔注视他和她。萧涧秋似乎有意要多说几句话，向女孩问道：

“你妈妈起来了吗？”

“起来了。”

“吃过粥吗？”

“吃过。”

“你底陶姊昨晚交给她的药也吃完了吗？”

女孩似听不清楚，答：

“不知道。”

于是他和往日一样地向采莲底颊上吻一吻，女孩就跑去。

十二

第二天晚上，萧涧秋在房内走来走去，觉得非常地不安。虽则当夜的天气并不热，可是他以为他底房内是异常郁闷。他底桌上放着一张白信纸，似乎要写信的样子，可是他走来走去，并不曾写。一息，想去开了房门，放进冷气来，清凉一下他底脑子。可是当他将门拉开的时候，钱正兴一身华服，笑容可掬地走进来，正似他迎接他进来一样。钱正兴随问，声音温美的：

“萧先生要出去吗？”

“不。”

“有事吗？”

“没有。”

钱正兴又向桌上看一看，又问：

“要写信吗？”

“想要写，写不出。”

“写给谁呢？”

他说这几句话的时候，眼向房内乱转，似要找出那位和他通信的人来。萧涧秋却立刻答：

“写给陶岚。”

这位漂亮的青年，一时默然，坐在墙边，眼看着地，似一位怕羞的姑娘底样子。萧转问他：

“钱先生有什么消息带来告诉我呢？”

钱正兴抬头，笑着：

“消息？”

“是呀，乡村底舆论。”

“有什么乡村底舆论呢！我们底镇内岂不是个个人对萧先生都敬重的么？虽则萧先生到我们这里来不上两月，而萧先生大名，却已经连一班牧童都知道了。”

萧涧秋附和着笑了一笑。心狐疑地猜想着，——对面这位情敌，不知对他究竟是善意，还是恶意？一边他说：

“那我在你们这里真是有幸福的。”

“假如萧先生以为有幸福，我希望萧先生永远住下去。”

“永远住下去？可以吗？”

“同我们一道做芙蓉镇底土著。”

很快地停一息，接着说：

“所以我想问一问，萧先生有心要组织一个家庭在芙蓉镇里吗？”

萧涧秋似快乐的心跳的样子，问：

“组织一个家庭？你这么说吗？”

“我也是听来的，望你勿责。”

他还是做着温柔的姿势。萧又哈的冷笑一声说：

“这于我是好事。可是外界说我和谁组织呢？”

“你当然有预备了。”

“没有，没有。”

“没有？”他也笑，“藏着一位很可爱的妇人呢！实在是一位难得的贤良妇人。”

萧冷冷地假笑问：

“谁呀？我自己根本还没有选择。”

“选择？”很快地停一息，“外界都说你爱上采莲底母亲。她诚然是可爱的，在西村，谁都称赞她贤慧。”

“胡说！我另有爱。”

萧涧秋感得几分怒忿，可是他用他底怒容带笑地表现出来。钱又娇态地问：

“谁呢，可以告诉我吗？”

“陶岚，慕侃底妹妹。”

“你爱她吗？”

“我爱她。”

萧自然有力地说出。钱一时默然。一息，萧又笑问：

“闻你也爱她？”

“是，也爱她，比爱自己底生命还甚。”

语气凄凉地。萧接着笑问：

“她爱你吗？”

一个慢慢地答：

“爱过我。”

“现在还爱你吗？”

“不知道她底心。”

“那让我代告诉你罢，钱先生，她现在爱我。”

“爱你？”

“是。所以还好，假如她同时爱两人，那我和你非决斗不可。你也愿意决斗么？”

“决斗？可以不必。这是西方的野蛮风。萧先生，为友谊不能让一个女人么？”

萧一时愁着，没有答，一息说：

“她不爱你，我可以强迫她爱你吗？”

钱正兴却几乎哭出来一般说：

“她是爱我的，萧先生，在你未来以前。她是爱我的，已经要同我订婚了。可是你一来，她却爱你了。在你到的那天晚上的一见，她就爱你了。可是我，我失恋的人，心里怎样呢？萧先生，你想，我比死还难受。我是十分爱陶岚的，时刻忘不了她，夜夜底梦里有她。现在，她爱你——我早知道她爱你了。不过我料你不爱她，因为你是采莲底母亲的。现在，你也爱她，那叫我非自杀不可了！……”

他没有说完，萧涧秋不耐烦地插进说：

“钱先生，你为什么对我说这些话呢？你爱陶岚，你向陶岚去求婚，对我说有什么用呢？”

钱正兴哀求似地接着说：

“不，我请求你！我一生底苦痛与幸福，关系在你这一点上。你肯允许，我连死后都感激，破产也可以。”

“钱先生，你可拿这话勇敢地向陶岚去说。我对你有什么帮助呢？”

“有的，萧先生，只要你不和她通信就可以。慕侃已不要她来校教书，假如你再不给她信，那她就会爱我了。一定会爱我的，我以过去的经验知道。那我一生底幸福，全受萧先生所赐。萧先生的胸怀是救世的，那先救救我吧！救救我底自杀，萧先生会这样做吗？”

“钱先生，情形不同了。她也不会再爱你了。”

“同的，同的，萧先生，只求你不和她通信……”

他仍似没有说完，却突然停止住。萧涧秋非常愤激地，默默地注视着对面这位青年。他想不到这人是如此阴谋、软弱。他底全身几乎沸腾起来，这一种的请求，实在如决了堤的河水流来一样。一息，又听钱说道：

“而且，萧先生，我当极力报答你，你如爱和采莲底母亲组织家庭。”

萧涧秋立刻站起来，愤愤地说：

“不要说了，钱先生，我一切照办，请你出去罢。”

一边他自己开了门，先走出去。他气塞地愤恨地一直跑到学校园内，倚身在一株冬青树的旁边。空间冰冷的，他似要融化他底自身在这冰冷的空间内。他极力想制止他自己底思想，摆脱方才那位公子所给他的毫无理由的烦恼，他冷笑了一声。

他站了半点钟，竟觉全身灰冷的；于是慢慢转过身子，回到他底房内。钱正兴，无用的孩子已经走了。他蹙着眉又沉思了一息，就精疲力尽地向床上跌倒，一边喊：

“爱呀，爱呀，摆脱了罢！”

十三

光阴是这样无谓地过去。三天以后，采莲又没有来校读书。上午十点钟，陶岚到校里来，问起她，萧涧秋答：

“恐怕她母亲又病了。”

陶岚迟疑地说：

“否则为什么呢？她底母亲也是一个多思多虑的人。处这样的境遇，外界又没有人同情她，还用带荆棘的言语向她身上打，不病也要病了！我们，”她眼向萧转一转，说错似的，“我，就可以不管人家，所以还好，不生病，——我的病是慢性的。——像她，……这个社会……你想孩子怎样好？”

她语句说不完全，似乎说的完全就没有意义了。萧接着说：

“我们下午再去看一看罢。”

正这时，话还未了，采莲含着泪珠跑来。他们惊奇了，萧立刻问：

“采莲，你怎么？”

女孩子没有答，书袋仍在她底腋下。萧又问：

“你妈妈底病好了么？”

“妈妈好了。”

女孩非常难受地说出。她站着没有动。陶岚向她问，蹲下身子：

“小妹妹，你为什么到此刻才来呢？你不愿来读书么？”

女孩用手掩在眼上答：

“妈妈叫我不要告诉萧伯伯，还叫我来读书。弟弟又病了，昨夜身子热，过了一夜，妈妈昨夜一夜不曾睡。她说弟弟的病很厉害，叫我不要被萧伯伯知道。还叫我来读书。”

女孩要哭的样子。萧涧秋呆站着。陶岚将女孩抱在身边，用头偎着她头，向萧问：

“怎么呢？”

他愁一愁眉，仍呆立着没有说。

“怎么呢？”

“我简直不知道。”

“为社会嘴多，你又是一个热心的人。”

他忽然悔悟地笑一笑，说：

“时光快些给我过去罢，上课的铃，我听它打过了。”

同时他就向教务处走去。

在吃晚饭以前，萧涧秋仍和往常散步一样，微笑地，温良地，向采莲底家里走去。他觉得在无形之中，他和她们都隔膜起来了。

当他走到她们底门外时，只听里面有哭声，是采莲底母亲底哭声。他立刻惊惶起来，向她底门推进，只见孩子睡在床上，妇人坐在床边，采莲不在。他立刻气急地问：

“孩子怎么了？”

妇人抬头向他看了一看，垂下头，止着哭。他又问：

“什么病呢？”

“从前天起，一刻刻地厉害。”

他走到孩子底身边，孩子微微地闭着眼。他放手在小孩底脸上一摸，脸是热的；看他底鼻孔一收一放地扇动着。他站着几分钟，有时又听他咳嗽，将痰咽下喉去。他心想：“莫非是肺炎么？”同时他问她：

“吃过药么？”

“吃过一点，是我自己想想给他吃的，没有看过医生。此刻看来不像样，又叫采莲去请一位诊费便宜些的伯伯去了。”

“要吃奶么？”

“也似不想吃。”

他又呆立一会，问：

“采莲去了多久？”

“半点钟的样子。大概女孩又走错路了，离这里是近的。”

“中国医生么？”

“嗯。”

于是他又在房内走了两圈，说：

“你也不用担忧，小孩总有他自己底命运。而且病是轻的，看几天医生，总可以好。不过此地没有西医么？”

“不知道。”

天渐渐黑下来，黄昏又现出原形来活动了。妇人慢慢地说：

“萧先生，这孩子底病有些不利。关于他，我做过了几个不祥的梦。昨夜又梦见一位红脸和一位黑脸的神，要从我底怀中夺去他！为什么我会梦这个呢？莫非李家连这点种子都留不下去么？”她停一停，泪水涌阻着她底声音。“先生，假如孩子真的没有办法，叫我……怎样……活……的下……去呢？”

萧涧秋心里是非常悲痛的。可是他走近她底身边说：

“你真是一个不懂事的人。为什么要说这话？梦是迷信呢！”

一边又踌躇地向房内走了一圈，又说：

“你现在只要用心看护这孩子，望他快些好起来。一切胡思乱想，你应当丢开它。”

他又向孩子看一回，孩子总是昏昏地——呼吸着，咳着。

“梦算什么呢？梦是事实么？我昨夜也梦自己向一条深的河里跳下去，昏沉地失了知觉，似乎只抱着一块小木板，随河水流去，大概将要流到海里，于是我便——”他没有说出死字，转过说：“莫非今天我就真的要去跳河么？”

他想破除妇人底对于病人最不利的迷信，就这样轻缓地庄重地说出。而妇人说：

“先生，你不知道——”

她底话没有说完，采莲气喘喘地跑进来。随后半分钟，也就走进一位几乎要请别人来给他诊的头发已雪白了的老医生。

他先向萧涧秋慢慢地细看一回，伛着背又慢慢地戴起一副阔边的眼镜，给小孩诊病。他按了一回小孩底左手，又按了一回小孩底右手，翻开小孩底眼，又翻开小孩底口子，将小孩弄得哭起来。于是他说：

“没有什么病，没有什么病，过两三天就会好的。”

“没有什么病么？伯伯！”

妇人惊喜地问。老医生不屑似地答：

“以我行医六十年的经验，像这样的孩子底病是无用医的。现在姑且吃一副药罢。”

他从他底袖口内取出纸笔，就着灯下，写了十数味草根和草叶。妇人递给他四角钱，他稍稍客气地放入袋里，于是又向萧涧秋——这时他搂着采莲，愁思地——仔细看了看，偻着背走出门外，妇人送着。

妇人回来向他狐疑地问，脸上微微喜悦地：

“萧先生，医生说他没有什么病呢？”

“所以我叫你不要忧愁。”

一个无心地答。

“看这样子会没有病么？”

“我代你们去买了药来再说罢。”

可是妇人愚笨地，一息说：

“萧先生，你还没有吃过晚饭呢！”

“买好药再回去吃。”

妇人痴痴地坐着，她自己是预备不吃晚饭了。萧涧秋拿着药方走出来。采莲也痴痴地跟到门口。

十四

第二天，萧涧秋又到采莲的家里去了一趟。孩子底病依旧如故。他走去又走回来，空空地，于孩子毫无帮助。妇人坐守着，对他也不发微笑。

晚上，陶岚又亲自到校里来，她拿了几本书来还萧，当递给他的时候，她苦笑说：

“里面还有话。”

同时她又向他借去几本图画，简直没有说另外的话，就回去了。

萧涧秋独自呆站在房内，他不想读她底信，他觉得这种举动是非常笨的，可笑的。可是终于向书内拿出一条长狭的纸，看着纸上底秀丽的笔迹：

计算，已经五天得不到你底回信了。当然，病去病来扰乱了你底心，但你何苦要如此烦恼呢？我看你底态度和以前初到时不同，你逐渐逐渐地消极起来了。你更愁更愁地愁闷起来了。侃哥也说你这几天瘦的厉害，萧先生，你自己知道么？

我，我确乎和以前两样。谢谢你，也谢谢天。我是勇敢起来了。你不知道罢？侃哥前几天不知怎样，叫我不要到校里来教书，强迫我辞职。而我对他一声冷笑。他最后说：“妹妹，你不辞职，那只好我辞职了！一队男教师里面夹着一位女教师，于外界底流言是不利的。”我就冷冷地对他说：“就是你辞了职，我也还有方法教下去，除非学校关门，不办。”到第二天，我在教室内对学生说了几句暗示的话。学生们当晚就向我底哥哥说，他们万不肯放“女陶先生”走，否则，他们就驱逐钱某。现在，侃哥已经悔悟了，再三讨我宽恕，并对你十二分敬佩。他说，他的对你的一切“不以为然”现在都冰释了。此后钱某若再辞职，他一定准他。哥哥笑说：“为神圣的教育和神圣的友爱计，不能不下决心！”现在，我岂不是战胜了？最亲爱的哥哥，什么也没有问题，你安心一些罢！

请你给我一条叙述你底平安的回字。

再，采莲底弟弟底病，我下午去看过他，恐怕这位小生命不能久留在人世了。他底病，你也想得到吗？是她母亲底热传染给他的，再加他从椅子上跌下来，所以厉害了！ 不过为他母亲着想，死了也好。哈，你不会说我良心黑色罢？不过这有什么方法呢？以她底年龄来守几十年的寡，我以为是苦痛的。但身边带着一个孩子可以嫁给谁去呢？所以我想，万一孩子不幸死了，劝她转嫁。听说有一个年轻商人要想娶她的。

请你给我一条叙述你底平安的回字。

你底岚弟上

他坐在书案之前，苦恼地脸对着窗外。他决计不写回信，待陶岚明天来，他对面告诉她一切。他翻开学生们底习练簿子，拿起一支红笔浸着红墨水，他想校正它们。可是怎样，他却不自觉地于一忽之间，会在空白的纸间画上一朵桃花。他一看，自己苦笑了，就急忙将桃花涂掉，去找寻学生的习练簿上底错误。

第三天早晨，萧涧秋刚刚洗好脸，采莲跑来。他立刻问：

“小妹妹，你这么早来做什么？”

女孩轻轻地答：

“妈妈说，弟弟恐怕要死了！”

“啊！”

“妈妈说，不知道萧伯伯有方法没有？”

他随即牵着女孩底手，问：

“此刻你妈妈怎样？”

“妈妈只有哭。”

“我同你到你底家里去。”

一边，他就向另一位教师说了几句话，牵着女孩子，飞也似地走出校门来。清早的冷风吹着他们，有时萧涧秋咳嗽了一声，女孩问：

“你咳嗽么？”

“是，好像伤风。”

“为什么伤风呢？”

“你不知道，我昨夜到半夜以后还一个人在操场上走来走去。”

“做什么呢？”

女孩仰头看他，一边脚步不停地前进。

“小妹妹，你是不懂得的。”

女孩没有话，小小的女孩，她似乎开始探究人生底秘密了，一息又问：

“你夜里要做梦么？因为要做梦就不去睡么？”

萧向她笑一笑，点一点头，答：

“是的。”

可是女孩又问：

“梦谁呢？”

“并不梦谁。”

“不梦妈妈么？不梦我么？”

“是，梦到你。”

于是女孩接着诉说，似乎故事一般。她说她曾经梦到他：他在山里，不知怎样，后面来了一只狼，狼立刻衔着他去了。她于是在后面追，在后面叫，在后面哭。结果，她醒了，是她母亲唤醒她的。醒来以后，她就伏在她母亲底怀内，一动也不敢动。她末尾说：

“我向妈妈问：萧伯伯此刻不在山里么？在做什么呢？妈妈说：在校里，他正睡着，同我们一样。于是我放心了。”

这样，萧涧秋向她看看，似乎要从她底脸上，看出无限的意义来。同时，两人已经走到她底家，所有的观念、言语、都结束了，用另一种静默的表情向房内走进去。

这时妇人是坐着，因为她已想过她最后的命运。

萧走到孩子底身边，孩子照样闭着两眼呼吸紧促的。他轻轻向他叫一声：

“小弟弟。”

而孩子已无力张开眼来瞧他了！

他仔细将他底头、手、脚摸了一遍。全身是微微热的：鼻翼扇动着。于是他又问了几句关于夜间的病状，就向妇人说：

“怎么好？此处又没有好的医生。孩子底病大概是肺炎，可是我只懂得一点医学的常识，叫我怎样呢？”

他几乎想得极紧迫样子，一息，又说：

“莫非任他这样下去么？让我施一回手术，看看有没有效。”

妇人却立刻跳起说：

“萧先生，你会医我底儿子么？”

“我本不会的，可是坐守着，又有什么办法？”

他稍稍踌躇一息，又向妇人说：

“你去烧一盆开水罢。拿一条手巾给我，最好将房内弄的暖些。”

妇人却呆站着不动。采莲向她催促：

“妈妈，萧伯伯叫你拿一条手布。”

同时，这位可爱的姑娘，她就自己动手去拿了一条半新半旧的手布来，递给他，向他问：

“给弟弟洗脸么？”

“不是，浸一些热给你弟弟缚在胸上。”

这样，妇人两腿酸软地去预备开水。

萧涧秋用他底力气，叫妇人将孩子抱起来，他一面他就将孩子底衣服解开，再拿出已浸在面盆里底沸水中的手巾，稍稍凉一凉，将过多的水绞去，等它的温度可以接触皮肤，他就将它缚在孩子底胸上，再将衣服给他裹好。孩子已经一天没有哭声，这时，似为他这种举动所扰乱，却不住地单声地哭，还是没有眼泪。母亲的心里微微地有些欢欣着，祝颂着，她从不知道一条手巾和沸水可以医病，这实在是一种天赐的秘法，她想她儿子底病会好起来，一定无疑。一时房内清静的，她抱着孩子，将头靠在孩子底发上，斜看着身前坐在一把小椅子上也搂着采莲的青年。她底心是极辽远辽远地想起。她想他是一位不知从天涯还是从地角来的天使，将她阴云密布的天色，拨见日光，她恨不能对他跪下去，叫他一声“天呀”！

房内静寂约半点钟，似等着孩子底反应。他一边说：

“还得过了一点钟再换一次。”

这时妇人问：

“你不上课去么？”

“上午只有一课，已经告了假了。”

妇人又没有声音。他感到寂寞了，他慢慢地向采莲说：

“小妹妹，你去拿一本书来，我问问你。”

女孩向他一看，就跑去。妇人却忽然滴下眼泪来说：

“在我这一生怕无法报答你了！”

萧涧秋稍稍奇怪地问——他似乎没有听清楚：

“什么？”

妇人仍旧低声地流泪的说：

“你对我们的情太大了！你是救了我们母子三人的命，救了我们这一家！但我们怎样报答你呢？”

他强笑地难以为情地说：

“不要说这话了！只要我们能好好地团聚下去，就是各人底幸福。”

女孩已经拿书到他底身边，他们就互相问答起来。妇人私语地：

“真是天差先生来的，天差先生来的。这样，孩子底病会不好么？哈，天是有它底大眼睛的。我还愁什么？天即使要辜负我，天也不敢辜负先生，孩子底病一定明天就会好。”

萧涧秋知道这位妇人因小孩底病的缠绕过度，神经有些变态，他奇怪地向她望一望。妇人转过脸，避开愁闷的样子。他仍低头和女孩说话。

十五

上午十时左右

阳光似金花一般撒满人间。春天之使者似在各处舞跃：云间，树上，流动的河水中，还来到人类的各个底心内。在采莲底家里，病的孩子稍稍安静了，呼吸不似以前那么紧张。妇人坐在床边，强笑地静默想着。半空吊起的心似放下一些了。萧涧秋坐在一把小椅子上，女孩是在房内乱跑。酸性的房内，这时舒畅不少安慰不少了。

忽然有人走进来，站在他们底门口，而且气急地——这是陶岚。他们随即转过头，女孩立刻叫起来向她跑去，她也就得慢地问：

“小弟弟怎么样？”

“谢谢天，好些了。”妇人答。

陶岚走进到孩子底身边，低下头向孩子底脸上看了看。采莲的母亲又说：

“萧先生用了新的方法使他睡去的。”

陶岚就转头问他，有些讥笑地：

“你会医病么？”

“不会。偶然知道这一种病，和这一种病的医法，——还是偶然的。此地又没有好的医生，看孩子气急下去么？”

他难以为情地说。陶岚又道：

“我希望你做一尊万灵菩萨。”

萧涧秋当时就站起来，两手擦了一擦，向陶岚说：

“你来了，我要回去了。”

“为什么呢？”一个问。

“她已经知道这个手续，我下午再来一趟就是。”

“不，请你稍等片刻，我们同回去。”

青年妇人说：

“你不来也可以。有事，我会叫采莲来叫你的。”

陶岚向四周看一看，似侦探什么，随说：

“那么我们走罢。”

女孩依依地跟到门口，他们向她摇摇头就走远了。一边陶岚问他：

“你要到什么地方去？”

“除出学校还有别的地方吗？”

“慢些，我们向那水边去走一趟罢，我还有话对你说。”

萧涧秋当即同意了。

他慢慢地抬头看她，可是一个已俯下头，问：

“钱正兴对你要求过什么呢？”

“什么？没有。”

“请你不要骗我罢。我知道在你底语言底成分中，是没有一分谎的，何必对我要异样？”

“什么呢，岚弟？”

他似小孩一般。一个没精打采地说：

“你运用你另一副心对付我，我苦恼了。钱正兴是我最恨的，已经是我底仇敌。一边毁坏你底名誉，一边也毁坏我底名誉。种种谣言的起来，他都同谋的。我说这话并不冤枉他，我有证据。他吃了饭没事做，就随便假造别人底秘密，你想可恨不可恨？”

萧这时插着说：

“那随他去便了，关系我们什么呢？”

一个冷淡地继续说：

“关系我们什么？你恐怕忘记了。昨夜，他却忽然又差人送给我一封信，我看了几乎死去！天下有这样一种不知羞耻的男子，我还是昨夜才发现！”她息一息，还是那么冷淡地，“我们一家都对他否认了，你为什么还要对他说，叫他勇敢地向我求婚呢？为友谊计？为什么呢？”

她完全是责备的口气。萧却态度严肃起来，眼光炯炯地问：

“岚弟，你说什么话呢？”

一个不响，从衣袋内取出一封信，递给他。这时两人已经走到一处清幽的河边，新绿的树叶底阴翳，铺在浅草地上。春色的荒野底光芒，静静地笼罩着他俩底四周。他们坐下。他就从信内抽出一张彩笺，读下：

亲爱的陶岚妹妹：现在，你总可允诺我底请求了。因为你所爱的那个男子，我和他商量，他自己愿意将你让给我。他，当然另有深爱的；可以说，他从此不再爱你了。妹妹，你是我底妹妹！

妹妹，假如你再还我一个"否"字，我就决计去做和尚——自杀！我失了你，我底生命就不会再存在了。一月来，我底内心的苦楚，已在前函详述之矣，想邀妹妹青眼垂鉴。

我在秋后决定赴美游历，愿偕妹妹同往。那位男子如与那位寡妇结婚，我当以五千元畀之。

下面就是"敬请闺安"及具名。

他看了，表面倒反笑了一笑，向她说，——她是忿忿地看住一边的草地。

"你也会为这种请求所迷惑吗？"

她没有答。

"你以前岂不是告诉我说，你每收到一种无礼的要求的信的时候，你是冷笑一声，将信随随便便地撕破了抛在字纸篓内？现在，你不能这样做吗？"

她含泪的惘惘然回头说：

"他侮辱我底人格，但你怎么要同他讨论关于我底事情呢？"

萧涧秋这时心里觉得非常难受，一阵阵地悲伤起来，他想——他亦何尝不侮辱他底人格呢？他愿意去同他说话么？而陶岚却一味责备他，正似他也是一个要杀她的刽子手，他不能不悲伤了！——一边他挨近她底身向她说：

“岚弟，那时设使你处在我底地位，你也一定将我所说的话对付他的。因为我已经完全明了你底人格、感情、志趣。你不相信我吗？”

“我相信你的，深深地相信你的。不过你不该对他说话。他是因为造我们底谣，我们不理他，才向你来软攻的，你竟被他计谋所中吗？”

“不是。我知道假如你还有一分爱他之心，为他某一种魔力所引诱，你不是一个意志坚强的人，那我无论如何也不会叫他向你求婚的。何况，”他静止一息，“岚弟，不要说他罢！”

一边他垂下头去，两手靠在地上，悲伤地，似乎心都要炸裂了。陶岚慢慢地说：

“不过你为什么不……”她没有说完。

“什么呢？”

萧强笑地。她也强笑：

“你自己想一想罢。”

静寂落在两人之间。许久，萧震颤地说：

“我们始终做一对兄弟罢，这比什么都好。你不相信么？你不相信人间有真的爱么？哈，我还自己不知道要做怎样的一个人，前途开拓在我身前的又是怎样的一种颜色。环境可以改变我，极大的漩涡可以卷我进去。所以，我始终——我也始终愿你做我底一个弟弟，使我一生不致十分寂寞，错误也可以有人来校正。你以为不是吗？”

岚无心地答：“是的。”意思几乎是——不是。

他继续凄凉地说：

“恋爱呢，我实在不愿意说它。结婚呢，我根本还没有想过。岚弟，我不立刻写回信给你，理由就在这里了！”停一息，又说：“而且生命，生命，这是一回什么事呢？在一群朋友底欢聚中，我会感到一己的凄怆，这一种情感我是不该有家庭的了。”

陶岚轻轻地答：

“你只可否认家庭，你不能否认爱情。除了爱情，人生还有什么呢？”

“爱情，我是不会否认的。就现在，我岂不是爱着一位小妹妹，也爱着一位大弟弟吗？不过我不愿尝出爱情底颜色的另一种滋味罢了。”

她这时身更接近他，娇羞地说：

“不过，萧哥，人终究是人呢！人是有一切人底附属性的。”

他垂下头没有声音。随着两人笑了一笑。

一切温柔都收入在阳光底散射中，两人似都管辖着各人自己底沉思。一息，陶岚又说：

“我希望在你底记忆中永远伴着我底影子。”

“我希望你也一样。”

“我们回去罢？”

萧随即附和答：

“好的。”

十六

萧涧秋回到校内，心非常不舒服。当然，他是受了仇人底极大的侮辱以后。他脸色极青白，中饭吃的很少，引得阿荣问他：“萧先生，你身体好吗？”他答：“好的。”于是就在房内呆呆地坐着。几乎半点钟，他一动不动，似心与身同时为女子之爱力所僵化了。他不绝地想起陶岚，他底头壳内充满她底爱；她底爱有如无数个小孩子，穿着各种美丽的衣服，在他底头壳内游戏，跳舞。他隐隐地想去寻求他底前途上所遗失的宝物。但有什么呢？他于是看一看身边，似乎这时有陶岚底倩影站着，可是他底身边是空虚的。这样又过十分钟，却有四五个年约十三四岁的少年学生走进来。他们开始就问：

“萧先生，听说你身体不好吗？”

“好的。”他答。

“那你为什么上午告假呢？先生们都说你身体不好才告假的。我们到你底窗外来看看，你又没有睡在床上，我们很奇怪。”

一个面貌清秀的学生说。萧微笑地答：

“我也不知道他们为什么缘故要骗你们。我是因为采莲妹妹底小弟弟底病很厉害，我去看了一回。”

接着他就和采莲家里雇用的宣传员一样，说起她们底贫穷，苦楚以及没人帮助的情形，——统说了一遍。学生们个个低头叹息，里面一个说：

“他们为什么要讳言萧先生去救济呢？”

“我实在不知道。”萧答。

另一个学生插嘴道：

“他们妒忌罢？现在的时候，善心的人是有人妒忌的。”

一个在萧旁边的学生却立刻说：

“不是，不是，钱正兴先生岂不是对我们说过吗？他说萧先生要娶采莲妹妹底母亲。”

那位学生微笑地。萧愁眉问：

“他和你们谈这种话吗？”

“是的，他常常同我们说恋爱的事情。他教书教的不好，可是恋爱谈的很好，他每点钟总是上了半课以后，就和我们讲恋爱。他也常常讲到女陶先生，似乎不讲到她，心里就不舒服似的。”

萧涧秋仍旧悲哀地没有说。一个年龄小些的学生急急接上说：

“有什么兴味呢，讲这种话？书本教不完怎么办？他以后若再在讲台上讲恋爱，我和几个朋友一定要起来驱逐他！”

萧微笑地向他看一眼，那位小学生却态度激昂地红着脸。

可是另一个学生却又向萧笑嘻嘻地问：

“萧先生，你为什么不和女陶先生结婚呢？”

萧淡淡地骂：

“你们不要说这种话罢！这是你们所不懂得的。”

而那个学生还说：

“女陶先生是我们一镇的王后，萧先生假如和她结了婚，萧先生就变做我们一镇的皇帝了。”

萧涧秋说：

“我不想做皇帝，我只愿做一个永远的真正的平民。”

而那个学生又说：

“但女陶先生是爱萧先生的。”

这时陶慕侃却不及提防的推进门来，学生底嘈杂声音立刻静止下去。陶慕侃俨然校长模样地说：

“什么女陶先生男陶先生。那个叫你们这样说法的？”

可是学生们却一个个微笑地溜出房外去了。

陶慕侃目送学生们去了以后，他就坐在萧涧秋底桌子的对面，说：

“萧，这究竟是怎么一回事？昨天钱正兴向我说，又说你决计要同那位寡妇结婚？”

萧涧秋站了起来，似乎要走开的样子，说：

“老友，不要说这种事情罢。我们何必要将空气弄得酸苦呢？”

陶慕侃灰心地：

“我却被你和我底妹妹弄昏了。”

“并不是我，老友，假如你愿意，我此后决计专心为学校谋福利。我没有别的想念。”

陶慕侃坐了一会，上课铃也就打起来了。

十七

阳光底脚跟带了时间移动，照旧过了两天。

萧涧秋和一队学生在操场上游戏。这是课外的随意的游戏，一个球从这人底手内传给那人底。他们底笑声是同春三月底阳光一样照耀，鲜明。将到了吃中饭的时候，操场上的人也预备休歇下来了。陶岚却突然出现在操场出入口的门边，一位小学生顽皮地叫：

“萧先生，女陶先生叫你。”

萧涧秋随即将他手内底球抛给另一个学生，就汗喘喘地向她跑来。两人没有话，几乎似陶岚领着他，同到他底房内。他随即问：

“你已吃过中饭了么？”

“没有，我刚从采莲底家里来。”

她萎靡地说。一个正洗着脸，又问：

“小弟弟怎样呢？”

“已经死了。”

“死了？”

他随将手巾丢在面盆内，惊骇地。

“两点钟以前，”陶岚说，“我到她们家里，已经是孩子喘着他最后一口气的时候，孩子底喉咙已胀塞住，眼睛不会看他母亲了。他底母亲只有哭，采莲也在旁边哭，就在这哭声中，送去了一个可爱的孩子底灵魂！我执着他底手，急想设法：可是法子没有想好，我觉得孩子底手冷去了，变青了！天呀，我是紧紧地执住他底手，好像这样执住，他才不致去了似的；谁知他灵魂之手，谁有力量不使他蜕化呢？他死了！造化是没有眼睛的，否则，见到妇人如此悲伤的情形，会不动他底心么？妇人发狂一般地哭，她抱着孩子底死尸，伏在床上，哭的昏去。以后两位邻舍来，扶住她，劝着，她又哪里能停止呢？孩子是永远睡去了！唉，小生命永远安息了！他丢开了他母亲与姊姊底爱，永远平安了！他母亲底号哭哪里能唤得他回来呢？他又哪里会知道他母亲是如此悲伤呢？”

陶岚泪珠莹莹地停了一息。这时学校摇着吃中饭的铃，她喘一口气说：

“你吃饭去罢。”

他站着一动不动地说：

“停一停，此刻不想吃。”

两人听铃摇完，学生们底脚步声音陆续地向膳厅走进，静寂一忽，萧说：

“现在她们怎样呢？”

陶岚一时不答，用手巾拭了一拭眼，更走近他一步，胆怯一般，慢慢说：

“妇人足足哭了半点钟，于是我们将昏昏的她放在床上，我又牵着采莲，一边托她们一位邻舍，去买一口小棺，又托一位去叫埋葬的人来。采莲底母亲向我说，她已经哭的没有力气了，她说：

“不要葬了他罢，放他在我底身边罢！他不能活着在他底家里，我也要他死着在家里呢！”

“我没有听她底话，向她劝解了几句。劝解是没有力量的，我就任自己底意思做。将孩子再穿上一通新衣服，其实并不怎样新，不过有几朵花，没有破就是，我再寻不出较好的衣服来。孩子是满想来穿新衣服的。像他这样没有一件好看的新衣服，孩子当然要去了，以后我又给他戴上一顶帽子。孩子整齐的，工人和小棺都来了。妇人在床上叫喊：‘在家里多放几天罢，在家里多放几天罢！’我们也没有听她，于是孩子就被两位工人抬去了。采莲，这位可爱的小妹妹，含泪问我：‘弟弟到哪里去呢？’ 我答：‘到极乐国去了！’她又说：‘我也要到极乐国去。’我用嘴向她一努，说：‘说不得的。’小妹妹又恍然苦笑地问：

“‘弟弟不再回来了么？’

我吻着她底脸上说：

“‘会回来的，你想着他的时候。夜里你睡去以后，他也会来和你相见。’

她又问：

‘梦里弟弟会说话么？’

“‘会说的，只要你和他说。’

“于是她跑到她母亲底跟前，向她母亲推着叫：

“‘妈妈，弟弟梦里会来的。日里不见他，夜里会来的。陶姊姊说的，你不要哭呀。’

“可是她母亲这时非常旷达似的向我说，叫我走，她已经不悲伤了，悲伤也无益。我就到这里来。”

两人沉默一息，陶岚又说：

“事实发生的太悲惨了！这位可怜的妇人，她也有几餐没有吃饭，失去了她底肉，消瘦的不成样子。女孩虽跟在她旁边，终究不能安慰她。”

萧涧秋徐徐地说：

“我去走一趟，将女孩带到校里来。”

“此刻无用去，女孩一时也不愿离开她母亲的。”

“家里只有她们母女两人么？”

“邻舍都走了，我空空地坐也坐不住。”

一息，她又低头说：

“实在凄凉，悲伤，叫那位妇人怎么活得下去呢？”

萧涧秋呆呆地不动说：

“转嫁，只好劝她转嫁。”

一时又心绪繁乱地在房内走一圈，沉闷地继续说：

“转嫁，我想你总要负这点责任，找一个动听的理由告诉她。我呢，我不想到她们家里去了。我再没有帮助她的法子；我帮助她的法子，都失去了力量。我不想再到她们家里去了。女孩请你去带她到校里来。”

陶岚轻轻地说：

“我想劝她先到我们家里住几天。这个死孩的印象，在她这个环境内更容易引起悲感来的。以后再慢慢代她想法子。孩子刚刚死了就劝她转嫁，在我说不出口，在她也听不进去的。”

他向她看一看，似看他自己镜内的影子，强笑说：

“那很好。”

两人又无言地，各人深思着。学生们吃好饭，脚步声在他们的门外陆续地走来走去。房内许久没有声音。采莲，这位不幸的女孩，却含着泪背着书包，慢慢地向他们底门推进去，出现在他俩底前面。萧涧秋骇异地问：

“采莲，你还来读书么？”

“妈妈一定要我来。”

说着，就咽咽地哭起来。

他们两人又互相看一看，觉得事情非常奇怪。他愁着眉，又问：

“妈妈对你说什么话呢？”

女孩还是哭着说：

“妈妈叫我来读书，妈妈叫我跟萧伯伯好了！”

“你妈妈此刻在做什么呢？”

“睡着。”

“哭么？”

“不哭，妈妈说她会看见弟弟的，她会去找弟弟回来。”

萧涧秋心跳地向陶岚问：

“她似有自杀的想念？”

陶岚也泪涔涔地答：

“一定会有的。如我处在她这个境遇里，我便要自杀了。不过她能丢掉采莲么？”

“采莲是女孩子，在这男统的宗法社会里，女孩子不算得什么。况且她以为我或能收去这个孤女。”

同时他向采莲一看，采莲随拭泪说：

“萧伯伯，我不要读书，我要回家去。”

萧涧秋随又向陶岚说：

“我们同女孩回去罢。我也只好鼓舞自己底勇气再到她们底家里去走一遭。看看那位命运被狼嘴嚼着的妇人底行动，也问问她底心愿。你能去邀她到你家里住几天，是最好的了。我们同孩子走罢。”

“我不去，”陶岚摇摇头说，“我此刻不去。你去，我过一点钟再来。”

“为什么呢？”

“不必我们两人同时去。”

萧明白了。又向她仔细看了一看，听她说：

“你不吃点东西么？我肚子也饿了。”

“我不饿。”他急忙答，“采莲，我们走。”

一边就牵着女孩底手，跑出来。陶岚跟在后面，看他们两个影子在向西村去的路上消逝了。她转到她底家里。

十八

妇人在房内整理旧东西。她将孩子所穿过的破小衣服丢在一旁。又将采莲底衣服折叠在桌上，一件一件地。她似乎要将孩子底一切，连踪迹也没有地掷到河里去，再将采莲底命运裹起来。如此，似悲伤可以灭绝了，而幸福就展开五彩之翅在她眼前翱翔。她没有哭，她底眼内是干燥的，连一丝隐闪的滋润的泪光也没有。她毫无精神地整理着，一时又沉入呆思，幻化她一步步要逼近来的时日：

——男孩是死了！只剩得一个女孩。——

——女孩算得什么呢？于是便空虚了！——

——没有一份产业，没有一分积蓄，——

——还得要人来帮忙，不成了！——

——一个男子像他一样，不成了！——

——我毁坏了他底名誉，以前是如此的，——

——为的忠贞于丈夫，也忍住他底苦痛，——

——他可以有幸福的，他可以有……——

——于是我底路……便完了！——

女孩轻轻地先进门，站在好她母亲底身前，她也不知觉。女孩叫一声：

“妈妈！”女孩含泪地。

“你没有去么？我叫你读书去！”

妇人愁结着眉，十分无力地发怒。

“萧伯伯带我回来的。”

妇人仰头一望，萧润秋站在门边，妇人随即低下头去，没有说。

他远远地站着说了一句，似想了许久才想出来的：

“过去了的事情都过去了。”

妇人好像没有听懂，也不说。

萧一时非常急迫，他眼钉住看这妇人，他只从她脸上看出憔悴悲伤，他没有看出她别的。他继续说：

“不必想；要想的是以后怎么样。”

于是她抬头缓缓答：

“先生，我正在想以后怎么样呢！”

“是，你应该……”

一边他走近拢去。她的声音轻到几乎听不见：

“应该这样。”

一个又转了极弱极和婉的口声，向她发问：

“那么你打算怎样呢？”

她底声音还是和以前一样轻地答：

“于是我底路……便完了！”

他更走近，两手放在女孩底两肩上，说：

“说重一点罢，你怕想错了！”

这时妇人止不住涌流出泪，半哭地说，提高声音：

“先生！我总感谢你底恩惠！我活着一分钟，就记得你一分钟。但这一世我用什么来报答你呢？我只有等待下世，变做一只牛马来报答你罢！”

“你为什么要说像这样陈腐的话呢？”

“从心深处说出来的。以前我满望孩子长大了来报答你底恩，现在孩子死去了，我底方法也完了！”一边拭着泪，又忍止住她底哭。

“还有采莲在。”

“采莲……”她向女孩看一看，“你能收受她去做你底丫头么？”

萧涧秋稍稍似怒地说：

“你们妇人真想不明白，愚蠢极了！一个未满三周的小孩，死了，就死了，算得什么？你想，他底父亲二十七八岁了，尚且给一炮打死！似这样小的小孩，心痛他做什么？”

“先生，叫我怎样活得下去呢？”

他却向房内走了一圈，忍止不住地说出：

“转嫁！我劝你转嫁。”

妇人却突然跳起来，似乎她从来没有听到过妇人是可以有这样一个念头的。她迟疑地似无声的问：

“转嫁？”

他吞吐地，一息坐下，一息又站起：

“我以为这样办好。做一个人来吃几十年的苦有什么意思？还是择一位相当的你所喜欢的人……”

他终于说不全话，他反感到他自己说错了话了。对于这样贞洁的妇人的面，一边疑惑地转过头向壁上自己暗想：

“天呀，她会不会疑心我要娶她呢？”

妇人果然似触电一般，心急跳着，气促地，两眼钉在他底身上看，一时断续的说：

“你，你，你是我底恩人，你底恩和天一样大，我，我是报答不尽的。没有你，我们三人早已死了，这个短命的冤家，也不会到今天才死。”

他却要引开观念的又说：

“我们做人，可以活，总要忍着苦痛，设法活下去。”

妇人正经地说：

“死了也算完结呢！”

萧涧秋摇摇头说：

“你完全乱想，你一点不顾到你底采莲么？”

采莲却只有谁说话，就看着谁，在她母亲与先生之间，呆呆的。妇人这时将她抱去，一面说：

“你对我们太有心了，先生，我们愿做你一世的佣人。”

“什么？”

萧吃惊地。她说：

“我愿我底女孩，跟你做一世的佣人。”

“这是什么意思？”

“你能收我们去做仆役么，恩人？”

她似乎要跪倒的样子，流着泪。他实在看得非常动情，悲伤。他似乎操着这位不幸的妇人底生死之权在他手里，他极力镇定他自己，强笑说：

“以后再商量。我当极力帮助你们，是我所能做到的事。”

一边他心里𫚭𫚭地想：

“假如我要娶妻，我就娶去这位妇人罢。”

同时他看这位妇人，不知她起一个什么想念和反动，脸孔变得更青；又见她两眼模糊地，她晕倒在地上了。

采莲立刻在她母亲底身边叫：

“妈妈！妈妈！”

她母亲没有答应，她便哭了。萧涧秋却非常急忙地跑到她底前面，用两手执着她底两臂，又摇着她底头，口里问：

“怎样？怎样？”

妇人底喉间有些哼哼的。他又用手摸一摸她底额，额冰冷，汗珠出来。于是他扶着她底颈，几乎将她抱起来，扶她到了床上，给她睡着。口子又问，夹并着愁与急地：

“怎样？你觉得怎样？”

“好了，好了，没有什么了。”

妇人低微着喘气，轻弱地答；用手擦着眼，似睡去一回一样。女孩在床边含泪的叫：

“妈妈！妈妈！”

妇人又说，无力的：

“采莲呀，我没有什么，你不用慌。”

她将女孩底脸，偎在她自己底脸上，继续喘气地说：

“你不用慌，你妈妈是没有什么的。”

萧涧秋站在床边，简直进退维谷的样子，低着头，似想不出什么方法。一时又听妇人说，声音是颤抖如弦的：

“采莲呀，万一你妈妈又怎样，你就跟萧伯伯去好了。萧伯伯对你的好，和你亲生的伯伯一样的。”

于是青年忧愁地问：

“你为什么又要说这话呢？”

“我觉得我自己底身体这几天来坏极！”

“你过于悲伤了，你过于疲倦了！”

“先生，孩子一病，我就没有咽下一口饭；孩子一死，我更咽不下一口水了！”

“不对的，不对的，你底思想太卑狭。”

妇人没有说，沉沉地睡在床上。一时又睁开眼向他看一看。

他问：

“现在觉得怎样？”

“好了。”

“方才你想到什么吗？”

她迟疑一息，答：

“没有想什么。”

“那么你完全因为太悲伤而疲倦的缘故。”

妇人又没有说，还是睁着眼看他。他呆站一息，又强笑用手按一按她底额上，这时稍稍有些温，可是还有冷汗。又按了一按她底脉搏，觉得她底脉搏缓弱到几乎没有。他只得说：

“你应当吃点东西下去才好。”

“不想吃。”

“这是不对的，你要饿死你自己吗？”

她也强笑一笑。青年继续说：

“你要信任我才好，假如你自己以为你对我都是好意的话。人总有一回死，这样幼小的孩子，又算得什么？而且每个母亲总要死了她一个儿子，假如是做母亲的人，因为死了一个孩子，就自己应该挨饿几十天，那么天下的母亲一个也没有剩了。人底全部生命就是和命运苦斗，我们应当战胜命运，到生命最后的一秒不能动弹为止。你应当听我底话才好。”

她似懂非懂地苦笑一笑，轻轻说：

“先生请回去罢，你底事是忙的。我想明白了，我照先生底话做。”

萧涧秋还是执着妇人底枯枝似的手。房内沉寂的，门却忽然又开了，出现一位女子。他随将她底手放回，转脸迎她。女孩也从她母亲怀里起来。

十九

陶岚先走近他底身前问：

“你还没有去吗？”

他答：

“因她方才一时又晕去，所以我还在。”

她转头问她，一边也按着她底方才被萧涧秋捻过的手：

“怎样呢，现在？”

妇人似用力勉强答：

“好了，我请萧先生回校去。萧先生怕也还没有吃过中饭。”

“不要紧，”他说，“我想喝茶。方才她晕去的时候，我找不到一杯热的水。”

“让我来烧罢。”陶岚说，“还有采莲也没有吃中饭么？已经三点钟了。”

“可怜这小孩子也跟在旁边挨饿。”

陶岚却没有说，就走到灶间，倒水在一只壶里，折断生刺的柴枝来烧它。她似乎想水快一些沸，就用很多的柴塞在灶内，可是柴枝还青，不容易着火，弄得满屋子是烟，她底眼也滚出泪来。妇人在床上向采莲说：

“你去烧一烧罢，怎么要陶先生烧呢？”

在女孩跑到炉子的旁边，水也沸了。又寻出几乎是茶梗的茶叶来，泡了两杯茶，端到他们底面前。

这样，房内似换了一种情景，好像他们各人底未来的人生问题，必须在这一小时内决定似的。女孩偎依在陶岚底身边，眼睁视着她母亲底脸上，好像她已不是她底母亲了，她底母亲已同她底弟弟同时死去了！而不幸的青年寡妇，似上帝命她来尝尽人间底苦汁的人，这时倒苦笑地，自然地，用她沉静的目光向坐在她床边的陶岚看了一回，又看一回；再向站在窗边垂头看地板的萧涧秋望了几望。她似乎要将他俩底全个身体与生命，剖解开来又联接拢去。似乎她看他俩底衣缘上，纽扣边，统统闪烁着光辉，出没着幸福，女孩在他们中间，也会有地位，有愿望地成长起来，于是她强笑了。严肃的悲惨的空气，过了约一刻钟。陶岚说：

"我想请你到我底家里去住几天。你现在处处看见都是伤心的，损坏了你底身体，又有什么用呢？况且小妹妹跟在你底身边也太苦，跟你流泪，跟你挨饿，弄坏小妹妹底身子也不忍。还是到我家里去住几天，关锁起这里的门来。"

她婉转低声地说到这里，妇人接着说：

"谢谢你，我真不知怎样报答你们底善意。现在我已经不想到过去了，我只想怎样才可算是真正的报答你们底恩。"

稍停一息，对采莲说：

"采莲，你跟萧伯伯去罢！跟陶先生去罢！家里这几天没有人烧饭给你吃。我自己是一些东西也不想吃了。"

采莲仰头向陶岚瞧一瞧，同时陶岚也向她一微笑，更搂紧她，没有其他的表示。一息，陶岚又严肃地问：

"你要饿死你自己么？"

"我一时是死不了的。"

"那么到我家里去住几天罢。"

妇人想了一想说：

"走也走不动，两腿醋一般酸。"

"叫人来抬你去。"

陶岚又和王后一般的口气。妇人答：

"不要，谢谢你，儿子刚死了，就逃到人家底家里去，也说不过去。过几天再商量罢。我身子也疲倦。让我睡几天。"

他们没有说。一息，她继续说：

"请你们回去罢！"

萧涧秋向窗外望了一望天色，向采莲说：

"小妹妹，你跟我去罢。"

女孩走到他底身边。他向她们说：

"我两人先走了。"

"等一等，"陶岚接着说。

于是女孩问：

"妈妈也去吗？"

妇人却心里哽咽地，说不出"我不去"三个字，只摇一摇头。陶岚催促地说：

"你同去罢。"

"不，你们去，让我独自睡一天。"

"妈妈不去吗？"

"你跟陶先生去，明天再来看你底妈妈。"

他们没有办法，低着头走出房外。他们一时没有说话。离了西村，陶岚说：

"留着那位妇人，我不放心。"

"有什么方法？"

"你以为任她独自不要紧吗？"

"我想不出救她的法子。"

他底语气凄凉而整密的。一个急促地：

"明天一早，我再去叫她。"

这样，女孩跟陶岚到陶底家里，陶岚先拿了饼干给她吃。萧涧秋独自回到校内。

他愈想那位妇人，觉得危险愈逼近她。他自己非常地不安，好像一切祸患都从他身上出发一样。

他并不吃东西，肚子也不饿，关着房门足足在房内坐了一点钟。黄昏到了，阿荣来给他点上油灯。他就在灯下很快地写这几行信：

亲爱的岚！我不知怎样，好像生平所有底烦恼都集中在此时之一刻！我简直似一个杀人犯一样——我杀了人，不久还将被人杀！

那位可怜的妇人，在三天之内，我当用正当的根本的方法救济她。我为了这事，我萦回，思想，考虑：岚，假如最后我仍没有第二条好法子的时候——我决计娶了那位寡妇来！你大概也听得欢喜的，因为对于她你和我都同样的思想。

过了明天，我想亲身去对她说明。岚弟，事实恐非这样不可了！但事实对于我们也处置的适宜的，你不要误会了。

写不出别的话，愿幸福与光荣降落于我们三人之间。

祝君善自珍爱！

萧涧秋上

他急忙将信封好，就差阿荣送去。自己仍兀自坐在房内，苦笑起来。

不上半点钟，一位小学生就送她底回信来了。那位小学生跑得气喘的向萧涧秋说：

“萧先生，萧先生，陶先生请你最好到她底家里去一趟。采莲妹妹也不时要哭，哭着叫回到家里去。”

“好的。”萧向他点一点头。

学生去了。回信是这么写的：

萧先生！你底决定简直是一个霹雳，打的使我发抖。你非如此做不可吗？你就如此做罢！

可怜的岚

萧涧秋将信读了好几遍，简直已经读出陶岚写这信时的一种幽怨状态，但他还是两眼不转移地注视着她底秀劲潦草的笔迹上，要推敲到她心之极远处一样。

将近七时，他披上一件大衣，用没精打采的脚步走向陶岚底家里。

采莲吃好夜饭就睡着了，小女孩似倦怠的不堪。他们两人一见简直没有话，各人都用苦笑来表示心里底烦闷。几乎过去半小时，陶岚问：

“我知道你，你非这样做不可吗？”

“我想不出比这更好的方法来。”

“你爱她吗？”

萧涧秋慢慢地：

“爱她的。”

陶岚冷酷地讥笑地做脸说：

“你一定要回答我——假如我要自杀，你又怎样？”

“你为什么要说这话？”

他走上前一步。

“请你回答我。”

她还是那么冷淡地。他情急地说：

“莫非上帝叫我们几人都非死不可吗？”

沉寂一息，陶岚冷笑一声说：

“我知道你不相信自杀。就是我，我也偏要一个人活下去，活下去；孤独地活到八十岁，还要活下去！等待自然的死神降临，它给我安葬，它给我痛哭——一个孤独活了几十年的老婆婆，到此才会完结了！”一边她眼内含上泪，“在我底四周知道我心的人，只有一个你；现在你又不是我底哥哥了，我从此更成孤独。孤独也好，我也适宜于孤独的，以后天涯地角我当任意去游行。一个女子不好游行的么？那我剃了头发，扮做尼姑。我是不相信菩萨的，可是必要的时候，我会扮做尼姑。”

萧涧秋简直恍恍惚惚地，垂头说：

“你为什么要说这话呢？”

“我想说，就说了。”

“为什么要有这种思想呢？”

“我觉得自己孤单。”

“不是的，在你的前路，炫耀着五彩的理想。至于我，我底肩膀上是没有美丽的羽翼的。岚，你不要想错了。”

一个丧气地向他看一看，说：

“萧哥，你是对的，你回去罢。”

同时她又执住他底手，好似又不肯放他走。一息，放下了，又背转过脸说：

“你回去，你爱她罢。”

他简直没有话，昏昏地向房外退出去。他站在她底大门外，大地漆黑的，他一时不知道要投向那里去，似无路可走的样子。

仰头看一看天上的大熊星，好像大熊星在发怒道：

“人类是节外生枝，枝外又生节的——永远弄不清楚。”

二十

他回到校里，看见一队教师聚集在会客室内谈话。他们很起劲地说，又跟着高声地笑，好像他们都是些无牵挂的自由人。他为的要解除他自己底忧念，就向他们走近去。可是他们仍旧谈笑自若，而他总说不出一句话，好像他们是一桶水，他自己是一滴油，终究溶化不拢去。没有一息，陶慕侃跟着进来。他似来找萧涧秋的，可是他却非常不满意地向大众说起话来：

“事情是非常稀奇的，可是我终在闷葫芦里，莫名其妙。萧先生是讲独身主义的，听说现在要结婚了。我底妹妹是讲恋爱的，今夜却突然要独身主义了！萧，到底是怎么一回事？”

大家立时静止下来，头一齐转向萧，他微笑地答：

“我自己也不知道到底是怎么一回事。”

方谋立刻就向慕侃问：

“那么萧先生要同谁结婚呢？”

慕侃答：

“你问萧自己罢。”

于是方谋立刻又问萧，萧说：

“请你去问将来罢。”

教师们一笑，哗然说：

“回答的话真巧妙，使人坠在五里雾中。”

慕侃接着说，慨叹地：

“所以，我做大阿哥的人，也给他们弄得莫名其妙了。我此刻回到家里，妹妹正在哭。我问母亲什么事，母亲说——你妹妹从此要不嫁人了。我又问，母亲说，因为萧先生要结婚。这岂不是奇怪么？萧先生要结婚而妹妹偏不嫁，这究竟为什么呢？”

萧涧秋就接着说：

“无用奇怪，未来自然会告诉你的。至于现在，我自己也不甚清楚。”

说着，他站了起来似乎要走，各人一时默然。慕侃慢慢地又道：

“老友，我看你近来的态度太急促，像这样的办事要失败的。这是我妹妹的脾气，你为什么学她呢？”

萧涧秋在室内走来走去，一边强笑答：

“不过我是知道要失败才去做的。不是希望失败，是大概要失败。你相信么？”

“全不懂，全不懂。”

慕侃摇了摇头。

正是这个时候，各人底疑团都聚集在各人底心内，推究着芙蓉镇里底奇闻。有一位陌生的老妇却从外边叫进来，阿荣领着她来找萧先生。萧涧秋立刻跑向前去，知道她就是前次在船上叙述采莲底父亲底故事那人。一边奇怪地向她问道：

“什么事？”

那位老妇只是颤抖，简直吓的说不出话。一时，她似向室内底人们看遍了。她叫道：

“先生，采莲在那里呢？她底妈妈吊死了！”

“什么？”

萧大惊地。老妇气喘的说：

“我，我方才想到她两天来没有吃东西，于是烧了一碗粥送过去。我因为收拾好家里的事才送去，所以迟一点。谁知推不进她底门，我叫采莲，里面也没有人答应。我慌了，俯在板缝上向里一瞧，唉！天呀，她竟高高地吊着！我当时跌落粥碗，粥撒满一地，我立刻跑到门外喊救命，来了四五个男人，敲破进门，将她放下来，唉！气已断了！心头冰冷，脸孔发青，舌吐出来，模样极可怕，不能救了！现在，先生，请你去商量一下，她没有一个亲戚，怎样预备她底后事。”老妇人又向四周一看，问：

“采莲在那里呢？也叫她去哭她母亲几声。”

老妇人慌慌张张地，似又悲又怕。教师们也个个听得发呆。

萧涧秋说：

“不要叫女孩，我去罢。”

他好似还可救活她一般地急走。陶慕侃与方谋等三四位教师们也跟去，似要去看看死人底可怕的脸。

他们一路没有说话，只是踢踢踏踏的脚步声，向西村急快地移动。田野是静寂地，黑暗地，猫头鹰底尖利鸣声从远处传来。在这时的各教师们底心内谁都感觉出寡妇的凄惨与可怜来。

四五位男人绕住寡妇底尸。他们走上前去。尸睡在床上，萧涧秋几乎口子喊出“不幸的妇人呀！”一句话来。而他静静地站住，流出一两滴泪。他看妇人底脸，紧结着眉，愁思万种地，他就用一张棉被将她从头发到脚跟盖上了。邻居的男人们都退到门边去。就商量起明天出葬的事情来，一边，雇了两位胆大些的女工，当晚守望她底尸首。

于是人们从种种的议论中退到静寂底后面。

第二天一早，陶岚跑进校里来，萧涧秋还睡在床上，她进去。

“究竟是怎么一回事？”

陶岚问，含起泪珠。

“事情竟和悲剧一般地演出来……女孩呢？”

“她还不知道，叫着要到她妈妈那里去，我想带她去见一见她母亲底最后的面。”

“随你办罢，我起来。”

陶岚立刻回去。

萧涧秋告了一天假，进行着妇人的丧事。他几乎似一位丈夫模样，除了他并不是怎样哭。

坟做在山边，石灰涂好之后，他就回到校里来。这已下午五时，陶慕侃，陶岚——她搂着采莲——，皆在。他们一时没有说，女孩哭着问：

“萧伯伯，妈妈会醒回来么？”

“好孩子，不会醒回来了！”

女孩又哭：

“我要妈妈那里去！我要妈妈那里去！”

陶岚向她说，一边拍她底发，亲昵地，流泪地：

“会醒回来的，会醒回来的。过几天就会醒回来。”

女孩又哽咽地静下去。萧涧秋低低地说：

“我带她到她妈妈墓边去坐一回罢。也使她记得一些她妈妈之死的印象，说明一些死的意义。”

“时候晚了，她也不会懂得什么的。就是我哥哥也不懂得这位妇人底自杀的意义。不要带小妹妹去。”

陶岚说了，她哥哥笑一笑没有说，忠厚地。

学校底厨房又摇铃催学生去吃晚饭。陶岚也就站起身来想带采莲回到家里去。她底哥哥说：

“密司脱萧，你这几天也过得太苦闷了！你好似并不是到芙蓉镇来教书，是到芙蓉镇来讨苦吃的。今晚到敝舍去喝一杯酒罢，消解消解你底苦闷。以后的日子，总是你快乐的日子。”

萧涧秋没有答可否。接着陶岚说：

“那么去罢，到我家里去罢。我也想回家去喝一点酒，我底胸腔也塞满了块垒。”

“我不想去。我简直将学生底练习簿子堆积满书架。我想今夜把它们改正好。”

陶慕侃说，他站起来，去牵了他朋友底袖子。

“不要太心急，学生们都相信你，不会哄走你的。”

他底妹妹又说：

“萧先生，我想和你比一比酒量。看今夜谁喝的多。谁底胸中苦闷大。”

“我却不愿获得所谓苦闷呢！”

一下子，他们就从房内走出来。

随着傍晚底朦胧的颜色，他们到了陶底家。晚餐不久就布置起来。在萧涧秋底心里，这一次是缺少从前所有的自然和乐意，似乎这一次晚餐是可纪念的。

事实，他也喝下许多酒，当慕侃斟给他时，他在微笑中并不推辞。陶岚微笑地看着他喝下去。他们也说话，说的都是些无关系的学校里底事。这样半点钟，从门外走进三四位教师来，方谋也在内。他们也不快乐地说话，一位说：

“我们没有吃饱饭，想加入你们喝一杯酒。”

“好的，好的。”

校长急忙答。于是陶岚因吃完便让开坐位。他们就来挤满一桌。方谋喝过一口酒以后，就好像喝醉似地说起来：

“芙蓉镇又有半个月可以热闹了。采莲底母亲的猝然自杀，竟使个个人听得骇然！唉！真可算是一件新闻，拿到报纸上面去揭载的。母亲殉儿子，母亲殉儿子！”

陶慕侃说：

“真是一位好妇人，实在使她活不下去了！太悲惨，可怜！”

另一位教师说：

“她底自杀已传遍芙蓉镇了。我们从街上来，没有一家不是在谈论这个问题。他们叹息，有的流泪，谁都说她应当照烈妇论。也有人打听着采莲的下落。萧先生，你在我们一镇内，名望大极了，无论老人、妇女，都想见一见你，以后我们学校的参观者，一定络绎不绝了！”

方谋说：

“萧先生实在可以佩服，不过枉费心思。”

萧涧秋突然向他问：

“为什么呢？”

“你如此煞费苦心地去救济她们，她们本来在下雪的那几天就要冻死的，幸你毅然去救济她们。现在结果，孩子死了，妇人死了，岂不是……”

方谋没有说完，萧涧秋就似怒地问：

“莫非我的救济她们，为的是将来想得到报酬么！”

一个急忙改口说：

“不是为的报酬，因为这样不及意料地死去，是你当初所想不到的。”

萧冷冷地带酒意地说：

“死了就算了！我当初也并没有想过孩子一定会长大，妇人一定守着孩子到老的。于是儿子是中国一位出色的有名的人物，母亲因此也荣耀起来，对她儿子说：‘儿呀，你还没有报过恩呢！’于是儿子就将我请去，给我供养起来。哈哈，我并没有这样想过。”

陶岚在旁笑了一笑。方谋红起脸，吃吃地说：

“你不要误会，我是完全对你敬佩的话。以前镇内许多人也误会你，因你常到妇人底家里去。现在，我知道他们都释然了！”

“又为什么呢？”萧问。

方谋停止一息，终于止不住，说出来：

“他们想，假如寡妇与你恋爱，那孩子死了，正是一个机缘，她又为什么要自杀？可见你与死了的妇人是完全坦白的。”

萧涧秋底心胸，突然非常壅塞的样子。他举起一杯酒喝空了以后，徐徐说：

“群众底心，群众底口……”

他没有说下去，眼睛转瞧着陶岚，陶岚默然低下头去。采莲吃过饭依在她底怀前。一时，女孩凄凉地说：

“我底妈妈呢？”

陶岚轻轻对她说：

“听，听，听先生们说笑话。假如你要睡，告诉我，我领你睡去。”

女孩又说：

“我要回到家里去睡。”

“家里只有你一个人了！”

“一个人也要去。”

陶岚含泪的，用头低凑到女孩底耳边：

“小妹妹，这里的床多好呀，是花的；这里的被儿多好呀，是红的：陶姊姊爱你，你在这里。”

女孩又默默的。

他们吃起饭来，方谋等告退回去，说学校要上夜课了。

二十一

当晚八点钟，萧涧秋微醉地坐在她们底书室内，心思非常地缭乱。女孩已经睡了，他还想着女孩——不知这个无父无母的穷孩子，如何给她一个安排。又想他底自己——他也是从无父无母底艰难中长大起来，和女孩似乎同一种颜色的命运。他永远想带她在身边，算作自己底女儿般爱她。但芙蓉镇里底含毒的声音，他没有力量听下去；教书，也难于遂心使他干下去了。他觉得他自己底前途是茫然！而且各种变故都从这茫然之中跌下来，使他不及回避，忍压不住。可是他却想从“这”茫然跳出去，踏到“那”还不可知的茫然里。处处是夜的颜色；因为夜的颜色就幻出各种可怕的魔脸来。他终想镇定他自己，从黑林底这边跑到那边，涉过没膝的在他脚上急流过去的河水。他愿意这样去，这样地再去探求那另一种的颜色。这时他两手支着两颊。两颊燃烧的，心脏搏跳着。陶岚走进来，无心地站在他底身边。一个也烦恼地静默一息之后，强笑地问他：

“你又想着什么呢？”

“明天告诉你。”

她仰起头似望窗外底漆黑的天空，一边说：

“我不一定要知道。”

一个也仰头看着她底下巴，强笑说：

“那么我们等待事实罢。”

“你又要怎样？”

陶岚当时又很快地说，而且垂下头，四条目光对视着。萧说：

“还不曾一定要怎样。”

“哈，”她又慢慢地转过头笑起来，“你怎么也变做一位辗转多思的。不要去想她罢，过去已经给我们告了一个段落了！虽则事实发生的太悲惨，可是悲剧非要如此结局不可的。不关我们底事。以后是我们底日子，我们去找寻一些光明。”她又转换了一种语气说：“不要讲这些无聊的话，我想请你奏钢琴，我好久没有见你奏了，此刻请你奏一回，怎样？”

他笑眯眯地答她：

“假如你愿意的话，我可以奏；恐怕奏的不能和以前一样了。”

“我听好了。”

于是萧涧秋就走到钢琴的旁边。他开始想弹一阕古典的曲，来表示一下这场悲惨的故事。但故事与曲还是联结不起来，况且他也不能记住一首全部的叙事的歌。他在琴边呆呆的，一个问他：

“为什么还不奏？又想什么？”

他并不转过头说：
“请你点一歌给我奏罢。”
她想了一想，说：
“《我心在高原》好么？”
萧没有答，就翻开谱奏他深情的歌：歌是 Burns 作的。

我心在高原，
离此若干里；
我心在高原，
追赶鹿与麋。
追赶鹿与麋，
中心长不移。

别了高原月，
别了朔北风，
故乡何美勇，
祖国何强雄；
到处我漂流，
漫游任我意，
高原之群峰，
永远心相爱。

别了高峻山，
山上雪皓皓；
别了深湛涧，
涧下多芳草；

再别你森林，
森林低头愁；
还别湍流溪，
溪声自今古。

我心在高原，
离此若干里，
…………

他弹了三节就突然停止下来，陶岚奇怪地问：

“为什么不将四节弹完呢？”

“这首诗不好，不想弹了。”

“那么再弹什么呢？”

“简直没有东西。”

“你自己有制作么？”

“没有。”

“《Home，Sweet，Home》，我唱。”

“也不好。”

“那么什么呢？”

“想一想什么丧葬曲。”

“我不喜欢。”

萧涧秋从琴边离开。陶岚问：

“不弹了么？”

“还弹什么呢？”

“好哥哥！”她小姑娘般撒娇起来，她看得他太忧郁了。“请你再弹一个，快乐一些的，活泼一些的。”

一个却纯正地说：

“艺术不能拿来敷衍用的。我们还是真正的谈几句话罢。”

“你又想说什么呢？”

“告诉你。”

“不必等到明天了么？”

陶岚笑谑地。萧涧秋微怒的局促地说：

“不说了似觉不舒服的。”

陶岚快乐地将两手执住他两手，叫起来：

“那么请你快说罢。”

一个却将两手抽去伴在背后，低低地说：

“我这里住不下去了！”

“什么呀？”

陶岚大惊地，在灯光之前，换白了她底脸色。萧说，没精打采地：

“我想向你哥哥辞职，你哥哥也总只得允许。因为这不是我自己心愿的事，我底本心，是想在这里多住几年的。可是现在不能，使我不能。人人底目光看住我，变故压得我喘不出气。这二天来，我有似在黑夜的山冈上寻路一样，一刻钟，都难于挨过去！现在，为了你和我自己的缘故，我想离开这里。”

房内沉寂一忽，他接着说：

“我想明后天就要收拾走了。总之，住不下去。”

陶岚却含泪的说：

“没有理由，没有理由。”

萧强笑地说：

“你底没有理由是没有理由的。”

“我想，不会有人说那位寡妇是你谋害了的。”

房内底空气，突然紧张起来，陶岚似盛怒地，泪不住地流，又给帕拭了。他却站着没有动。她激昂地说：

“你完全想错了，你要将你自己底身来赎个个人底罪么？你以为人生是不必挽救快乐的么？”

“平静一些罢，岚弟！”

这时她却将桌上一条玻璃，压书用的，拿来咔的一声折断。同时气急的说：

“错误的，你非取消成见不可！”

一个却笑了一笑，陶岚仰头问：

“你要做一位顽固的人么？”

“我觉得没有在这里住下去的可能了。”

萧涧秋非常气弱的。陶岚几乎发狂地说：

“有的，有的，理由就在我。”

同时她头向桌上卧倒下去。他说：

“假如你一定要我在这里的时候……我是先向你辞职的。”

“能够取消你底意见么？”

“那么明天再商量，怎样？事情要细细分析开来看的，你实在过用你底神经质，使我没有申辩的余地。”

“你是神经过敏，你底思想是错误的！”

他聚起眉头，走了两步，非常不安地说：

“那么等明天再来告诉我们到底要怎样做。此刻我要回校去了。”

陶岚和平起来说：

“再谈一谈。我还想给你一个参考。”

萧涧秋走近她，几乎脸对脸：

“脸瞧我底脸，你摸我底额，我心非常难受。”

陶岚用两手放在他底两颊上，深沉地问：

“又怎样？”

"太疲乏的缘故罢。"

"睡在这里好么？"

"让我回去。"

"头晕么？"

"不，请你明天上午早些到校里来。"

"好的。"

陶岚点点头，左右不住的顾盼，深思的。

这时慕侃正从外边走进来，提着灯光，向萧说：

"你底脸还有红红的酒兴呢。"

"哥哥，萧先生说心里有些不舒服。"

"这几天太奔波了，你真是一个忠心的人。还是睡在这里罢。"

"不，赶快走，可以到校里。"

说着，就强笑地急走出门外。

二十二

门外迎着深夜底寒风，他感觉得一流冷颤流着他底头部与身上。他摸他底额，额火热的；再按他底脉搏，脉搏也跳的很快。他咬紧他底牙齿，心想："莫非我病了？"他一步步走去，他是无力的，支持着战抖，有似胆怯的人们第一次上战场去一样。

他还是走的快的，知道迎面的夜底空气，簌簌地从耳边过去。有时他也站住，走到桥边，他想要听一听河水底缓流的声音，他要在河边，舒散地凉爽地坐一息。但他又似非常没有心思，他要快些回到校里。他脸上是微笑的，心也微笑的，他并不忧愁什么，也没有计算什么。似乎对于他这个环境，感到无名的可以微笑。他也微微想到这二月来他有些变化，不自主地变化着。他简直似一只小轮子，装在她们的大轮子里面任她们转动。

到了学校，他将学生底练习簿子看了一下。但他身体寒抖的更厉害，头昏昏地，背上还有冷汗出来。他就将门关好，没有上锁，一边脱了衣服，睡下。这时心想：

“这是春寒，这是春寒，不会有病的罢！”

到半夜一点钟的样子，身体大热。他醒来，知道已将病证实了。不过他也并不想什么，只想喝一杯茶。于是他起来，从热水壶里倒出一杯开水喝下。他重又睡，可是一时睡不着。他对于热病并不怎样讨厌，讨厌的是从病里带来的几个小问题：“什么时候脱离病呢？竟使我缠绕着在这镇里么？”“假如我病里就走，也还带去采莲么？”他又自己不愿意这样多想，极力使他底思潮平静下去。

第二天早晨，阿荣先来给他倒开水。几分钟后，陶岚也来，她走进门，就问：

“你身体怎样呢？”

他醒睡在床上答：

“夜半似乎发过热，此刻却完全好了。”

同时他问她这时是几点钟。一个答：

“正是八点。”

“那么我起来罢，第一时就有功课。”

她两眼望向窗外，窗外有两三个学生在读书，坐在树下。萧坐起，但立刻头晕了，耳鸣，眼眩。他重又跌倒，一边说：

“岚，我此刻似乎不能起来。”

“觉得怎样呢？”

“微微头昏。”

“今天再告假一天罢。”

“请再停一息。我还想不荒废学生底功课。”

“不要紧。连今天也不过请了两天假就是。因为身体有病。”

他没有话。她又问：

“你不想吃点东西么？”

“不想吃。”

这时有一位教师进来，问了几句关于病的话，嘱他休养一两天，就走出去了。方谋又进来，又说了几句无聊的话，嘱他休息休息，又走出去。他们全似侦探一般，用心是不能测度的。陶岚坐在他床边，似对付小孩一般的态度，半亲昵半疏远地说道：

“你太真情对付一切，所以你自己觉得很苦罢！不过真情之外，最少要随便一点。现在你病了，我本不该问，但我总要为自己安心，求你告诉我究竟有没有打消你辞职的意见？我是急性的，你知道。”

“一切没有问题，请你放心。”

同时他将手伸出放在她底手上。她说，似不以为然：

“你底手掌还很热的！”

“不，此刻已不；昨夜比较热一点。”

“该请一个医生来。”

他却笑起来，说：

“我自己清楚的，明天完全可以走起。病并不是传染，稍稍疲倦的关系。让我今天关起门来睡一天就够了。”

“下午我带点药来。”

“也好的。”

陶岚又拿开水给他喝，又问他需要什么，又讲一些关于采莲的话给他听。时光一刻一刻地过去，她底时光似乎全为他化去了。

约十点钟，他又发冷，他底全身收缩的。一群学生走进房内来，他们问陶岚：

"女陶先生，萧先生怎样呢？"

"有些冷。"

学生又个个挤到他的床前，问他冷到怎样程度。学生嘈杂地要他起来。他们的见解，要他到操场上去运动，那么就可以不冷，就可以热了。萧涧秋说：

"我没有力气。"

学生们说：

"看他冷下去么？我们扶着你去运动罢。"

孩子们的见解是天真的，发笑的，他们胡乱地缠满一房，使得陶岚没有办法驱散。但觉得热闹是有趣的。这样一点钟，待校长先生走进房内，他们才一哄出去。可是有一两个用功的学生，还执着书来问他疑难的地方，他给他们解释了，无力的解释了。陶慕侃说：

"你有病都不安，你看。"

萧笑一笑答：

"我一定还从这不安中死去。"

陶岚有意支开的说：

"哥哥，萧先生一星期内不能教书，你最好去设法请一下朋友来代课。也使得萧先生休息一下。"

萧听着不做声，慕侃说：

"是的，不过你底法子灵一些，你能代我去请密司脱王么？"

"你是校长，我算什么呢？"

"校长底妹妹，不是没有理由的。"

"不高兴。"

"为的还是萧先生。"

"那么让萧先生说罢，谁底责任。"

萧笑着向慕侃说：

“你能去请一位朋友来代我一星期教课，最好。我底病是一下就会好的，不过即使明天好，我还想到女佛山去旅行一趟。女佛山是名胜的地方，我想趁到这里来的机会去游历一次。”

慕侃说：

“要到女佛山去是便的，那还得我们陪你去。我要你在这里订三年的关约，那我们每次暑假都可以去，何必要趁病里？”

“我想去，人事不可测的。小小的易于满足的欲望，何必要推诿得远？”

“那么哥哥，”岚说，“我们举行一次踏青的旅行也好。女佛山我虽到过一次，终究还想去一次。赶快筹备，在最近。”

“我想一个人去。”萧说。

兄妹同时奇怪地问：

“一个人去旅行有什么兴趣呢？”

他慢慢的用心地说：

“我却喜欢一个人，因为儿童时代的喜欢一队旅行的脾气已经过去了。我现在只觉得一个人游山玩水是非常自由：你喜欢这块岩石，你就可在这块岩石上坐几个钟点；你如喜欢这树下，或这水边，你就睡在这树下、水边过夜也可以。总之，喜欢怎样就怎样。假使同着一个人，那他非说你古怪不可。所以我要独自去，为的我要求自由。”

两人思考地没有说。他再说道：

“请你赶快去请一位代理教师来。”

慕侃答应着走出去。一时房内又深沉地。

窗外有孩子游戏底笑喊声，有孩子底唱歌声，快乐的和谐的一丝丝的音波送到他们两人底耳内，但这时两人感觉到寥寂了。萧睡不去，就向她说：

“你回家去罢。”

“放中学的时候去。”一息又问：“你一定要独自去旅行么？”

“是的。”

她吞吐地说不出似的：

“无论如何，我想同你一道去。”

他却伤感似地说：

“等着罢！等着罢！我们终究会有长长的未来的！”

说时，头转过床边。她悲哀地说：

“我知道你不会……”又急转语气：“让你睡，我去。我去了你会睡着的，睡罢。”

她就走出去，坐在会客室内看报纸。等待下课钟底发落，带采莲一同回家。她底心意竟如被寒冰冰过，非常冷淡地。

下午，她教了第二课之后，又到他底房内，问他怎样。他答：

“好了，谢谢你。”

“吃过东西么？”

“还不想吃。”

“什么也不想吃一点么？”

同时她又急忙地走出门外，叫阿荣去买了两个苹果与半磅糖来，放在他底床边。她又拿了一把裁纸刀，将苹果的皮薄薄削了，再将苹果一方方切开。她做这种事是非常温爱的。他吃着糖，又吃苹果。四肢伸展在床上是柔软的。身子似被阳光晒得要融化的样子，一种温慰与凄凉紧缠着他心上，他回想起十四五岁的那年，身患重热病，他底堂姐侍护他的情形来。他想了一息，就笑向她说：

“岚弟，你现在已是我十年前的堂姊了！你以后就做我底堂姊罢，不要再做我底弟弟了，这样可以多聚几时。”

“什么？你说什么？”

她奇怪地。萧没有答，她又问：

“你想起了你底过去么？”

“想起养护我底堂姊。”

“为什么要想到过去呢？你是不想到过去的呀！”

“每当未来底进行不顺利的时候，就容易想起过去。”

“未来底进行不顺利？你底话是什么意思呢？”

“没有什么意思的。”

“你已经没有女佛山旅行的心想了么？”

“有的。”

同时他伸出手，执住她底臂，提高声音说：

“假如我底堂姊还在……不过现在你已是我底堂姊了！”

“无论你当我什么，都任你喜欢，只要我接近着你。”

他将她底手放在口边吻一吻，似为了苦痛才这样做的。一边又说：

“我为什么会遇见你？我从没有像在你身前这样失了主旨的。”

“我，我也一样。”

她垂头娇羞的说。他正经应着：

“可是，你知道的，我的志趣，我的目的，我不愿——”

“什么呢？”

她呼吸紧张地。他答：

“结婚。”

“不要说，不要说，”她急忙用手止住他，红着两颊，“我也不愿听到这两个字，人的一生是可以随随便便的。”

这样，两人许久没有添上说话。

二十三

当晚，天气下雨，陶岚从雨中回家去了。两三位教师坐在萧涧秋底房内。他们将种种主义高谈阔论，简直似辩论会一样。他并不说，到了十点钟。

第二天，陶岚又带采莲于八时来校。她已变做一位老看护妇模样。他坐在床上问她：

“你为什么来的这样早呢？”

她坦白的天真地答：

“哎，我不知怎样，一见你就快乐，不见你就难受。”

他深思了一忽，微笑说：

“你向你母亲走，向你母亲底脸看好了。”

她又缓缓地答：

“不知怎样，家庭对我也似一座冰山似的。”

于是他没有说。以后两人寂寞的谈些别的。

第三天，他们又这样如荼如蜜地过了一天。

第四天晚上，月色非常皎洁。萧涧秋已从床上起来。他同慕侃兄妹缓步走到村外的河边。树，田，河水，一切在月光下映得异常优美。他慨叹地说道：

“我三天没有出门，世界就好像换了一副样子了。月，还是年年常见的月，而我今夜看去却和往昔不同。”

“这是你心境改变些的缘故。今夜或者感到快乐一点罢？”

慕侃有心地说。他答：

“或者如此，也就是你底‘或者’。因此，我想趁这个心境和天气，明天就往女佛山去玩一回。”

“大概几天回来呢？”慕侃问。

"你想需要几天?"

"三天尽够了。"

"那么就勾留三天。"

陶岚说，她非常不愿地：

"哥哥，萧先生底身体还没有完全健康，我想不要去罢。哪那里听见过病好了只有一天就出去旅行的呢！"

"我底病算作什么！我简直休息了三天，不，还是享福了三天。我一点也不做事，又吃得好，又得你们陪伴我。所以我此刻精神底清朗是从来没有过的。我能够将一切事情解剖的极详细，能够将一切事情整理的极清楚。因此，我今夜的决定，决定明天到女佛山去，是一点也不错的，岚，你放心好了。

她凄凉地说：

"当然，我是随你喜欢的。不过哥哥和你要好，我又会和你要好，所以处处有些代你当心，我感觉得你近几天有些异样。"

"那是病的异样，或者我暴躁一些。现在还有什么呢?"

她想了一想说：

"你全不信任我们。"

"信任的，我信任每位朋友，信任每个人。"

萧涧秋起劲地微笑说。她又慢慢地开口：

"我总觉得你和我底意见是相左的！"

他也就转了脸色，纯正温文地眼看着她：

"是的，因为我想我自己是做世纪末的人。"

慕侃却跳起来问：

"世纪末的人?萧，这句话又是什么意思呢?"

他答：

"请你想一想罢。"

陶岚松散地不顾她哥哥地接着说：

“世纪末，也还有个二十世纪底世纪末的。不过我想青年的要求，当首先是爱。”

同时她高声转向她哥哥说：

“哥哥，你以为人生除了爱，还有什么呢？”

慕侃又惊跳地答：

“爱，爱！我假使没有爱，一天也活不下去。不过妹妹不是的，妹妹没有爱仍可以活。妹妹不是说过么？——什么是爱！”

她垂头看她身边底影子道：

“哎，不知怎样，现在我却相信爱是在人类底里面存在着的，恐怕真的人生就是真的爱底活动。我以前否认爱的时候，我底人生是假的。”

萧涧秋没有说。她哥哥戏谑地问：

“那么你现在爱谁呢？”

她斜过脸答：

“你不知道，你就不配来做我底哥哥！”

慕侃笑说：

“不过我的不配做你底哥哥这一句话，也不仅今夜一次了。”

同时转过头问萧：“那么萧，你以为我妹妹怎样？”

“不要谈这种问题罢！这种问题是愈谈愈缥缈的。”

“那叫我左右做人难。”

慕侃正经地坐着。萧接着说：

“现在我想，人只求照他自己所信仰的勇敢做去就好。不必说了，这就是一切了。现在又是什么时候？岚，我们该回去了。”

慕侃仰头向天叫：

“你们看，你们看，月有了如此一个大晕。”

他说：

“变化当然是不一定的。”

陶岚靠近他说：

“明天要发风了，你不该去旅行。”

他对她笑一笑，很慢很慢说出一句：

“好的。”

于是他们回来，兄妹往向家里，他独自来到学校。

他一路想，回到他底房内，他还坐着计议。他终于决定，明天应当走了。钱正兴一见他就回避的态度，他也忍耐不住。

他将他底房内匆匆整了一整。把日常的用品，放在一只小皮箱内。把二十封陶岚给他的信也收集起来，包在一方帕儿内。他起初还想带在身边，可是他想了一忽，却又从那只小皮箱内拿出来，夹在一本大的音乐史内，藏在大箱底里，他不想带它去了。他衣服带得很少，他想天气从此可以热起来了。几乎除他身上穿著以外，只带一二套小衫。他草草地将东西整好以后，就翻开学生底练习簿子，一叠叠地放在桌上，比他的头还高。他开始一本本的拿来改正，又将分数记在左角。有的还加上批语，如“望照这样用功下去，前途希望当无限量”，或“太不用心”一类。

在十二时，阿荣走来说：

“萧先生，你身体不好，为什么还不睡呢？”

“我想将学生底练习簿子改好。”

“明天不好改的么？还有后天呢？”

阿荣说着去了。他还坐着将它们一本本改好，改到最末的一本。已经是夜半两点钟了。乡村的夜半是比死还静寂。

他望窗外的月色，月色仍然秀丽。又环顾一圈房内，预备就寝。可是他茫然觉到，他身边很少钱，一时又不知可到何处去借。他惆怅地站在床前，一时又转念：

“我总不会饿死的！”

于是他睡入被内。

但他睡不着，一切的伤感涌到他底心上，他想起个个人底影子，陶岚底更明显。但在他底想象上没有他父母底影子。眼内润湿的这样自问：

“父母呀，你以为你底儿子这样做对么？”

对自己回答道：

“对的，做罢！”

这一夜，他在床上辗转到村中的鸡鸣第三次，才睡去。

二十四

第二天七时，当萧涧秋拿起小皮箱将离开学校的一刻，陶慕侃急忙跑到，气喘地说：

“老兄，老兄，求你今天旅行不要去！无论如何，今天不要去，再过几天我当陪你一道去玩。昨夜我们回家之后，我底妹妹又照例哭起来。你知道，她对我表示非常不满意，她说我对朋友没有真心，我被她骂的无法可想。现在，老兄，求你不要去。”

萧涧秋冷冷的说一句：

“箭在弦上。”

“母亲底意思，”慕侃接着说，“也以为不对。她也说没有听到过一个人病刚好了一天，就远远地跑去旅行的。”

萧又微笑问：

“你们底意思预备我不回来的么？”

慕侃更着急地：

“什么话？老友！”

“那么现在已七点钟，我不能再迟疑一刻了。到码头还有十里路，轮船是八点钟开的，我知道。”

慕侃垂下头，无法可想地说：

“再商量一下。”

“还商量什么呢！商量到十二点钟，我可以到女佛山了。”

旁边一位年纪较老的教师说：

“陶先生，让萧先生旅行一次也好。他经过西村这次事件，不到外边去舒散几天，老在这里，心是苦闷的。”

萧涧秋笑说：

“终究有帮助我的人。否则个个像你们兄妹的围起我，我真被你们急死，那么，再会罢！”

说着，他就提起小皮箱向校外去了。

“那让我送你到码头罢。”慕侃在后面叫。

他回过头来：

“你还是多教一点钟学生的功课，这比跑二十里路好的多了。”

于是他就掉头不顾地向前面去。

他一路走的非常快，他又看看田野村落的风景。早晨的乳白色空中，太阳照着头顶，还有一缕缕的微风吹来，但他却感不出这些景色底美味了。比他二月前初来时的心境，这时只剩得一种凄凉。农夫们荷锄地陆续到田野来工作，竟使他想他此后还是做一个农夫去。

当他转过一所村子的时候，他看见前面有一位年轻妇人，抱着一位孩子向他走来。他恍惚以为寡妇的母子复活了，他怔忡地站着向她们一看，她们也慢慢地低着头细语地从他身边走过，模样同采莲底母亲很相似，甚至所有脸上的愁思也同量。这时他呆着想：

"莫非这样的妇人与孩子在这个国土内很多么?救救妇人与孩子!"

一边,他又走的非常快。

他到时,正是船在起锚的一刻。他一脚跳进舱,船就离开埠头了。他对着岸气喘地叫:

"别了!爱人,朋友,小弟弟小妹妹们!"

他独自走进一间房舱内。

这船并不是他来时所乘的那小轮船,是较大的,要驶出海面,最少要有四小时才得到女佛山。船内乘客并不多,也有到女佛山去烧香的。

陶慕侃到第三天,就等待朋友回来。可是第三天底光阴是一刻一刻过去了,终不见有朋友回来的消息。他心里非常急,晚间到家,采莲又在陶岚底身边哭望她底萧伯伯为什么还不回来。女孩简直不懂事地叫:

"萧伯伯也死了么?从此不回来了么?"

陶岚底母亲也奇怪。可是大家说:

"看明天罢,明天他一定回来的。"

到了第二天下午三时,仍不见有萧涧秋底影子,却从邮差送到一封挂号信,发信人署名是"女佛山后寺萧涧秋缄"。

陶慕侃吃了一惊,赶快拆开。他还想或者这位朋友是病倒在那里了;他是决不会做和尚的。一边就抽出一大叠信纸,两眼似喷出火焰来地急忙读下去。可是已经过去而无法挽回的动作,使这位诚实的朋友非常感到失望,悲哀。

信底内容是这样的——

慕侃老友：

我平安地到这里有两天了。是可玩的地方大概都去跑过。这里实在是一块好地方——另一个世界，寄托另一种人生的。不过我，也不过算是“跑过”就是，并不怎样使我依恋。

你是熟悉这里底风景的。所以我对于海潮，岩石，都不说了。我只向你直陈我这次不回芙蓉镇的理由。

我从一脚踏到你们这地土，好像魔鬼引诱一样，会立刻同情于那位自杀的青年寡妇底命运。究竟为什么要同情她们呢？我自己是一些不了然的。但社会是喜欢热闹的，喜欢用某一种的生毛的手来探摸人类底内在的心的。因此我们三人所受的苦痛，精神上的创伤，尽有尽多了。实在呢，我倒还会排遣的。我常以人们底无理的毁谤与妒忌为荣；你的妹妹也不介意的，因你妹妹毫不当社会底语言是怎么一回事。不料孩子突然死亡，妇人又慷慨自杀，——我心将要怎样呢，而且她为什么死？老友，你知道么？她为爱我和你底妹妹而出此的。

你底妹妹是上帝差遣她到人间来的！她用一缕缕五彩的纤细的爱丝，将我身缠的紧紧，实在说，我已跌入你妹妹底爱网中，将成俘虏了！我是幸福的。我也曾经幻化过自己是一座五彩的楼阁，想象你底妹妹是住在这楼阁之上的人。有几回我在房内徘徊，我底耳朵会完全听不到上课铃的打过了，学生们跑到窗外来喊我，我才自己恍然向自己说：

“醒了罢，拿出点理智来！”

我又自己问自己答：

“是的，她不过是我底一位弟弟。”

自采莲底母亲自杀以后，情形更逼切了！各方面竟如千军万马的围困拢来，实在说，我是有被这班箭手底乱箭所射死的可能性的。而且你底妹妹对我的情义，叫我用什么来接受呢？心呢，还是两手？我不能拿理智来解释与应用的时候，我只有逃走之一法。

现在，我是冲出围军了。我仍是两月前一个故我，孤零地徘徊在人间之中的人。清风掠着我底发，落霞映着我底胸，站在茫茫大海的孤岛之上，我歌，我笑，我声接触着天风了。

采莲的问题，恐怕是我牵累了你们，但我之妹妹，就是你和你妹妹之妹妹，我知道你们一定也爱她的。待我生活着落时，我当叫人来领她，我决愿此生带她在我身边。

我底行李暂存贵处，幸亏我身边没有一件值钱的物，也到将来领女孩时一同来取。假如你和你妹妹有什么书籍之类要看，可自由取用。我此后想不再研究音乐。

今天下午五时，有此处直驶上海的轮船，我想乘这轮到上海去。此后或南或北，尚未一定。人说光明是在南方，我亦愿一瞻光明之地。又想哲理还在北方，愿赴北京去垦种着美丽之花。时势可以支配我，像我如此孑然一身的青年。

此信本想写给你妹妹的，奈思维再四，无话可言。望你婉辞代说几句。不过她底聪明，对于我这次的不告而别是会了解的。希望她努力自爱！

余后再谈。

弟萧涧秋上

陶慕侃将这封信读完，就对他们几位同事说：

“萧涧秋往上海去了，不回来了。”

“不回来了？”

个个奇怪的，连学生和阿荣都奇怪，大家走拢来。

慕侃怅怅地回家，他妹妹迎着问：

“萧先生回来了么？”

“你读这信。”

他失望地将信交给陶岚，陶岚发抖地读了一遍，默了一忽，眼含泪说：

“哥哥，请你到上海去找萧先生回来。”

慕侃怔忡的。她母亲走出来问什么事。陶岚说：

“妈妈，萧先生不回来了，他往上海去了。他带什么去的呢？一个钱也没有，一件衣服也没有。他是哥哥放走他的，请哥哥找他回来。”

“妹妹真冤枉人。你这脾气就是赶走萧先生底原因。”

慕侃也发怒地。陶岚急气说：

“那么，哥哥，我去，我同采莲妹妹到上海去。在这情形之下，我也住不下去的，除非我也死了。”

她母亲也流泪的，在旁劝说道：

“女儿呀，你说什么话呵？”同时转脸对慕侃说。“那你到上海去走一趟罢。那个孩子也孤身，可怜，应该找他回来。我已经愿将女儿给他了。”

慕侃慢慢地向他母亲说：

“向数百万的人群内，哪里去找得像他这样一个人呢？”

“你去找一回罢。”他母亲重复说。

陶岚接着说：

“哥哥，你这推诿就是对朋友不忠心的证据。要找他会没有方法吗？”

老诚的慕侃由怒转笑脸，注视他妹妹说：

“妹妹，最好你同我到上海去。”

诗　歌

他与髑髅

一篇枯情中的幻想诗

首　段

正是愁情烂漫的时候，
残惨的秋神哟，来执行人间的肃杀之司。
银灰色的淡淡地遮盖了蔚蓝天幕的阴云。
笼罩着正睡眠于幽秘，寥阔而悠远的人间。
谁都静悄悄地在那西风所酝酿的苍黄淡酒中，
饮啜呀，饮啜呀！

阴沉浓郁的空气里，
洸漾着一派酩酊般的微点在辽远的山头，
又冲折而潜入于回环着荒野的白水。
依依缓流的白水哟，似别离了夫婿的少妇。
孤寂在空房中低头叹息。
有时似抬起她莹晶含泪的秀眼，
向身边情思洋溢的松林——
他是穿着缥渺苍色的长衫，伫立于细沙小石中，
怅然一望呀，

距此约莫四五百步之东边，
一座古旧的厦屋，境环着梧桐高树的花园，
撩乱而冷落的花草，似失了主子的废墟！
秋色冲荡入高楼，
一间灰色所砌成的清幽之室。
这时，乌发卷曲而齐肩，
身披着深米色的大衫，
面 憔悴而庄严沉思地，
正两手交拌在背后临窗呆立着。

两缕深黑的眼球所辉射的神光，
注视着广漠而荒渺的大地。
好似窥察出那没心意的低叹微嘘的山河，
感觉着人间之清虚！
在他莹莹的耳际，似弹奏着，
复杂而舒卷那秋之神秘的歌曲。
漠漠的天边里，似更有人唱着那
招魂的哀歌！

绵亘数千里，跳跃在天山一线间，
难能描写的诗文，
涌现在他额上，
激荡着他心胸。
紧紧地相搂，
又宽宽地相送呀！

他似一个坐在失了舵的船尾的水手，
浓雾朦胧的大海上，浪花冲泼到前襟。
又似一个山巅上徘徊的隐士，
月光如银花般散着大地，
四极是空气和无昼。
又似方满三周的婴儿，辗转于冷冰冰的，
宽阔的床上，哭他母亲还不回来般。
又似被决了无期徒刑的白发的囚犯，
在铁窗中盼望着死神之速来还给他的自由。

他既是十字架上的耶稣，
又是菩提树下的牟尼，
苦痛与挣扎，
是他这时最难毁弃的，心坎上所悬挂的启示。
含着酸性的原质的空际，
正窘迫而似鞭鞑着他哟！

他难有强力的反抗，
又难破声而重喊，
微微地收敛起深沉碧海般的慧眼，
等待那伟大的自然之神的苛责，
幻想之来使的邀请。
无量过去的酸情的回忆，
奔流旋转而细诉在他的冥想中。

次　段

——阴阳大地，曾演现过多少次的秋天，
一边送人类的祖宗跑过这凄凉的世界，
一边迎接未来的子孩们，到这生命的筵席上宴饮。
以少年的玩物赠给母亲怀里的肥白的婴儿的我，
再以一腔青年的理想和雄心，
收拾去我少年之美酒与琼浆般不知天长地久之快乐。
现在，虽还未做完青年之剧的末幕，
然而秋天衰老的进行曲已接着唱过几时了！

我明白地知道，
我在做一个父亲所钟爱的儿子，
转眼又做过钟爱儿子的父亲了！
由音乐图画所赐得的亚当夏娃的故事中，
也亲身轮到是我妻子想望的丈夫；
但现在，从生之平原被拉到死之地窖中，
它是一支张开朱口露着尖利的齿牙的黑狼哟！
去了的爱人，又不知如何
做了地之主人的奴隶了！

充实的生命之花，
一朵朵凋零而萎地，
离了风尘中的我，
归回到本原的尘土之家乡，消灭了，消灭了！

所遗留而继续的，在一切名词的选择里，
爱人哟，除了几个美丽而令我幻想和流泪的印象外，
还有什么是存在？还有什么是存在？
能得甜甜地一吻，温温地一触呀！

猛浪冲泼我的足，
大雪飞压我的头，
暴雨打湿我衣衫，
猛风吹摇我房屋，
种种寒心可怕的痕迹
现在是什么都过去了，过去了！

爱人哟，随你爱我怒我慰我笑我，
尽人间的热情之事，
依着时光与空气的火化了，化了！
转瞬间，一切静悄悄地
由夏之热烈，
到秋之凄凉，
转入于冬之寂寞了！

三　段

他俯视他深米色的衣前探究他过去的秘密，
转视那银灰色的天宇似盼望洋海中的前岸，
在这人天之间，过去之手挽着将来之臂的秋千架上

似打着又五色万里的桥梁，
一个鹤发银须的空虚的老人，
骑着一匹灰身之马飞也似的跑过。

一切所反应的光芒射入他悲哀的心胸，
百无聊赖的他，竟跳着归依于真实而永久之境的幻想之舞，
解脱之绳索缠着他的腰围似拉他到爱人怀里的天国。
他顿时抽尽他胸中的无名之气向窗外的河山唏吐，
二十年来所蕴含的生命哟，
似到此隐现着唯一的结束。

四　段

从松林的明灭里，
现出了一对少年夫妇，
天青色的裙衫，翩翩地联结着他俩爱情的颜色；
仿佛中又共同地罩着那美之光彩的宝幢。
一支金黄色的小狗丑角般奔走他俩的先后，
四周的小草小石，都似有意地愿为它俩而点缀呀！

一面俯了身仔细地鉴赏那银色的小花，
一面高举手攀摘那丹枫落露般的红叶。
充实的生命之花呀，温柔的艺术的表现，
一出秋林中的情剧，好似娇语道，
除伊俩外，谁在做秋之王呀！

除伊俩外，谁在做秋之王呀！

造物者用那万能的净手，
以人类的使命的舞衣给伊俩穿起，
舞着伊俩的信仰之天河畔的牛女之舞。
慢送着影子悠悠地依傍白水而远逝，
伊俩的一切，就在这松林之幕里消失了。
想象中又到了一个异样的天地，
春阳滟漾地，消受不尽的诗光，
踏青的笑语又转到他半聋的耳里来了。

五 段

心胸如夏午般蒸郁，
炎炎之火焚烧着他周身。
他恨难在他的心宇中，
骤然地密布起昏黑的阴云，
就从此下来了倒珠般的大雨。

这时，他开动他无力的两脚，
低头而轻轻地依着四壁徘徊。
两眼昏朦地远追他过去渺茫的境幕，
唏嘘之声响着在他的沁心。
他好似忘记了他生命中重要的事件，
在这地球上无影无踪地觅寻与思索。

由满堆着破旧书籍的书架上的一层，
抽出了一本绛面剥落的诗集，
金色的糊模中还可认识印着的“春天”。
震颤的手内所翻阅的他过去所享受的记录，
想弹回忆之歌来慰安他烦恼而撩倒的心房。
但不幸呀，睡眠于春之字行间的桃花红瓣，
一朵，二朵，三朵，从书中醒过来而跳到地上了。

悲哀之内室所望见的快乐的高峰呀，
从他风涛汹涌的脑海中涌现出来了。
情爱所盟誓的遗物，
从数年以前到数年以后的今日。
兴奋的苦汁立时充注了他的全身，
奇妙向幻引他到了无底之境。
拜访爱人的狂行，就轻轻地决定了！

他检视他空无所有的房中，
如置身于塞外的孤角悲笳的激荡里，
冷气严迫到他的脚底。
他慢慢地从尘灰飞满的壁角上，
解下红鞘的宝剑，佩在腰间了。
现在，他只可去承受爱人第二次的告诫，
不得已地预备了一切，
投射他的影向松林追踪去了。

六　段

青年骑着一匹白色而瘦削的老马，
腰佩着宝光四射的红鞘的宝剑，
在银灰色的旷野之前伶仃地走着。
没精打采的忠仆般的老马，
似想着这次是送主人到生之最后的乐国。
冷淡的眼泪从它奕奕的眼球里流出，
滴在姜黄的草上。
姜黄的秋草呀，也在马蹄之下
簌簌地悲泣起来了。

平宁的空气为人马激起了波纹，鼓荡着微微的风色，
信号传给天上的秋云，秋云更皱拢他的眉宇。
这时，他忘了宇宙与地球，忘了秋天和旷野，
更忘了他自身的个体与灵魂！
一切的活动与存在，从他的眼中渐渐地向边荒隐退。

他穿过松林，不见一叶松针和一支盘曲的松枝，
两支鹁鸪，蹲在枝头上，
和人工所制造的标本一般，
不飞舞，不鸣叫，
用它俩半睡的眼珠，
向马上的青年迷迷地一眼，
但他也全没觉得。

一回，似空间异常地幽暗了，
太阳流落去西山，
一位多智而勇敢的老人，
在他的身前扣马而谏，——
这是苦痛之鸟的飞翔，
不幸的开辟与发现哟！
不是一转眼，恍佛的光中，
就看见多少年前的爱人，
手捧着光明而永久的“安慰”来给他。

在过去了这一片松林之后，
人马傍着一丛丛的芦苇而行。
白雪的芦花，无风飞荡在空际，
且沾落了三五朵在他的肩上。
他向缓行她轻盈的脚步的白水边一转，
榆柳的蓑荫触着他的额发。
但，他所祈望的目的，长眠的乐土呀，
射出奇异的强光似一座忽焉开朗的小天地，
展开在他眩耀的眼中了！

他，立刻从金鞍之上跳下，
牵这残弱的老马解决于白杨之下。
自己，向着孤坟奔跳跑了！
在这一刹那间的他，
似初离家乡的孩子回见他的母亲，
似新婚久别的夫婿重聚他的爱妻，

死与爱火的臂膀正伸展着要向他拥抱，
不幸的乐土之嘴正呶着要向他接吻了。

什么是永久和最高的幸福？
什么是不朽和最大的真理？
旷野中的孤坟呀，他努力知道。
抽出他金光闪烁的宝剑，
如九龙飞舞于云霞灿烂的长空，
如两狮战斗于崖岩险巇的深谷，
如长蟒出自阴林，
如猛虎纵入飞涧。

他呀，似一个理想的英雄，
身披铁甲，手执长矛
骑着那红鬃骏马，
向千军万马的敌人冲锋，
夺得了江山一样！
青年呀，他现在是叩开了
爱人天国的门了！

七 段

一切都在悲惨的天地里掩映着！
在人们正是一个险怕的恶梦。
在青年的两袖里抱着一个浑噩而惊人的髑髅。

全世界的山与海所未有的珠玉，
似大理石所雕成的裸体的处女，
画家用想象来构成的美神呀，
太阳一样地可尊敬与爱贵。
从他的本体里射出又一色的光辉，
血一般红，金一般耀，
烈火一般的炎炎烧着。
灰色的青年的冰冷的心呀，
低陷到深渊之底的沉寂，
现在是沸腾了，沸腾了！

他用力地吻着髑髅的各部，
吻了蜜桃般的前额，
吻了香梨般的颅顶，
吻了苹果般的左右两颧，
吻了香蕉般的上下颚骨，
且吻了她每一小小的遍周。

他好像一支息足在花蕊中吸蜜的黄蜂，
他好像一支飞绕于花叶间吸香的蝴蝶，
甘美而温柔，怎样送他到了神仙的天国。
恍怫，春光良好的一夜，
他拥抱着爱人在绿荫中，
喁喁地细诉他全部生命的依仰。

八 段

——爱人哟，这就是你了！
也就是我的生命和一切了！
自从你别离了我以后，
世界骤然地异样的幽暗；
好似夜是无限地继续着进行
一切睡眠了再不醒回来一样。

爱人哟，在这悠悠悲怕中，
春神是永不曾到人间。
玫瑰的芬芳，黄鹂的婉转，
都秘密地逃遁到天外去了。
只觉秋风是无日无夜的萧萧瑟瑟，
吹括〔刮〕着我的瘦脸，
摇拽着我的枯心，
冬是重重叠叠的罗列在眼前，
惨戚的寒威胁迫我，
我无时不在战战兢兢中。

少年的美景与良辰，
还有赏心和乐事，
都放在你葬时的衣衾里。
从此，我没有过去可回忆的荣光的历史，
我祇在荒凉的草场中睡眠了我的未来。

一切忘怀了我，我也忘怀了一切，
人间所呼吸的只是一个活尸之我罢了！

爱人哟，现在所归来的灵哟，
禁囚于无光的地狱中多少年，
伶仃孤苦的似时时匍匐于深山穷谷中，
还在河水滔滔的独木小桥上颠沛地走！
爱人哟，现在你是我寒夜归途里的我，
熄灭了灯光后日山升于东山的明月呀！
暴风狂雨时，荒野阴林里，
偶然所望见的寺院呀！

救主！你是我的救主！
用你那慈悲的手启了我的龙门，
放出我到辽阔的天地，
自由翱翔于长空，
我怎样高迁地得了超越人间的幸福呀！
俯首看群黎我怎样伤心这泥尘所构成的世界。
人类呀，好似凄凉的风雨中半明不灭的街灯。
现在我从一切的麻醉中解脱出来，
来伴着没有时空的至大的你。
从你如神仙的宝洞般的眼里，
见到春光鲜艳的光明，
秋夜明月的素丽，
满天星斗的灿烂呀！
从你烟云雾露所栖息的鼻里，

感到一种卓绝的血般红色的玫瑰的芬芳，
感到一种邃远的兰芝的馥郁，
还有飘飏的东风里所蕴含的百草的清香。
从你万籁汇集的耳里，
闻到松间明月下的七弦琴的声音，
闻到妙龄女郎在合唱的凡亚铃的幽调，
三春夜莺的密语和九秋寒虫的细诉，
都充塞我的耳中陶醉了！

还从你动植群生的海底般的口里，
吸到葡萄酒一般的甘醇，
芳香而粘剩的一切肴馔的滋味。
爱人呀，我还可说我现在甘柔的口舌，
放在你蜜汁般的口缸里，
你超凡的心灵似电流一般，
从你的舌尖传到我的舌尾；
跑进我愉快的心田，
再归回到你贞洁的身上。
我的心田哟，顿长成出青娇娇的美苗，
那温柔二三月，万有所赞美的爱神，
用南风懵懵懂懂地飘扬着，
霖雨温温存存地灌溉着。
爱人哟，你知道我幸福之至的坚洁么？
我拥抱着你的体，你的精灵是紧紧地佐护着我的身，
我真似被一个半清半醒地温眠在他母亲怀里的婴儿呀！
爱人哟，你的爱的力，使我全量的血液沸腾了！

将溶化了我的体，分解而升华，
百千亿兆的原子呀，飞入云霄了！
爱人哟，我将永睡在你的床上，
从此，消灭了身外的一切，
不知再有人间了！不知再有人间了！

爱人哟，你独据你的床儿多少年？
金色黄沙所堆成的多美丽呀？
细土软于席，天空如帐幕盖着，
小草作青衾，飘落的黄花是衾上所绣的蝴蝶。
而且，红花从你身边开起，
杜鹃会来歌唱着，
你的床儿多好哟！

爱人，你让我同眠罢？
你终默然地，你当然不会抗拒我。
爱人，你怀中的一个婴儿呀，
现在要向你美丽而幸福的床中跳进了！
他同着渐渐下来的夜之子们，
向着你美丽而幸福的床中跳进了！

最后的一段

天空依旧银灰色，
人间寥廓和幽明，

青山隐隐，白水无聊地环回着。
在这松林，虽似消淡了它的苍色，
芦苇呀，飞散了它的银花，
而是仍有几分遗恨与留哀，
他，不知何处去了，
他，不知何处去了！

那萧萧白杨下被缚的他的忠仆，颓然仆卧着，
白色的疏美的毛，已变成暗黑色而脱落了，
瘦骨从皮里尖露出来还骄傲它几分老劲。
一种临终的祈祷声，从它睡眠状态的两眼中，
幽幽扬扬地表示出缭绕着它的四角，
可是谁也不知道，还有它最后的一口呼吸末。
三五黑鸦，傲慢而诡谲地停在它的背上，
俯着它们的坚嘴得意地向它啄肉。
而且跳着它们的妙舞，跳着小脚，
兴高采烈地唱起了旋歌。
不一时又飘然飞起栖息在枝头，
恍惚问道，“你还能给我一脔么？”
但，它们仍啄它的肉，
一切没有回音了！

一九二四，秋，深夜，慈溪。

赠艺术家P君

一位美丽的姑娘，
在画家的眼里，
在音乐家的耳里，
在诗人的心里，
她走呀，跄跄踉踉于荒山碧水间，
找她自己理想的，
终未拭掉她眼角晶莹的泪珠。
朋友们，唤她一声罢，
“我的宝贝让我伴你去罢！
世界还是漆黑的，
只烧着一点灯光在东曙之前。
生命之梦正转着，
过了深林，就是乡村了。”
一位美丽的姑娘。

一九二五，七月。

解　脱

苦闷，无聊，悲哀，烦恼，
逼迫着我到了无边，
拖拉着我到了永久。
将怎样地解脱了呢?
剑?
酒?
一个同心的好逑!
她一定有温柔的手，
可筑一座枯枝茅茨的高楼。
芬芳洸漾着我四周，
虫声叫着明月的清幽，
从此天外没有代序的春秋，
一切洗净了麻乱与尘垢，
生死的路上，优优悠悠。

唉!眼前荒漠千里，
头上恶枭在遨游。
悲声激荡着清风，
酸泪搅拌了霖雨，

一片是忧，
一片是愁。
湖水没有涟漪的波纹，
岩崖没有回音的韵响，
一片是冬夜凛冽的寒威，
一片是金风萧杀的秋！
剑！
酒！
权当是我的朋友。

一九二五年，七月。

战

尘沙驱散了天上的风云，
尘沙埋没了人间的花草；
太阳呀，呜咽在灰黯的山头，
孩子呀，向着古洞森林中奔跑！
陌巷与街衢，
遍是高冠大面者的蹄迹，
肃杀严刻的兵威，
利于三冬刺骨的飞雪！
真的男儿呀，醒来罢，
炸弹！手枪！
匕首！毒箭！
古今武器，罗列在面前，
天上的恶魔与神兵，
也齐来助人类战，
战！
火花如流电，
血泛如洪泉，
骨堆成了山，
肉腐成肥田。

未来子孙们的福荫之宅，
就筑在明月所清照的湖边。
呵！战！
剜心也不变！
砍首也不变！
只愿锦绣的山河，
还我锦绣的面！
呵！战！
努力冲锋，
战！

一九二五年，七月八日，夜。

息灯后，兀立在窗前

夜色如年老的瞎眼的母亲，
抱着我感到一溜紧贴而凄凉的温存。
而我却几次地像一支白白小飞蛾般挣扎，
愿扑向那灯光自寻到了殒灭。

他抚摩我的顶，眉皱的说道，
——语气却如秋霜般惨淡。
“会成长的婴儿呀，安静一些罢。
你看群星灿烂在天空，是么？
正是等待东方月上的模样。
明月到中天，群星自然会消灭，
你呢，亲爱的婴儿呀，莫怨夜色方浓。
孑身孤寂！”

一九二五，八月。

梦

天地好像变了方位，
万物好像变了颜色，
我在另一个世界生活过了，
这是真正的优美与可怕。

我轻轻地乘上了一条五彩的金龙，
金龙飞腾蜿转于黑暗的云上。
火焰从大大小小的山头上冲升，
急雨却如猛浪一般地注下了。

我狂醉地孑立于千寻壁削的岩崖上，
高举着两手想向万丈浩碧的深渊中一跃而下。
四月的阳光正励，
煎熬着一身冷汗如浴后的婴儿。

一张无盖的黑漆的松树棺材，
边镶着两道朱红如血的线。
我静悄悄地跳进卧在中央，
任前后二人抬着向坟山上走，

A 妹坐在我膝上，两手抱住我的颈，
葡萄酒般甘美地紧接着唇与唇。
但一个青面獠牙的魔鬼正走进门，
它黑毛大手提着手枪对准我俩的心头！

天地好像变了方位，
万物好像变了颜色，
我在另一个世界生活过了，
这是真正的爱美与可怕。

一九二五，八月。

愿?

（街头狂喊）

谁愿游涅盘之境？
请先焚化了你的肉身！
白丁香造作飞艇，
红蔷薇织就衣衾，
裹着你新鲜的魂灵，
驾着了向西方飞行。

一九二五，八月。

二位姑娘

Parasol，孔雀尾般苍翠，
Parasol，石榴花般殷红，她们由这里走到那里，
好像上了西天，
好像下了南海，
影影地到了地平线的尽头了！
赶不上的我的躯体，
好像蜕化了的蛇壳，
留在草地上，白色的，空虚的。

一九二五，九月的中央公园中。

深夜的悲哀

眉样月儿正打扮出东方，
绿色的光芒已晃荡着屋脊，
我正徊徘于詹〔檐〕下。
一切沉寂着有如无风的大海，
日间嚣扰的尘声，
浪一般地盲目，
不知葬到何处去了，
不知葬到何处去了！
一个凄凉的孤岛上的游子，
只低头谛听着他自己脚步的声音。
夜神洗涤了白昼濡染的尘埃，
滕清了记忆撩乱而溷浊的心，
如火在焚烧一般的两眼凉了。
唉！婴儿时代的微妙的灵感，
渐渐地似枯树之生花，
又如清池小鱼般
鳍尾姗姗地游到眼前了。
正是纯洁在欢呼的时候，
静默与恬淡进行的季节，

唉！天地父母，
我开始诅咒了！
为什么冬夏牵着了冷、热的手？
为什么白昼和黄夜做起了怨仇？
可怜我们的祖宗，——
鹿囿里的群鹿般，
被那不可思议的力，
送到一座长满乱草的坟中。
现在是我们堕落家声的子孙，
正胡闹地饮酒与猜拳。
我也为人造的麻苦的名词，
学问与努力堆在一起；
互相欺骗的礼貌与荣名，
引诱去我少年大好如女神般的时期。
人生果园最充实的青春，
竟连自己一些不知道，
没声没息的去了！
无影无踪地去了！
我只回首睁着眼，
放叹息在追赶上罢了。
我永没觉得在做一回妻子的未婚夫，
祇转眼有过两个孩子了。
颠倒了人生幼老的两端，
留的不过是忧恨与残朽，
未来糟糠般的企图呀！
灿烂生命的火焰，

流星般从西投东去了。
意狂情醉的时候，
独自跑上了高山。
天风吹动我衣襟，
人间蹲伏在脚下。
就不自觉地手舞足蹈，
狂歌高唱出来了。
吟咏乾坤的神奇，
赞美宇宙的伟大；
看村庄屋舍的小如蚁穴，
想死后的朋友有如朝菌。
我好似一个不生不死的佛子，
万能的西方的神仙。
但神丧气沮的时节，
就盲目的踯躅于路边，
偷看那地上货摊的杂物：
老妇人的破裤，
臭男子的烟管，
破碎了的镜子，
锈团团的钥匙。
有时在自己灰色的心宇，
密布着自杀的云色；
悲哀再也喘不上一口气，
跑到湖边想跳落清澈的湖底。
但当看出影子在身边，
死又冥通过眼前了。

有时想铸把锋利的匕首，
去干那杀人杀我的自愿，
但懦夫是我的行为，
勇气终给怯弱束缚了。
我也饮过过量的白酒，
想从白酒的醇中，
埋没了要找求的世界。
我也吸过毒人的鸦片，
昏暗了全部的人生，
但无力永沉我的身体在吗啡的渊中。
我还做过色欲无限制的理想，
以祈缩短我的难于过去。
但一切都不见效，
一切都不见效了，
是可完成我这不值钱的运命的方法，
得尝试，都尝试过了。
非特不能火化了我的苦痛，
收拾去忧闷与烦恼；
更衰弱了神经，
瘦削了肌体，
憔悴了颜面，
利害些痴呆罢了。
这样就取消了不值钱的白昼。
那我所祈望的理想与秘密，
就筑在日落以后的梦中。
可是我虽有美丽的行为，

干人们所不能料想的事；
但惊怕和伤心之至极，
我会从梦中哭醒过来。
泪全湿了枕上了，
冷汗流浃着一背，
从此，再难睡着了。
醒想着与我纠纷与缠葛之事，
渺茫更在前途开拓着！

月儿慢慢地跑到了天中，
带着红晕如流泪的细眼，
下瞧着严肃的大地。
花树更裹着它们的自己，
空气似微微在静里颤抖着。
远处有小贩叫卖食物的呼声，
声一丝丝地震着我的耳鼓，
深夜的唯一的同情。
世界是怎样的凄凉呵！
心将流下酸味的泪了。
不知何时东方现出她玫瑰色的笑脸。
晨风荡漾着人类的心。
止了你的脚步呀，
莫在空踏着你自己的影子。
黑暗会忘却了你的身体，
梦神会枷梏〔铐〕了你的心思呀。
停止了你如踏在坚冰上的脚步，

莫再徘徊了，
咽下你自己的叹息罢！

一九二五，冬夜，北京。

忆S君

妹妹，微微的东北风，吹到你脸上么？吹到你唇上么？感受着清温的滋味？不，你玩一玩罢。

我面西南立着，我已叹息三声了。世界怎样会如此辽阔，河山重重，似沓沓渺渺到宇宙的无边，妹妹，你在那儿呵？一池绿波的湖水，清澈可照你的脸花，妹妹，你痴坐着么？我已叹息三声了。

由我所叹息的清温的滋味，——是我小小的愿望呵！乘着东北来的清风之便，到你的脸上，到你的唇上。妹妹，你感受着罢？不，你玩一玩罢。

一九二六、五、六日

窗　前

妈妈！我要哭了！我止不住我的泪流，今晨的泪流，不知怎样，涌着我到无可如何了！

他和她的人们在窗外走着，正携手并肩地走着。绿荫如翡翠的小伞，浅草似丝绒的地毯，她们走着，花香绕着她们。她们的笑声，有妒忌我的哭意。妈妈，她们是怎样的人呀？

天怎么只这样用灰色的云压在我头上？妈妈，压到我的眉上了！春寒料峭的风，荡着我心胸，心胸微微酸楚了！妈妈，你看那枝头上的一对小鸟，它俩本唱着，现在也似为了我而睡去了。

妈妈！我要哭了！我止不住我的泪流；今晨的泪流，不知怎样，涌着我到无可如何了！

一九二六、五、七、晨

对 花

我用眼看你，你是何等美丽，但我用口嚼你，你是何等苦味呀！

唉，你含苞初放的时候，谁都知你脸上的春容，可掩映于三秋的流水；但当你凋零飘落于地面时，又谁知你心怀的凄楚，可共大地而长存？

我，而今知道了。

我将静默不移，永生在你的身前，用我的眼低视于我的脚下；待你飘落到我的脚下时，我将立刻轻轻地拾起你，葬在我的心头。

我用眼看你，你是何等美丽；但我用口嚼你，你是何等苦味呀！

一九二六、五、八日

夜　色

大而黑的手掩住了人类的眼睛，
谁都昏昏地如死后的麻木呀！
只多着烦恼的缠绕那灵魂之梦，
如死囚的挣扎于临刑之前。

一九二七年，秋初。

晨　光

东方微现出他的笑窝了，
太阳如远征待发的壮士，
门前拴着晨风中高嘶的白马，
声音正激荡着壁上沉思的宝剑呀。

一九二七年，秋初。

秋　夜

一

似我是一根小草么？
泛系着枯槁之心哦！
这是深夜，又在空山，
微风颤荡着的时候。

二

静听着你西风传来的歌声，
就默想起你，憔悴愁苦的心了！
白日正休息在西山温暖的巢下，
窗前却孑然是凄切的情流哦。

一九二七年秋。作于家乡。

新诗二首

辽远的心

向何处去寻求?
又向何处去诉说啊?
笑声早已休歇了,
同流过的河水的飘渺,
小石沉到大海中去一样了。

南风从北窗吹进的时候,
我就想体验那青春的滋味,
找我已经不能再见的你,
凭空的呼吸呀,你的
又何处是你微弱的声音呵?

从此我的心是撩乱了,
又如秋一般将老了,
但还是踯躅,还是徘徊,

还是将眼睛放在脚步的前面，
一步步地在依着你的足印在找！

我的好妹妹你知道，
曾经被你呼过一百回的哥哥，
心是不在他自己的身内，
游荡呵！游荡呵！
在辽远的辽远的四方了。

一九二八，八，十六。

午后的歌声

影儿已低下头了，
心儿却正瞧着半空呵！
灰色的一片的密云，
压服着大地的一切，
一切停止动的呼吸了。
姑娘呀，只有一个你，
唯一的悲哀的歌声，
催起倦极的睡眠中的人；
正嘹亮，正跳跃，
正动摇到天边去了。

你为什么唱呀？
你的喉儿有些哑了？
又有谁听你呀？
谁的耳也早已聋了。
苦痛只沉浮在我的心里。

姑娘呀，停止你的罢！
上帝造人是为幸福的。
温暖有我的怀儿，
泪也应当融和在一处，
莫行孤独的意志呀。

一九二八，八，十五。

注：《新诗二首》现存并非手稿，而是铅印校样。但登载于何种报刊至今不详，故在此重新发表。

慰猫头鹰

给定命的智慧之鸟

呱，呱，呱！
咽，咽，咽！
悲哀的猫头鹰呀你莫哭！
你是否怨深夜的凄凉？
你是否悲自己的孤独？
深秋的瘦风呀，
兼着丝丝的寒雨；
淋湿了你底头皮，
冻冷了你底两足。

呱，呱，呱！
咽，咽，咽！
悲哀的猫头鹰呀你莫哭！
你是否痛社会的纷扰？
你是否叹人间似地狱？
毒蛇张着口，
狐狸树下伏；
要吞去你底身子，
提防着你的失足。

呱，呱，呱！
啯，啯，啯！
悲哀的猫头鹰呀你莫哭！
你的两眼多智慧，
荧荧之光如电绿。
但你居心实在太忠厚，
还对山祇水神微笑做什么？
他们都是口蜜腹剑者，
一片伎俩与鬼蜮！

呱，呱，呱！
啯，啯，啯！
悲哀的猫头鹰呀你莫哭！
你底脑袋多沉静，
为何态度忒偏促？
地球原不是黄金铸，
那里来的极乐国！
不过你应飞呀飞呀，
努力鼓翅向前飞；
青山隐隐处，
是你底领域。

呱，呱，呱！
啯，啯，啯！
悲哀的猫头鹰呀你莫哭！
千万不要飞到人家底墙头，

千万不要飞到人家底檐屋；
他们要詈骂你，
他们要殴打你。
为的这是他们底安身所
不能使你来寄宿。
好像你要传染细菌给他们，
你底遍身都是毒！

呱，呱，呱！
啯，啯，啯！
悲哀的猫头鹰呀你莫哭！
你是先知的后裔，
不配享受未来的幸福。
拭干你底苦泪，
抑下你底酸声。
我今寄语你——
去找那四无人烟的田野，
栖止于荫荫的林木。
为自然之子们经营，
为自然之子们服役。

一九二九年八月九日鸡鸣时

写在 MISS L. 的照相上

勇敢的姑娘，
站在荒野里的人，
是美的一片荒野了。
荆棘，
丛生在你底身前身后的，
你已经跨过了，
再也看不见了，
现在是迂回的河流绕你身边，
白色的不知名的小花
成球而锦簇地在你身畔开着，
一切向你微笑：
美丽向你微笑，
春天向你微笑，
宇宙向你微笑。
勇敢的姑娘，妹妹，
你似向前走，
你也微笑地伸出你左脚，
你是正向前。
你底眼是何等锐利，

前途的光明被你捉住了，
你注视着前面的理想的路，
你又镇静而诚朴地，
站在荒野里的人，
是美的一片荒野了。

1930.2.2. 夜半2时。

无弦的琵琶

盲目的慈悲的乐师，
跄踉于深山空谷间，也有时
奔走于街头和巷尾，——
弹着他无弦的琵琶！

没有声音的韵文呀，
有时飘动凝思的白云，
有时激起低泣的流水，
也袅袅地来到人们的耳际。

但有谁知道他悲哀的呜咽，
如除夕之夜的小姑娘，
哭地板上新死的母亲！

但有谁知道他雄壮的呼喊，
如朔风严厉的城头上的壮上，
正对着敌人挑战！

但有谁知道他甜蜜的细语，

如新婚之夕的女郎向她情人
红润的颊上接吻。

但有谁知道他惆怅的悲怨，
如落月孤灯将远行的年少，
听他老母细腻的丁〔叮〕宁〔咛〕！

尽人间的声音，
三春桃李般的嫣笑，
九秋虫豸般的悲泣，
万籁自然的妙响。

只有他自己听到了，
心微微地颤着，
手微微地震着，
眼圈儿微微地酸起了！

盲目的慈悲的乐师，
跄踉于深山空谷间，也有时
奔走于街头和巷尾，——
弹着他无弦的琵琶！

赠运命使者

幸福轮流在人们身前跑，
青年轻快的脚步，
少女红润的唇边，
笑脸上微波的曲线。

但跑不到我所渴求的心内！
我逡巡在街边，
受幸福的白眼，
且想不出来半句答辩。
我岂是一个人类的遗孩？！

我　去

昏黄落日如苦油，
空中满是烟雾气。
榨我身如泥，
挖我心如蜡。
苦闷的北京城，
苦闷的世界。
我去，我去。
那绿色的海滨。